ARMADILHA PARA LAMARTINE

CARLOS & CARLOS SUSSEKIND

ARMADILHA PARA LAMARTINE

Posfácio:
HÉLIO PELLEGRINO

Copyright © 1998 by Carlos & Carlos Sussekind

Capa:
Estúdio Tira Linhas
sobre colagens de Carlos Sussekind

Revisão:
Beatriz Moreira
Ana Paula Castellani

Dados Internacionais de Catalogação na Publicação (CIP)
(Câmara Brasileira do Livro, SP, Brasil)

Sussekind, Carlos
Armadilha para Lamartine / Carlos & Carlos Sussekind.
— São Paulo : Companhia das Letras, 1998.

ISBN 85-7164-741-0

1. Romance brasileiro I. Sussekind, Carlos (Filho). II.
Título.

97-5761   CDD-869.935

Índices para catálogo sistemático:
1. Romances : Século 20 : Literatura brasileira
869.935
2. Século 20 : Romances : Literatura brasileira
869.935

1998

Todos os direitos desta edição reservados à
EDITORA SCHWARCZ LTDA.
Rua Bandeira Paulista, 702, cj. 72
04532-002 — São Paulo — SP
Telefone: (011) 866-0801
Fax: (011) 866-0814
e-mail: coletras@mtecnetsp.com.br

Para Adriana e Simone

Acham-se aqui reunidos, sob o título geral de "Armadilha para Lamartine":

a) *O "Diário da Varandola-Gabinete". O Diário de Dr. Espártaco M., fragmentos referentes ao período de outubro de 1954- agosto de 1955. Começa com o abandono da casa por seu filho Lamartine e termina com o retorno do "pródigo", depois de uma permanência de dois meses no Sanatório Três Cruzes do Rio de Janeiro.*

b) *As "Duas Mensagens do Pavilhão dos Tranqüilos". Escritas por Lamartine M., no Sanatório, fazendo-se passar por um outro doente (Ricardinho). Dr. Espártaco havia travado conhecimento com este último quando as visitas ao filho ainda lhe estavam proibidas; Ricardinho fizera-lhe então algumas revelações (veja-se às páginas 234-5 deste volume), merecendo de Dr. Espártaco o título de "informante extra-oficial". Lamartine se entusiasmou com o imprevisto da ligação Espártaco-Ricardinho e imaginou alimentá-la com essas "mensagens", de conteúdo em geral ultrajante para os médicos do Sanatório. Elas chegaram a ser escritas mas ficaram escondidas num lugar que só Lamartine sabia. Foram entregues a Dr. Espártaco (que, como de costume, as incorporou ao Diário) depois da volta à casa e à normalidade.*

DUAS MENSAGENS DO PAVILHÃO DOS TRANQÜILOS

SOBRE O ATAQUE, JORNALZINHO DOS VIGIADOS NO SANATÓRIO TRÊS CRUZES

Quando Lamartine entrou no Sanatório, eu já aqui me achava havia um mês e meio e o *O Ataque* ia pelo seu quinto ou sexto número. A equipe se resumia no Mário Afonso, mais conhecido como "Jornalista", fundador e redator-chefe; o Professor Pepe, de letra muito bonita e que por isso era quem manuscrevia as edições; e eu, o ilustrador.

Éramos só os três. Mário Afonso tinha enorme preguiça de escrever, daí a maior parte de sua produção para o jornal ter sido constituída pelo que ele mesmo chamava de "artigos-título". O artigo-título era um assunto em que ele percebia grandes possibilidades jornalísticas, mas de que se limitava a dar-me o título para que eu inventasse uma ilustração. O mais bem bolado, não há a menor dúvida, foi o que fizemos sobre "De médico e louco todos nós temos um pouco": aparecia um índio (o cocar de uma pena só, na cabeça, era a convenção de que nos servíamos sempre para caracterizar a personagem do Louco) apontando seu revólver contra um bandido de faroeste (o chapelão do Texas identificava o Bandido, ou seja, o Médico); este, por sua vez, desafiava o índio com um arco e uma flecha. A idéia era representar os dois em luta, cada qual empunhando a arma que havia tomado ao outro. Mário Afonso gostou tanto que decidiu converter o "De médico e louco" em lema do jornal — e, daí por diante, todos os números tiveram no cabeçalho o desenho do índio e o bandido se enfrentando com armas trocadas.

Lamartine deu entrada no Sanatório com uma aparência horrível. Muito magro e abatido, a cabeça raspada a zero; e o tratamento de febres artificiais a que, de início, o submeteram, punha ele de tremedeira a qualquer hora do dia. Depois que parou de tremer, parou também com as bobagens de religião, sempre maçantes quando se apoderam do espírito de um doente mental. Escrevia uns poemas no gênero "Senhor! Senhor!" e vinha me mostrar para que publicássemos no *O Ataque*. Respondia-lhe que nem eu nem o Mário Afonso tínhamos qualquer simpatia por místicos ou abstratos. Ele conseguiu, afinal, vencer as resistências do Mário com uma poesia sentimental, a "Balada da Suave Cavalgada", que afirmava ter feito para a noiva. Quanto a mim, ainda não estava muito convencido de que o poeta dos "Senhor! Senhor!" pudesse ser um colaborador afinado com a orientação que imprimíamos ao jornal; até que começou a escrever o "Diário da Varandola", uma série de imitações do Diário de seu próprio pai, o Dr. Espártaco M., personagem que não tardamos a acolher entre nós, em espírito, presenteando-o com o cocar do nosso carinho e da nossa fraternidade.

Duas palavras sobre a "orientação que imprimíamos ao jornal":

Na verdade, *O Ataque* tinha começado como um folheto de modinhas, com o "Jornalista" anotando as de que se lembrava e pedindo aos outros doentes que completassem as de que ele só se lembrava pela metade. Inclusive, nos números 1 e 2, o papel do ilustrador fora apenas de ornamentar os cantos das páginas com uma moldura de flores, violões e corações entrelaçados. A partir do número 3 foi que entrei em campo com os meus índios, numa infiltração por todas as brechas do jornal onde encontrasse espaço sobrando; lado a lado com o "Jura", de Sinhô, a "Linda Morena", a "Loura queridinha, agora chega a tua vez de ser rainha", havia sempre um pele-vermelha em ação, pulando de alguma árvore e surgindo de surpresa, brandindo a machadinha contra soldados e vaqueiros, investindo a galope, rodeando as diligências; flechavam, queimavam, pilhavam, massacravam e perder não perdiam nunca. Mário Afonso aprovou a inovação e, assim que o Professor Pepe terminava de passar a limpo as letras todas, Mário vinha com as folhas e me ia mostrando os espaços vazios: aqui dá pra pôr um ataque, aqui outro, aqui outro... Foram os índios que deram o nome ao jornal, mas a identificação deles com os doentes (e dos pistoleiros com os médicos) só veio no número 7, com o artigo-título "De Médico e Louco etc.". Sendo que, então, o seu cocar glorioso, de muitas penas, transformou-se no cocar dos perseguidos, de uma pena só.

Nesse número 7 começou a série do "Diário da Varandola" e foi aquele tremendo sucesso. Aliás, uma confirmação do sucesso que já tinha sido a narrativa oral, quando Lamartine (abusando um pouco da nossa credulidade de doentes mentais) fazia de conta que estava lendo no Diário do pai por telepatia. Mário Afonso teve a idéia de publicar o "Diário" no *O Ataque*, e assim foi que começaram as implicâncias suas com o Lamartine — porque, em pouco tempo, os leitores passaram a se interessar mais pelo "Diário" do que pelas modinhas e os artigos-título, relegando o "Jornalista" a um modesto segundo plano dentro do seu próprio jornal. É que o "Diário" falava de coisas presentes, os comentários do pseudo Dr. Espártaco voltavam-se para as experiências do dia-a-dia (ainda me lembro da passagem em que, a propósito de uma entrevista com o Philips, médico de Lamartine, dizia Dr. Espártaco haver quase vomitado com o cheiro insuportável de um anticaspa nos cabelos do psiquiatra), era uma maneira de mostrar que o Sanatório Três Cruzes não estava desligado da vida e que era possível senti-la e partilhar dela, não apenas mergulhando na nostalgia de marchinhas e sambas-canções do passado. O efeito imediato que isso teve sobre o meu trabalho no *O Ataque* foi a já mencionada identificação dos índios com os doentes — e quanta coisa não se iria inventar a partir daí!

Quis o destino que, nessa mesma época, Lamartine se apaixonasse por uma novata do Pavilhão dos Tranqüilos, dando para fazer diversas extravagâncias, como, por exemplo, arrancar flores do canteiro principal, no jardim do Sanatório, e arremessá-las à amada, aproveitando a hora em que ela descansava no seu quarto com a janela aberta e em que as freiras afrouxavam um pouco a vigilância porque tinham que almoçar. Mário Afonso não perdoou que Lamartine fosse infiel à sua noiva, evocada com tanto sentimento na "Balada da Suave Cavalgada", e resolveu dar-lhe uma lição, encarregando-me de desenhar uma história em quadrinhos (gênero que ainda não havíamos tentado no *O Ataque*) em que entrassem as flores arrancadas e arremessadas, as freiras correndo para segurar o invasor da ala feminina e este sempre desapontado com o fracasso do seu galanteio (a amada não aparecia à janela nem dava qualquer sinal de haver notado as flores). No último quadrinho, uma vez dominado o Lamartine pelas freiras, deveriam elas dizer-lhe: Miguel, Miguel, não tens abelhas e vendes mel?

Objetei ao Redator-Chefe que não me agradava, na história, o aspecto "lição de Médico", "lição de Bandido", que outra não me parecia ser a lição que ele estava querendo dar ao Lamartine. E propus-lhe algumas modificações. Lamartine com o cocar na cabeça arrancava as flores, saía numa carreira até a janela de Inês (a sua deusa), jogava as flores lá para dentro, era agarrado pelas freiras (temíveis, de cinturão e revólver) e na janela não aparecia ninguém. Isso, duas vezes. Na terceira vez, ele arrancava as flores e, antes que chegasse debaixo da janela de Inês, vinha um quadrinho mostrando o que acontecia, naquele momento, dentro do quarto (das outras vezes, o interior do quarto não tinha aparecido): Inês reclinada em sua cama e o Psicanalista dela (Dr. Klossowski, o "Barba Ruiva") sentado ao lado, com um caderno na mão, tomando notas. Em seguida, o quadrinho de Lamartine arremessando as flores, as freiras chegando, Lamartine olhando para cima e — último quadrinho — a figura do Psicanalista assomando à janela, com flores nas mãos, outras embaraçadas nas abas largas do seu chapelão de Bandido, e uma expressão de irritação na cara toda. Moral arco-e-flecha: o aborrecimento causado ao Bandido compensava sobejamente a nenhuma resposta da Amada.

Mário Afonso ficou contrariadíssimo com a supressão da fala das freiras, que considerava imprescindível (entenda-se: para a desmoralização do jornalista rival), mas acabou concordando em substituí-la por um desenho na primeira página — espécie de reclame da história em quadrinhos — onde aparecia o Lamartine (ainda mais baixote do que é na realidade) arremessando as flores para dentro da janela com um salto gracioso e a legenda (artigo-título?) "Homem pequenino: embusteiro ou bailarino".

Engraçado foi que Inês se divertiu muito com esse número do *O Ataque*, tendo começado daí por diante a falar com Lamartine. A partir desse momento, também, ele deixou em paz os canteiros do jardim.

Insistente no seu propósito de tomar as dores da noiva de Lamartine, Mário Afonso chegou a querer me convencer de que era eu quem deveria tirar partido do sucesso da historinha junto a Inês, já que fora eu o seu autor e não o embusteiro bailarino ("simples personagem"). Inês é muito bonita mas não é do tipo que me atrai. Muito dostoievsquiana nas suas angústias metafísicas e muito crítica. Do meu gosto, mesmo, é a enfermeira que aplica os eletrochoques, a Margô, loura de traços suaves e pernas grossas, o corpo afinando de baixo para cima, de formato piramidal. Mas essa só dá bola para os médicos.

Um belo dia, Mário renunciou ao seu posto de Redator-Chefe do *O Ataque* e teve uma troca de palavras ásperas com o Lamartine, acusando-o de ser um ambicioso, de ter complicado inutilmente o jornal com malabarismos intelectuais e de dar um mau exemplo com a sua conduta licenciosa. Lamartine chamou-o para um abraço de reconciliação. Sarcástico, o "Jornalista" afastou-se dele dizendo: — Muitos abraçam seus inimigos para sufocá-los! — *O Ataque* já tinha os seus dias contados, e só quem sabia disso era o seu ex-Redator-Chefe.

O motivo que levou os médicos a proibirem o *O Ataque* foram as inconveniências publicadas e desenhadas na edição número 10, por sinal a mesma que determinou a renúncia de Mário Afonso.

Nesse número 10 a participação do "Jornalista" havia sido mínima. Lamartine me dera para desenhar o roteiro de uma história em quadrinhos muito comprida que acabou tomando o número todo, com exceção da primeira página e de meia coluna na última; na primeira página, colocamos uma *charge*, concebida também por nós dois — de maneira que, para o Mário, ficou sobrando apenas a tal meia coluna no finzinho do jornal. Diga-se, a bem da verdade, que o Redator-Chefe havia perdido o interesse pelo *O Ataque* depois que azedaram as suas relações com os colaboradores e, para esse número 10, nem achamos que valesse a pena consultá-lo sobre a publicação da *charge* ou da história em quadrinhos.

Mário Afonso vinha fazendo amizade com um doente que tocava violão (e que trouxera o seu para o Sanatório), um rapaz estudante de engenharia, Balbino, ou Balduíno, do Pavilhão dos Tranqüilos; esse rapaz já foi até embora, e da amizade deles nasceu um samba-canção com letra de Mário e música do estudante, intitulado "Algum Dia Fomos Gente". Eram queixumes e lamentações sem fim, de que só a última linha me ficou na lembrança: "é bom ter amigos, querer bem até no Inferno!".

Encaixamos o "Algum Dia Fomos Gente" na meia coluna que estava vaga e fizemos circular a edição.

Dois ou três dias depois, o "Jornalista" foi convocado sigilosamente para uma entrevista com o Diretor-Principal do Sanatório, o Dr. Górdon, estando presentes outros figurões da casa. Fizeram-lhe saber que a *charge* da primeira página era uma ofensa imperdoável que nem um louco tinha o direito de fazer à instituição e a seus dirigentes, que o jornal não poderia

16

sair mais e que, se ele insistisse, ia ver o que acontecia. Mário Afonso deve ter apontado, na ocasião, os verdadeiros responsáveis, mas o certo é que ninguém sofreu nada daquela vez; limitaram-se a apreender o número 10.

Veio, depois, a renúncia do Redator-Chefe e esse patife nada mencionou da entrevista que havia tido com Dr. Górdon. Nem eu nem Lamartine suspeitamos de qualquer ligação entre a sua renúncia e a apreensão do *O Ataque*. Estávamos convencidos de que era puro ressentimento de Mário Afonso por não ter sido consultado quando preparamos a edição e por considerar humilhante o espaço mínimo que lhe reservamos na última página.

Como não nos animássemos a partir para uma nova edição na mesma linha do número 10 (ignorávamos a ameaça verbal feita ao Redator-Chefe mas não podíamos subestimar a ameaça implícita no ato de apreender o jornal), concordamos, Lamartine e eu, em participar da homenagem a Francisco Alves (um retorno ao folheto de modinhas, inofensivo, que fora o *O Ataque* em suas origens), iniciativa do estudante Balduíno a que o próprio Mário Afonso deu o melhor de seu entusiasmo, confiante, quem sabe, em que, dessa vez, nada havia que pudesse suscetibilizar as "autoridades". É de compreender o espanto com que vimos, depois, os médicos baixarem o pau em todos os que colaboraram nessa edição extraordinária. Lamartine foi o único que escapou dos eletrochoques, porque tinha recebido uma descarga na véspera.

A *charge* tinha verdadeiramente que irritar os dirigentes da Casa: mostrava o Calvário, com Jesus Cristo crucificado entre os dois ladrões; na cabeça do Cristo, um cocar (mais exatamente, uma pena presa à coroa de espinhos) e, nas cabeças dos dois ladrões, os traços muito reconhecíveis do Dr. Górdon e do Dr. Astolfo, diretores-proprietários do Sanatório.

Górdon, exausto, está sendo retirado da cruz com o máximo cuidado pelos serventes do Sanatório; algumas freiras, embaixo, esperam para vesti-lo, tendo nas mãos a cueca, a

17

calça, a camisa, meias, sapatos e o chapelão do bandido. Ajoelhada a alguma distância da cruz de Górdon, com os olhos postos nele e as mãos unidas em fervorosa prece, a Madre Superiora acompanha ansiosa os lances do salvamento do Diretor-Principal.

Na outra cruz, Astolfo, também mais morto do que vivo, está sendo atendido pela bela Margô, a enfermeira dos eletrochoques, enquanto aguarda a sua vez de ser salvo; Margô subiu por uma escadinha (recurso deste ilustrador para pôr em evidência as pernas que tanto o fascinam) e faz o que é possível para reanimá-lo. Um freira pequetitinha (de frente para o leitor e ao pé do diretor-menos-principal) ficou com a roupa toda de Astolfo arrumada no seu braço esquerdo; o braço direito, esticado e imobilizado num ângulo de quarenta e cinco graus, segura o chapelão de abas largas com que, para salvaguarda do decoro, cobre as vergonhas do médico (a pobre é obrigada a se manter nas pontas dos pés).

Na cruz do meio, Jesus está abandonado à própria sorte. Sorridente, como se pensasse: ainda bem que se esqueceram de mim!

Palavras de Górdon (a Astolfo? aos seus salvadores? à Madre Superiora?):

— Se sairmos desta, abrimos um sanatório e vamos à forra.

A *charge* tinha como título "Origens do Sanatório Três Cruzes (I)". Pensávamos fazer uma série.

Inês insiste muito num noivo que ela diz ter (mas diz rindo); Lamartine pede-lhe que descreva como é o rapaz, Inês manda-o amolar o boi; pergunta-lhe o que faz esse noivo que não vem visitá-la uma vez sequer, ela então responde que a família é contra.

Na "Armadilha para Lamartine" a gente fazia aparecer o noivo no Sanatório, de madrugada, escalando um muro que dá para a ala feminina do Pavilhão dos Tranqüilos e indo procurar Inês no seu quarto para ajudá-la a fugir. Logo no primeiro quadrinho ficava-se sabendo que o misterioso personagem era o Dr. Klossowski (embaixo, a legenda: "O noivo que a família é contra").

Enquanto os dois se aventuravam pelo jardim deserto, Lamartine, debruçado à sua janela, onde estivera contemplando a lua, descobria tudo e resolvia segui-los sem que eles percebessem. Via-se, depois, o casal em fuga caminhando por uma imensa praia selvagem, com Lamartine sempre atrás, prudentemente a guardar distância. Nota-se Lamartine cansadíssimo; Inês e o Dr. Klossowski, radiantes, leves como plumas, percorrem a areia fina, de braços dados — ela sorri para ele, descansa toda no seu braço, fica indo e vindo nos passos dele...

O sol ainda não apareceu no horizonte, mas já o céu está começando a clarear. A barba encaracolada do Dr. Klossowski era pintada em vermelho, tudo o mais nos quadrinhos sendo preto e branco. No olhar que Inês lança para trás, Lamartine tem a impressão de haver sido visto; deita-se e esconde a cabeça na areia. Quando se ergue novamente, os dois desapareceram. Lamartine suspeita de que tenham entrado em uma cabana, não muito longe dali. Hesita antes de abrir a porta da cabana, mas o ciúme e a curiosidade acabam vencendo os seus escrúpulos.

A cabana era uma armadilha para Lamartine. Assim que ele entra, a porta se fecha e acendem-se luzes por todos os lados. Lamartine vê-se cercado de máquinas, numa sala muito ampla (legenda: "O Gabinete de Experimentos do Dr. Klossowski").

Está diante de um aparelho que o intimida.

Dr. Klossowski: — Você se deita aqui, você vai fazer um vôo pela sala. É um teste. Se as condições do seu metabolismo forem boas, você fica girando em órbita e não há problema.

Inês está assistindo, junto à porta. O psicanalista já pôs Lamartine nu e agora mostra a sua posição qual deva ser no aparelho: de barriga pra baixo, as costas voltadas para onde está a moça, o traseiro um pouco empinado.

19

Lamartine: — Não, mas assim diante dela eu não posso. Não. Não.

— Vamos — diz Dr. Klossowski ajustando-o ao aparelho. E ainda não era tudo. Para dar a partida, aproxima-se com um eletrodo em cada mão. Um ele lhe atarracha na boca e o outro no cu. Lamartine começa um vôo frenético pela sala.

Não está em órbita nenhuma, passa em vôo rasante sobre Dr. Klossowski, este se agacha depressa e Lamartine bate com toda a força contra a parede, despencando dolorido para o chão.

Com o choque saltaram fora os eletrodos. Dr. Klossowski apanha um e depois o outro, com cuidado, verificando se não sofreram avarias. Acomoda-os, em seguida, por baixo de suas próprias roupas e faz um sinal a Inês para que o acompanhe até uma pequena plataforma, aonde sobem, ambos, e ficam de pé, dando a frente um para o outro.

Dr. Klossowski prende as pontas dos cabelos de Inês nas pontas de sua barba encaracolada, estreita fortemente o corpo dela contra o seu, beija-a com paixão e, no mesmo instante em que se faz ouvir um zumbido ensurdecedor, os dois, assim enlaçados, somem da plataforma. Furacão ou o que quer que seja, Lamartine agarra-se a um pé de mesa para não ser arrastado: eles estão voando em círculos dentro da cabana (legenda: "O vôo nupcial!"), velocíssimos, com impactos raspantes sobre as tábuas das paredes e as tábuas do teto, até que, vencidas todas as resistências materiais, o Gabinete de Experimentos vem abaixo.

Desprendem-se da Terra os corpos imantados de Inês e do Dr. Klossowski e procuram nas alturas o seu destino celeste.

Ao sentir na pele os primeiros raios diretos do sol, Inês se fixa, com espanto, na fisionomia do seu companheiro de ascensão: não é o Dr. Klossowski, mas Lamartine.

— Você! — exclama ela, enquanto continuam a subir vertiginosamente.

20

Lamartine explica-lhe que foi o seu noivo quem ficou lá embaixo entre os destroços da cabana.

(Legenda: "Um truque dos mais fáceis para quem tem poderes especiais".) Vê-se Lamartine transformar-se em Jesus Cristo, fazendo resplandecer o corpo de Inês com a luz intensa que Ele irradia. Os dois continuam subindo.

Enquanto isso, no Sanatório Três Cruzes (legenda: "Liberdade! Liberdade!"), miríades de peles-vermelhas, dignamente cobertos com os seus cocares de penas coloridas até o chão e montados em soberbos corcéis, escapam dos pavilhões saltando pelas janelas e pulando os muros. Os médicos atiram neles de espingardas, entrincheirados em posições estratégicas.

O sol está nascendo. Os índios galopam na praia selvagem (de novo a legenda: "Liberdade! Liberdade!"), por onde passaram Inês e o Dr. Klossowski com Lamartine em sua perseguição.

Infinitamente distante, no céu, vê-se um pontinho que brilha (Inês e o Cristo-Lamartine unidos nas alturas). Do pontinho saem dois "balões" com os seguintes dizeres:

— Mas, e como vou saber se estou mesmo subindo aos céus, e que não é Você que me faz pensar que estou subindo?

— Qual a diferença? O importante é estarmos juntos.

Um final tão poético!

SOBRE A TRANSFERÊNCIA DE LAMARTINE PARA O PAVILHÃO DOS TRANQÜILOS

O que passo a relatar foi-me transmitido por Lamartine M., há três dias, numa linda tarde de sol, quando ele comemorava — chupando meia dúzia de limas ao ar livre — a sua transferência dos Vigiados para os Tranqüilos. São fatos realmente ocorridos, por mais incríveis que pareçam.

Desde o primeiro encontro que teve com Inês (e foi também a primeira oportunidade que lhe deram de descer ao jardim), Lamartine sentiu-se loucamente apaixonado. Sofria com a permanência forçada entre os Vigiados, falava em fugir, em fugirem os dois, para onde não sei. Foi Inês quem teve o bom senso de mostrar-lhe que tudo se resolveria com uma simples transferência para o pavilhão de baixo.

Ela está internada para fins de repouso e isolamento, nada mais que isso; os médicos daqui não lhe podem tocar num fio de cabelo, quem trata dela com exclusividade é um psicanalista de fora que aparece todas as manhãs e se limita (santo homem!) a bater papo tranqüila e proveitosamente.

Proveitosamente, em todo caso, para Lamartine, como se verá logo em seguida.

Dr. Klossowski (o psicanalista), a despeito de sua serenidade profissional, não consegue controlar o desprezo e mesmo a indignação que lhe provocam os métodos bárbaros aplicados no Sanatório e, vez por outra, deixa escorregar alguma indiscrição. Não digo que tenha sido por recomendação sua que

Lamartine começou a representar para os psiquiatras locais a farsa que vou contar como foi neste relatório; mas as informações que Inês lhe passava, a seu pedido, deram-lhe a idéia de articular um plano estratégico para enfrentá-los e — se tudo saísse certo — salvar-se do pior, evitando que lhe desintegrassem a cabeça de tanto eletrochoque.

O grande terror de Lamartine é o eletrochoque. No dia em que a equipe do *O Ataque* foi, toda, devidamente "convulsionada", por causa da edição em homenagem a Francisco Alves (Lamartine foi poupado etc., está tudo no outro relatório que vai junto com este), ele comentou com Inês, ela comentou com o psicanalista e Lamartine ficou sabendo, por um desabafo do Dr. Klossowski, qual o programa de treinamento que Philips & Cia. seguiam com os doentes do "Castelo" (a parte mais alta do Sanatório, onde ficam os Vigiados).

Não é nada de muito complicado, essa primeira etapa. É o que, na terminologia da casa, se conhece como "demolição". O eletrochoque ajudando, o próprio doente faz o resto. Permite-se, alimenta-se, incentiva-se toda sorte de inclinações mórbidas. Que a doença se agrave — tanto melhor! É o que se quer. Há de chegar a um ponto, a um extremo — e os médicos seguem o processo com a maior das indiferenças, espaçando ou concentrando as descargas elétricas — em que ocorra o colapso total. O doente se destrói e está em condições de ser reconstruído por Philips & Cia. no doce ambiente do Pavilhão dos Tranqüilos.

Decidido a falsificar o colapso total, e, desse modo, fazer com que viesse a ele mais cedo do que lhe parecia reservado pelo destino, a paz definitiva da "reconstrução", Lamartine traçou um plano impecável. Nada me revelou, na ocasião. Não quis que nem Inês ficasse sabendo; tudo o que lhe disse foi que era provável que o retivessem por um ou dois dias mais no "Castelo" e que passariam esse tempo sem se ver — mas que, depois, tinha certeza de ser transferido para o Pavilhão dos Tranqüilos.

23

Soou a chamada para o jantar, ele subiu com cara de poucos amigos, sentou-se à mesa e recusou sistematicamente tudo que lhe ofereceram. Respondeu asperamente a uma indagação do Diplomata, que se mostrara preocupado com os seus ares, e trancou-se em silêncio obstinado, corpo e fisionomia imóveis, o olhar feroz. Viu quando o Jornalista se levantou e discretamente foi chamar um enfermeiro para lhe prestar ajuda; como o enfermeiro lhe perguntasse se estava sentindo alguma coisa, Lamartine abandonou a mesa, num rompante, sem nada responder.

No salão, à hora em que se achavam todos reunidos, na pasmaceira de costume, ele começou a dar passadas nervosas da janela até a parede oposta, daí outra vez para a janela, ida e volta várias vezes, numas dessas pisando-me a mão; eu desenhava sentado no assoalho e soltei um tremendo berro, a que Lamartine não ligou a mínima, de propósito — detalhe que foi de muito efeito. Fixou-se, afinal, junto à janela, e, como se o fizesse expressamente para o Cristo do Corcovado, que se vê muito bem dali, passou a recitar, num tom mais raivoso do que apaixonado, uma a uma, as "baladas" religiosas que tinha escrito às vésperas de o internarem. Começou pela "Balada do Crucificado", mais serena, que era para pegar o embalo; e, à medida que ia dizendo os versos, muito satisfeito por não ter esquecido nenhum (sinal de que a memória ainda não havia sido seriamente afetada pelos eletrochoques), reconhecia, com alguma preocupação, a atmosfera malsã de que estava impregnado o poema. Tendo em vista, porém, os seus objetivos do momento (simular o caos), a qualidade suspeita do texto não poderia ser mais oportuna. Quando chegou a vez do "vizinho, cego vizinho" ("Balada do Cego Vizinho"), aí, então, começou a se deixar levar de verdade:

....

....

o vizinho, cego vizinho
doido de inveja e aflição

*vê subir para os céus
a flor da criação*

*cego, cego vizinho
enterra os mil cravos
no seu coração!*

Viu quando o médico de plantão, Dr. Osíris, apareceu num canto discreto da sala e ficou olhando fixo para ele. Por um momento, sentiu tremerem-lhe as pernas: como seria horrível se o psicanalista houvesse passado aquelas informações na brincadeira e ele agora estivesse se comprometendo irremediavelmente com o espetáculo, que dava, de chocante desequilíbrio emocional! Mas a sorte estava lançada e o jeito era seguir em frente.

— É a própria "demolição" que progride e me faz duvidar do Klossowski — pensou, meio falando (e o efeito de pensar em voz alta era um achado). Não deixou mais que se alterasse a fisionomia que tinha nesse instante, calou-se e sentou-se no chão, embaixo da janela, com as costas apoiadas contra a parede. Dr. Osíris estava agora conversando distraidamente com o Diplomata; era evidente que o comportamento de Lamartine não o preocupava; sem sequer olhar para ele uma outra vez, desapareceu de cena, daí a pouco, e não deu mais a cara por toda a noite, não obstante Lamartine a ter passado, inteira, em claro, ali mesmo, escrevendo as "baladas" em folhas soltas que lhe emprestara o Jornalista e amarrotando os papéis assim que acabava de escrever.

Quando amanheceu, estava exausto (tanto mais que não tinha comido nada) e era de se ver a cara compungida que fizeram os seus companheiros ao levantarem da cama e darem com ele ali rodeado daquele exagero de bolinhas de papel. Dos médicos e enfermeiros não houve nenhuma reação, a não ser quando chegou Dr. Philips, lá pelas 9 horas, e, vendo-o ainda no mesmo lugar, perguntou-lhe se não achava melhor ir para o seu quarto. O desafio tinha que ser mantido e Lamartine nada lhe respondeu. Dr. Philips também não insistiu e nem lhe chamou a atenção para o café da manhã. Lamartine prosseguiu no jejum.

A essa altura, parecia-lhe que já não podia haver dúvidas quanto à boa receptividade dos médicos para os seus propósitos de autodestruição. Para tirar a limpo, só faltava esperar pela descarga elétrica, se viria ou não. Tinham-se passado quatro dias desde a última; era normal que lhe aplicassem a dose essa manhã.

Nada. Ninguém veio buscá-lo para a enfermaria de choques. Nem sequer tocaram nele. Só à tarde, como permanecesse imóvel, expressão patética da ruína mais total, os companheiros (os companheiros, note-se bem, não os médicos ou os enfermeiros) carregaram-no, com muita delicadeza, até a cama. (Afinal — pensou — se continuar no chão, essas boníssimas criaturas não vão me dar sossego enquanto não tiverem de mim uma palavra tranqüilizadora; mas posso dar essa palavra tranqüilizadora sem me desmoralizar? Claro que não. Por outro lado, vendo-me sob os lençóis, ninguém virá me incomodar e o efeito sobre os médicos continuará a ser praticamente o mesmo, já que não comerei, não falarei e manterei os olhos sempre abertos.) E lá o deixaram, em meio a repetidas recomendações aos vizinhos de quarto para que não fizessem barulho nem acendessem a luz.

As horas voltaram a passar, sem que acontecesse absolutamente nada. Lamartine ouviu o barulho dos pratos e dos talheres quando o almoço, depois o jantar, foram servidos, e sentiu muita fome (estava sem comer desde a véspera). Todos os indícios levavam a crer que o plano estivesse dando certo, mas já era tempo de ter vindo o desfecho (a transferência para o Pavilhão dos Tranqüilos, a fim de o "reconstruírem"). O que estaria retardando essa providência?

Deitado, na penumbra, com fortes dores de cabeça e apertões no estômago, sem mais forças sequer para levantar um braço, lá ficou ele a tentar descobrir o que Philips & Cia. poderiam achar que estivesse faltando para torná-lo um zero perfeito. Recriminou-se a precipitação com que tinha posto o plano em prática, sem chegar a apurar com o psicanalista, de forma mais explícita, quais as características do *colapso total*. Havia esgotado todos os seus recursos de encenação, e, a essa altura, nem precisava mais fingir. Estava um trapo.

Animou-se quando apareceu Dr. Philips e lhe tomou o pulso (fará a minha transferência amanhã cedo, pensou); mas isso foi na hora em que os companheiros de quarto vieram dormir e era uma rotina que ele estendeu aos outros também. Retirou-se e não mais voltou. Antes de adormecer, ainda lhe pareceu vê-lo, a curta distância no corredor, de lanterna numa das mãos e a maleta com os apetrechos para o eletrochoque na outra, olhando-o, indeciso, como se quisesse ter certeza se ele dormia ou não.

Lamartine acordou, de madrugada, com o corpo de uma das enfermeiras estendido ao longo da cama e colado ao seu, por cima dele, os seios fazendo pressão sobre seu rosto, sufocantes, e ele sem poder ver o que ela fazia, mas sentindo, pela gesticulação enérgica dos seus braços, que manipulava instrumentos médicos acima da sua cabeça, em combinação com outra pessoa que devia estar junto da cama e que clareava o quarto com o foco de uma lanterna. Era exatamente a enfermeira que sempre lhe aplicava os choques (uma loura escultural) mas nunca o havia feito de forma tão extravagante. Sentiu um medo indizível da descarga que, traiçoeiramente, lhe preparavam, e do jeito meio às pressas com que os preparativos estavam sendo feitos. E chegou a chorar de raiva por constatar que o plano havia falhado miseravelmente.

Ela escorregou um pouco na direção dos pés da cama, os seios desceram à altura do peito de Lamartine e, rápido, o rosto colou-se ao seu, enquanto os braços o enlaçavam com força.

— De outro modo seria fatal! — pareceu-lhe ouvi-la dizer, e, sem dar-lhe tempo de compreender o que estava dizendo, ela apertou os lábios contra os seus e forçou passagem com sua língua até a raiz da dele, o que desencadeou uma série de vibrações cada vez mais dolorosas nos seus dentes, repercutindo como eletricidade pela cabeça toda.

Quando a enfermeira afrouxou os contatos, soltando os braços, diminuindo a compressão das pernas, e, finalmente, descolando — com extremo cuidado — os lábios, de cima dos seus, pôde então ver que ela retirava da ponta da língua uma pequena película transparente que, em seguida, esteve a olhar contra a luz projetada pela lanterna. Era uma radiografia. A pessoa que se achava ao lado apanhou-a e saiu. No escuro, a enfermeira levantou-se, trouxe as cobertas da cama até a altura do pescoço dele e, a pretexto de alisá-las, acariciou-lhe as partes salientes que estavam por baixo (havia uma ereção, por incrível que pareça!). Tornou a dizer, já agora sorrindo:

— De outro modo seria fatal.

Ainda custou muito a amanhecer. Às primeiras luzes do dia (ele perdera o sono e não achava posição para retomá-lo), Lamartine notou que um dos companheiros estava fumando sentado no chão e com a cabeça descansando na beirada da cama. Meio trôpego, foi pedir-lhe um cigarro (ele que não fuma); o vizinho acendeu um e lhe deu em seguida. Voltou para dentro das cobertas e, então, escondendo as mãos debaixo delas para que o companheiro não visse o que ia fazer, encostou a ponta acesa em um dos pulsos e deixou queimar.

À hora do café, levantou-se e foi procurar o enfermeiro de serviço, a ver que jeito era possível dar no seu pulso. O enfermeiro olhou e indagou horrorizado:

— Mas como foi?

Lamartine contou-lhe que, de madrugada, enquanto estava dormindo, um dos companheiros (e fez com a mão um gesto de "não importa" significando que podia ter sido qualquer dos seus companheiros de quarto e inclusive dos outros quartos) havia causado a queimadura com ponta de cigarro, provavelmente em toques sucessivos, interrompendo a experiência quando a dor o fez acordar. Concluiu esta explicação com a esperteza de deixar ficar um sorriso de desencanto nos lábios, que era para o enfermeiro entender como a melancolia de uma vítima resignada.

Havia certa ousadia na mentira — agredir com cigarro aceso um companheiro era absoluta novidade entre os Vigiados — mas não se podia dizer que fosse um absurdo. Os auxiliares, no "Castelo", só intervêm quando estoura uma briga de socos e pontapés, aliás pouco freqüentes; não há vigilância nenhuma nos quartos (a vigilância que justifica o nome de "Vigiados" creio que seja principalmente a de não deixar sair ao jardim sem permissão), ninguém por lá tem hora de dormir e é raro ver-se um Vigiado acordado que não esteja fumando. Motivo para lhe fazerem isso não havia, à primeira vista, mas, em se tratando de um grupo com as características daquele, os motivos bem poderiam surgir e desaparecer em circunstâncias totalmente misteriosas.

Aos médicos repugna deslindar mistérios como esse.

No mesmo dia, às 11 horas, hora do almoço, Lamartine foi transferido para um quarto particular no Pavilhão dos Tranqüilos — vitória que ele comemorou chupando meia dúzia de limas, como já tive ocasião de contar; que lhe permitiu desfrutar da companhia de Inês muito mais do que antes; e que só teve a ensombrecê-la a notícia, que lhe deram depois, de que os choques continuariam.

DIÁRIO DA VARANDOLA-GABINETE

1

A noite foi bem-dormida. Decididamente, não há lógica nessa questão de sono e insônia. Ontem, não tomei calmante, aborreci-me, acumulei apreensões — e, entretanto, dormi de um sono só, sem interrupções, de 11 da noite às 6 da manhã. Noutras noites calmas, sem uma só razão para desassossego, fico de olhos abertos sem qualquer possibilidade de remediar a situação.

Mas, a rigor, onde há lógica na Vida?

Que pode haver de mais ilógico do que esse drama, que estamos vivendo, de ver um filho deixar a Casa porque deseja mais liberdade, quando nunca lha estorvamos, quando (eu não, que não tenho tempo para isso, mas Emília!) quando outra coisa não fazemos senão lhe assegurar a mais completa independência de movimentos, em todos os sentidos?

A Casa não lhe fala ao coração. É um símbolo negativo. Qualquer coisa que ele evita, de que ele foge, como se fosse uma vergonha, ou, pelo menos, uma fraqueza...

Muitas vezes me ponho a pensar se poderia ter sido melhor pai — e me comparo aos outros pais que conheço. A não ser no terreno financeiro — em que de fato fracassei, não dando ao meu filho a folga que outros têm, na infância e na adolescência — em que me inferiorizei aos outros pais, na assistência moral e afetiva, se nunca passei um dia fora de casa, se nunca deixei de acompanhar, hora a hora, momento por momento, tudo o que acontecia, por mais insignificante que fosse, a qualquer dos meus filhos?

A consciência só me acusa de não ter comungado em sua crença religiosa, de me haver conservado alheio à sua fé, por mais que ele fizesse por me atrair a ela. Mas — até nisso — posso provar que fiz uma porção de sacrifícios no sentido de, se não me aproximar, pelo menos de me não afastar dele. Nunca mais escrevi contra a religião. Perdi todo contato com as organizações comunistas ou as que se diziam tais. Nunca trouxe para a nossa Casa quem quer que fosse que pudesse ofender os melindres de meu filho. E sempre abri os braços a seus amigos, por mais avessos que se mostrassem às minhas idéias.

Não convivi com eles, é verdade. Possivelmente os evitei, às vezes. Mas o meu filho sabe que esse é o meu feitio, que não sou homem de conversas, que vivo o mais possível dentro de mim mesmo.

No entanto, que alegria experimentava sempre que podia fazê-lo feliz! Será que ele ignora o que fiz para aproximá-lo da Cléo?

Mas como tudo isso é doloroso de ser pensado e dito!

E o fato é que nos chega, a mim e à Emília, o dia da separação. Ele a anuncia para hoje. Emília já tudo fez para arrumar-lhe a roupa, para ajudá-lo a nos deixar. Ao que parece, ele se mudará amanhã...

Ouço dizer que o apartamento para onde eles vão (o Lamartine com o Albino, o Irineu e o Bruno Olímpio) o Augusto Meyer lhes alugou, mobiliado, por um ano, até o seu regresso da Europa, à razão de quatro contos ou quatro e quinhentos mensais. Quem figura no contrato? O Meyer dá-se com o Albino. Mas o Albino, economicamente, é zero. Não tem remuneração certa nenhuma. O "senhorio" não pode ignorar isso. Será que conta com o pai? Mas, nesse caso, o pai deveria ser ouvido. E — tanto quanto estou informado — não o foi.

Meu filho superestima a situação, com as duas fontes de rendimento de que dispõe: a bolsa da CAPES para estudar filosofia (que conseguiu por seu único e exclusivo esforço) e o contrato com o Instituto de Documentação (obtido, principalmente, graças às relações de Danton); situação que é, patentemente, precária, mas que ele considera *estável* e apresenta como prova de que a vida não é tão difícil como os "pessimistas" (no caso, nós) a imaginam. Não há quem lhe tire isso da cabeça.

De que irão viver, no entanto, na casa nova, magnificamente mobiliada (o que exige conservação dispendiosa) mas de despensa vazia? Para empregada, tomaram uma menina (ao que parece, recomendada, ou conseguida mesmo, pela Cléo). Vamos abstrair do perigo que corre essa ovelhinha entre os lobos de quatro adolescências famintas. Que experiência tem, porém, essa menina para "governar" a casa? E quanto cobrará por seus serviços? E luz? E gás? E telefone? E tudo o mais de que uma casa necessita?

Não sairei à rua, hoje. Nem amanhã. Assim — mesmo trabalhando em meus processos — estarei em condições de prestar à Emília a maior assistência possível nestes primeiros momentos, extremamente dolorosos.

Juro que não lhe tenho senão mágoa. Desejo do fundo do coração que a sua experiência se cubra de benefícios. Mas ninguém me convence — nem convencerá nunca — de que, para consegui-los, se fizesse necessário machucar tanto o coração de seus pais.

Não vi quando saiu o Lamartine. Falei-lhe, apenas, ligeiramente, na sala de jantar, quando cruzamos. Tinha a mesma expressão de sempre. Ainda ficou falando com Anita. Ao que parece, só de Emília se despediu, quando levou a mala com a roupa.

Emília tem muito mais controle do que eu. Talvez vá, nisso, um fundo de justiça que faz aos que não procedem bem com ela. Insensibiliza-se. Cria uma crosta protetora, de insensibilidade. Com essa maravilhosa resistência moral, faz questão de arrumar, ela mesma, o quarto do "ingrato". Fecha-lhe a porta. Toma banho. Veste-se. E, ao meio-dia e trinta, está na mesa, para o almoço, como se nada tivesse acontecido.

Eu é que dou parte de fraco. Atravesso os primeiros momentos absorto. Como. Converso. Mas, no fim, quando vejo na parede os Van Gogh que ele disse que haveriam de ficar representando-o (o que nunca acreditei que se verificasse), não resisti e solucei.

Tive de sair da mesa para que a empregada não me visse em "fraqueza". E vim logo para a minha varandola-gabinete.

Primeira visita que nos faz Lamartine, vinte e quatro horas depois de ter saído de casa. Abatido. Tanto bastou para que Emília o recebesse mal. Foi difícil convencê-lo de que "por ora" tem de ser assim, pois não há mãe que sofra resignada o golpe que ela sofreu. Acaba concordando e promete ser mais compreensivo.

Não tenho coragem de fazer nada, depois que ele sai. É difícil aceitar essa situação de *filho-visita*. Em todo caso, sou o primeiro a reconhecer que mais vale tratá-lo com carinho do que com acrimônia. Ele acha a nova casa esplêndida. O seu quarto é privilegiado: sendo o apartamento de segundo andar, uma árvore deita os seus galhos dentro do quarto! E a ventilação vem do jardim de Botafogo (ele está morando na própria praia de Botafogo, 124). Só uma coisa o incomoda: o ruído dos bondes, pois o prédio se situa justamente na curva de Senador Vergueiro. Talvez isso explicasse o abatimento, pela noite mal-dormida. Ele informa, entretanto, que fez o trabalho de estágio na Faculdade de Filosofia. Já é alguma coisa.

Muito desajustada, ainda, a família, com os impactos da "saída" do Lamartine e do "desmancho" de Anita (vieram as regras, com vinte dias de atraso: morrem, assim, as minhas esperanças de avô, que, se satisfeitas, fariam um bem danado a todos nós).

Parece que a "república" da praia de Botafogo ainda não está com as suas peças ajustadas. A vida não está barata e não é coisa com que se brinque. Não creio, entretanto, que o Lamartine "passe fome", como parece à Emília. A liberdade tem seu preço. E não fomos nós que privamos nosso filho dela. Conosco, ele sempre a teve. Se a quis maior, paciência!

Quanto à Anita, o tempo restabelecerá a situação perdida. Não há por que exagerar um episódio meramente fisiológico.

Desagrada-me não poder ser útil à Albertina na nova crise que se criou entre ela e o Danton. Mas, com este em São Paulo, o que posso eu fazer? Penso em ir visitar Albertina durante esses feriados, ou só, ou com Emília. Não é tarefa, entretanto, que seduza. Cada qual tem seus problemas.

Escrevi ao açougueiro estranhando que cobre 32,00 pelo quilo de carne. A empregada volta sem resposta. Não sei o que devo pensar. Talvez que o homenzinho (a quem fui apresentado pelo Sócrates e a quem servi já uma vez) se anime a procurar-me. Aguardarei.

Emília combinou com Albertina irmos jantar com ela, já que Danton não está e ela não gostaria de falar o que tem de falar conosco à vista de outras pessoas. Adianta-nos, pelo telefone, que, ontem, antes de partir para São Paulo, o Danton tal escândalo fez, discutindo com ela, que os vizinhos quiseram até chamar a Radiopatrulha.

Chegamos ao largo do Machado às 7 horas em ponto. Jantamos logo — eu, Emília e Albertina, só. Jantar muito bem-feito e muito bem servido. Mas amargado a fel, pois Albertina não só nos fez ouvir toda a reconstituição da cena que tivera com o Danton, ontem à noite, como fez depor uma empregada acerca do que ouvira aos vizinhos.

Em resumo, o que houve foi o seguinte:

O Danton, não podendo explicar o silêncio que guardou acerca do dinheiro recebido da Escola de Belas-Artes (27500,00), entrou a dizer desaforos, e, como encontrasse resistência, passou a ameaças de vias de fato, obrigando a mulher a se fechar no quarto, contra cuja porta investiu a socos e pontapés, absolutamente descontrolado. A vizinhança, já alertada por cenas anteriores, apurou os ouvidos (passava já de meia-noite) e assegura que, se se repetir o fato, chamará a Radiopatrulha, pois não pode assistir de braços cruzados ao assassínio de uma mulher indefesa, que nem tem as criadas em casa (as criadas haviam saído). Danton saiu depois para viajar e da Central ainda telefonou, desculpando-se; mas Albertina repeliu as desculpas e insistiu na acusação frontal: "Você vai com Katia — não pense que me ilude". Ainda mais: ele, acuado, confessou que iria com a aluna, mas acompanhado da mãe; hoje, Albertina telefonou para a casa dela e soube que a mãe estava (repetiu o *truque* quando estávamos lá, com idêntico resultado).

Separação decidida, portanto, em definitivo.

O mais que conseguimos (eu e Emília) é que ela consinta numa última tentativa (nós procuraremos convencer Danton de que deve mudar-se do apartamento, onde não podem mais residir por causa da vizinhança, voltando a morar em Copacabana, onde Albertina ao menos tem a companhia da família, pois está praticamente abandonada).

Duvido muito do êxito da tentativa, mas disponho-me a fazê-la.

Mais ainda: para maior eficiência, iremos dormir com Albertina amanhã e depois, vindo ela jantar conosco quarta-feira, para que o Danton saiba estar ela fora de casa, a que só voltará com a certeza de que Danton se mudará.

Deixamos a cunhada às 11 e pouco. Em casa, ainda encontramos os vestígios do jantar de Lamartine com os amigos — sabíamos de sua vinda, mas avisamos em tempo que não estaríamos lá para recebê-los. Aliás, se estivéssemos, muito provavelmente não viriam.

Entramos no mês de novembro atormentados por mil fantasmas. Nesses dias feriados, em que todos descansam, nós só encontramos aborrecimentos novos. Levanto-me cedo, às 7 e pouco. Cumpro o meu ritual de banho, café e barba, sem maiores obstáculos. Logo depois, Anita me despeja novas apreensões, dessa vez sobre Lamartine (nas discussões que tiveram, estes últimos tempos, de Catolicismo X Protestantismo, ela se convenceu de que o irmão, "se não for tocado pela Graça da elevação, procurará alcançá-la pela abjeção". A mim me parece um contra-senso, mas diz ela que é perfeitamente compatível com a doutrina cristã).

Deixei de consignar que, ontem, ao chegar da casa de Danton, senti tanta dor no pé direito, que Emília me fez entrar na Farmácia Natal e tomar uma injeção de vitamina B-1 forte.

E tenho a acrescentar que, hoje, já mudei de cadeira na minha varandola-gabinete porque, tendo substituído a minha pela do Lamartine, Emília logo comentou que eu já havia começado a partilha dos despojos, o que me fez imediatamente devolvê-la e substituí-la por um dos banquinhos da cozinha. Como símbolo de humildade, não poderia achar melhor, mas receio que as minhas nádegas não pensem do mesmo modo.

A Itália se acha a pique de nova convulsão, provocada pelos socialistas. Nada mau! Os focos de agitação interna não podem ser extintos. Do contrário, virá a estagnação. E, com ela, o conformismo às determinações dos Ikes e dos Dulles. Depois, a Itália é um modelo muito próximo para a França. Uma guinada esquerdista em Roma provocará, na certa, outra, em Paris. E ambas terão de refletir em Londres e no resto do mundo. A situação de Eisenhower é muito pouco firme (a derrota dos Republicanos nas eleições para o Congresso dos Esta-

39

dos Unidos é tida como certa). Não pode cogitar do domínio do mundo quem não domina o seu próprio país.

Estou sem vontade alguma de ir dormir, hoje, em casa de Albertina. Só vou, mesmo, por honra da firma. Não me cheira bem esse negócio. Acho que Danton vai ficar aborrecido conosco. Afinal, nós seremos responsáveis pela solução a que o forçarmos.

Na verdade, não tenho cabeça para nada, tantos e tais os problemas que me atormentam.

Chove, desde as 3 horas. Lamartine deu grande alegria à Emília (e evidentemente a mim também) vindo jantar em casa. Não dou maior significação ao acontecimento, porque o atribuo apenas à circunstância dos rapazes ainda não terem solucionado o problema da empregada ou da pensão. Entretanto, Emília chegou a ver no caso "intervenção divina": a *boa ação* que estamos praticando com Albertina teria determinado a *graça* dessa visita do filho pródigo...

Vamos comer às 7 horas. Já não chove mais, mas ainda ameaça. Emília já avisou Albertina de que só iremos às 10 e meia. E, amanhã, estaremos de volta antes das 8, para o "desjejum" em casa.

O jantar terminou às 8 e meia. Ficamos, depois, conversando mais uma hora e saímos, quase às 10 — eu, Emília, Mário e Lili. Lamartine ainda ficou, pondo ordem em suas fichas (o levantamento de nomes e obras de artistas plásticos que está fazendo para o Instituto de Documentação). Os Azevedos,* também, deixaram de sair, assustados talvez com a possibilidade de chuva.

Fomos de bonde. Quando nos separamos do casal, a torrente se despejou. Chegamos lá bem molhados, apesar dos guarda-chuvas (o meu e o que Lili emprestou).

(*) Anita e Abelardo (Azevedo).

Falamos pouco com Albertina. E tratamos de vários assuntos, menos do deles (dela e de Danton). Ficou combinado que, amanhã, se ela tiver a companhia da mãe, Dona Cotinha, nós não iremos. Às 11 horas, vamos para o quarto. Albertina nos cede a cama dela e vai dormir no gabinete ao lado. Se dormiu, não sei. Nós dormimos, embora com dificuldade, pois o famoso *colchão de molas* dela é simplesmente detestável.

A chuva amenizou muito a temperatura. E o silêncio da casa foi absoluto. Todos os ruídos da rua chegam atenuados. Mal se ouvem os bondes e as buzinas de ônibus e de automóveis. Mas eu já não consigo ter sossego fora de casa. "Right or wrong, my country", dizia Spencer, da Inglaterra; "right or wrong, my house", digo eu do meu lar, da minha casa, da Nossa Casa.

Às 7 e meia já encontramos a mesa posta e tudo em ordem. Faz pena ver um interior tão "arrumado", com tudo tão direito, com todos os elementos para a felicidade, e em completo desaproveitamento! Saímos às 8 e pouco, sem que Albertina apareça. Deve ter dormido mal, com certeza. Do contrário, não deixaria de nos aparecer, ao menos para se despedir.

Perdemos um tempão à espera do bonde. Acabamos indo esperar ônibus na praia do Flamengo. Tão chateados ficamos que — *similia similibus curantur* — nos decidimos por um "70", que nos fez dar a volta toda pelo largo dos Leões, Humaitá, Jardim Botânico, Jóquei Clube, Leblon, Ipanema, Copacabana e Leme.

Quando chegamos (9 e meia!), vou à farmácia tomar uma injeção de Benerva-forte.

Não consigo trabalhar. Converso com Anita e Abelardo. Naturalmente, o assunto escorre para... Religião (ó céus! até quando?!) e eu tendo dito, sem maiores intenções de proselitismo, a frase de Afrânio Peixoto "não é o homem que é feito à imagem e semelhança de Deus, Deus é que é feito à imagem e semelhança do homem", o Abelardo gostou enormemente. Anita se aborrece, e com razão.

—Todo o esforço que venho tendo, há tanto tempo, para *aproximar* o Abelardo do que eu acho ser a Verdade! E você, com uma frase... — Uma frase bastante gasta, justiça me seja feita. Mas, enfim, prometo-lhe que nunca mais reincidirei no erro cometido.

Ficamos, então, conversando — só nós dois — e aí ela me surpreendeu ao contar qual a razão profunda da sua fé (o que eu até aqui ignorava, motivo por que tantas vezes fiz pouco dela): Mamãe, na noite em que morreu, quando se sentiu nas últimas, com plena consciência do seu estado, pediu-lhe que rezasse por ela. "Na hora, fui até grosseira, repelindo-a, para vencer sua emoção. Mas, desde aí, fiz-lhe a vontade. E creio que encontrei o meu caminho!"

Respeito uma fé que tenha origens como essa. Não se pode querer outra mais séria, mais legítima.

A propósito, falamos das idéias religiosas de Mamãe. Ela, inegavelmente, as tinha. De sua educação, ficara o protestantismo tolerante, arejado, liberal, do pai. Depois, com papai, interrompeu-o. Papai podia ser "deísta", mas não o demonstrava. Era um irreverente, a todo instante. Finalmente, conosco (e Mamãe cedia tanto a nós, a mim e ao Danton!), ela se fez de um antieclesiastismo total. Nos últimos anos de vida (mais exatamente, desde a perseguição política ao Danton em 1935) cedeu à idéia de que poderia esperar alguma coisa da "bondade divina". Passou a ter imagens. E falava mesmo em São Chiquinho etc. No fundo, foi se fazendo "temente a Deus". E tendo momentos de oração, de êxtase. Às noites, rezava.

Estou, por conseguinte, perfeitamente disposto a não ironizar mais a fé de Anita. E a não atrapalhar mais — seja a que pretexto for — a sua catequese, mais afetiva que espiritual, do Abelardo. Este é um *voto*, que faço solenemente hoje, no Dia dos Mortos, como se tivesse Mamãe à minha frente.

Tivemos, para almoçar, o Lamartine e todos os companheiros da "república".

Excelente o almoço, servido depois de 1:30, e conseguido do material de todo dia graças ao milagre do amor materno. Vieram os quatro (o Lamartine, o Albino, o Bruno Olímpio e o Irineu). Acho Lamartine bem melhor de aspecto, apesar de insistir no cabelo despenteado, o que sempre o abateu. Irineu, na mesma, magro e pouco falante. O Bruno Olímpio, exuberante, corado, realmente admirável de verve. Só o Albino nos pareceu, a todos, muito triste. Pelo que foi, não sei. Mas deve ter havido uma razão qualquer.

Não escapamos da ida à Albertina. Dona Cotinha não pôde ficar com ela. A prima, Rosália, passou a tarde em sua companhia e ainda estava lá, quando chegamos, às 8:20. Avisáramos, com antecedência, que não dormiríamos e que ficaríamos, no máximo, até as 11 e meia; assim fizemos. Conversamos, os quatro, até pouco depois das 9. Depois, com Albertina só, até a hora combinada.

Danton deve chegar amanhã às 5 e meia. Acertamos que Albertina não o esperará em casa. Ela irá para a casa de Rosália. Eu chegarei o mais cedo que puder. Conversarei com ele para inteirá-lo da situação. Se ele se dispuser a um *modus vivendi* razoável, telefonarei para Albertina, Emília chegará e jantaremos todos juntos em paz. Se não se dispuser, teremos de realizar uma "conferência", nós quatro, a ver o que se resolve.

Saí de casa às 9 da manhã, sem saber a que horas voltaria. Voltamos à 1 da madrugada!

O dia foi dos mais dolorosos que eu tenho a assinalar na vida. Tudo que tanto nos comoveu e fatigou nestes últimos dias desaparece diante do que houve hoje: verdadeira luta de morte entre dois contendores cheios de ódio, embora falassem de amor a cada passo. Tudo o que eu arquitetara fazer e dizer quando tivesse de *enfrentar* Danton ficou prejudicado pela avalanche de impropérios que um e outro se diziam com completo desprezo por tudo o que nós — eu e Emília — aventurávamos. E, isso, num ambiente que se sentia focalizado por toda a vizinhança, que já ameaçara chamar a Radiopatrulha e que de um momento para outro poderia (como poderá) efetivar essa ameaça horrivelmente vergonhosa para ambos.

Nenhum de nós jantou, embora todos nos esforçássemos por manter um ambiente de paz, pelo menos aparente. Em meio à discussão, o pobre do Danton quebrou a dentadura superior, o que o impossibilitará de fazer qualquer coisa amanhã. Ao lado do trágico, portanto, e como sempre, o grotesco.

Afastamo-nos com a promessa de ambos de se tornarem respeitosos — não por afeto (como tanto quiséramos) mas por indiferença, para "salvar as aparências", única fórmula encontrada, em meio ao tumulto, para evitar a morte de dona Cotinha e a intervenção da Radiopatrulha.

Deitamo-nos aniquilados, de ouvidos presos ao telefone, que, de uma hora para outra, ainda nos poderia trazer uma surpresa. E o mais doloroso em tudo isso foi a inutilidade do nosso sacrifício (meu e de Emília) nesses dias que foram para todos de feriado e de descanso e, para nós, de cansaço, de sobressalto, de ansiedade e de angústia.

Dificilmente a vida nos proporcionará situações mais dolorosas e mais constrangedoras.

A noite não foi — não poderia ser — calma. Emília sofreu a conseqüência, já não direi psicológica, do aniquilamento que nos derrotou a ambos, mas a fisiológica, da perturbação intestinal, tendo de ir diversas vezes à latrina. A isso eu escapei pelo jejum que me impus, limitando-me a três ou quatro colheres de sopa no jantar de ontem.

Levanto-me às 8 e pouco. Encontro sobre a minha mesa, na varandola, acompanhado de um belo livro (*Guia de Medicina Homeopática*, de Nilo Cairo), este cartão de Lamartine:

Papai:
Estive aqui das 12:30 às 20:35 (a preocupação com anotar as horas é mania do teu *Diário*, que nos contaminou a todos) mas como você anda muito farrista — ou será a sobrecarga de responsabilidade? — desencontramo-nos. Não há de ser nada, amanhã volto para bater um papo.

Trouxe um guia prático de homeopatia (talvez você ache uma indicação para o tratamento de suas dores nos pés; experimente).

Por hoje, uma boa noite para você.

Quanta saudade me dá essa letra! E todo esse espírito a cuja proximidade tanto me habituei durante vinte e um anos! Que esforço sobre-humano não se faz necessário para admiti-lo como segregado de nosso convívio, transformado em interlocutor telefônico ou em visita a dia e prazo certos!

Na rua, de 11 da manhã às 8 da noite. Antes de vir para casa, ainda me peso, pois cismo que emagreci nestes últimos quinze dias. Realmente, o peso de 22 de outubro (veja-se o cartão da balança colado folhas atrás) foi de 87 quilos; o de hoje, 83 ½. Não dá para assustar — mas sempre preocupa um pouco, pois o meu aspecto é bom, no consenso geral.

Janto quase nada. Apenas a sopa de legumes. E acho ainda o Lamartine em casa. Fisicamente, ótimo. Mas, com as queixas de sempre. Já encontrou a minha indicação homeopática. Deu-ma. Entretanto, *encostei-a* por ora. Julguei mais prático um remédio que me foi indicado no próprio Juízo, Irgapirim, de procedência suíça, em drágeas. Pago pelo frasco, com vinte drágeas apenas, 104,00! Tomo a primeira dose, junto com dois comprimidos de vitamina B-1, desintoxicante.

Noite boa. Levanto-me espantado de ver que o meu "reumatismo de calcanhar" está quase desaparecido! Não tenho dor, nem desequilíbrio! Incrível, a eficiência do Irgapirim. Médico? Só quero saber de um: o Dr. Bula. O dinheiro é pouco para os remédios. Pagar a alguém para indicá-los é, positivamente, demais.

Meu primeiro cuidado, agora, é tomar os medicamentos na devida ordem. Preparo o copo de água. Tomo, primeiro, o comprimido amarelo (que cor linda!) do Irgapirim. Depois, o embaciado, neutro, inexpressivo, do Andrioquim. Finalmente, o chato, feio, de Belexa, desintoxicante pelas várias vitaminas B que contém (B-1, B-2 e B-6).

Comentário desagradável do meu filho almoçando hoje conosco:

— Com essa mania de substituir os médicos por bulas, você, um belo dia, amanhece morto e não pode culpar ninguém.

Nenhuma melhora na vida, apesar de todo o estardalhaço do Governo Café. Não me sinto com coragem para suportar mais a situação de dúvidas e incertezas de que está cheia a hora presente. Se eu fosse cínico, até tiraria partido. Mas não sou. Não tenho a mínima vocação para aproveitador do que quer que seja. Logo, tenho de me aborrecer.

Continuam as mesmas dificuldades e — o que é pior — os mesmos problemas, sem esperança honesta de qualquer solução, mesmo paliativa. Se a manteiga encarece em proporções astronômicas (o quilo a 96,00 e mesmo a 100,00), o general-presidente da COFAP não mobiliza o exército para prender ou expulsar os traficantes que exploram e sonegam o produto;

limita-se a aconselhar a população a que... não compre manteiga! E, assim, é tudo o mais. Quanto aos remédios, acabou-se o tabelamento. Deu-se ao próprio sindicato dos farmacêuticos a fixação dos preços... a portaria exaltava a "dignidade" da classe. Nenhum preço desceu. Sobem de dia para dia. Que, ao menos, se acabe com essa palhaçada de COFAPs e semelhantes, que custam fortunas à Nação!

Café Filho não se opõe ao aumento da Light em todos os serviços. Não força a COFAP a "parar" a ascensão vertiginosa dos preços de todas as utilidades. No entanto, veta totalmente o aumento dos médicos, que se arrastou dois anos no Congresso, alegando que o Tesouro não comporta essa despesa.

Por outro lado, foram mantidas as disposições legais concernentes à inatividade dos militares (permitindo três promoções sucessivas, que fazem, da noite para o dia, de um tenente-coronel da ativa um general da reserva, desses que querem ganhar agora o mesmo que os ministros do Supremo Tribunal Federal, ou seja, 43 contos!).

Ora, chegou a hora de um protesto coletivo em regra. Nem que seja preciso pregar abertamente a revolução. Mas tolerar que se mantenha e se aprofunde o fosso divisório entre "paisanos" e militares, numa hora de tantas dificuldades, é mesmo para fazer perder a cabeça.

O aumento *geral* tem de vir, e já, e substancial. Pouco importa que o Tesouro não agüente. Tem de agüentar. Do contrário, será melhor fechar o país "para balanço".

O que os jornais registram sobre a atitude do Café, ontem, por ocasião da "passeata" dos médicos, é de estarrecer. Esse patusco que abre as portas do Palácio para qualquer postulante, numa demagogia barata que deixa a perder de vista a de Getúlio, fugiu vergonhosamente do contato com representantes das profissões liberais — médicos sobretudo, nomes dos mais respeitáveis — que se propunham a veicular as reivindicações mais legítimas de toda a classe. Se o Tesouro não comporta a despesa que essas reivindicações exigem, diga isso, mas não fuja ao contato dos que pugnam por um direito sagrado, o de não deixar morrer de fome a família, as crianças que puseram no mundo e a quem não podem dar sequer de comer.

Os militares estão afastando o Presidente do povo. Isso é mentalidade de Eduardo Gomes, de Juarez (esses mesmos que, há dias, deixaram-se fotografar, fardados — um general e um brigadeiro! — carregando nos ombros o andor que conduzia a imagem de Nossa Senhora de Copacabana. Aí está ao que desceu o Brasil no Governo Café Filho. Que se pode esperar de um governo que, em hora tão grave, como a que atravessamos, se preocupa com essas bambochatas, descurando do trato de problemas urgentes, cruciais, do país?). Os que ainda acreditam nas virtudes democráticas de Café Filho exigem que ele assuma, realmente, as rédeas do Governo, não as deixando nas mãos da tropilha fardada que delas se apoderou.

Almoço com bastante apetite. Trago para sobremesa jabuticabas lindas, grandes e saborosíssimas. Só eu as chupo, entretanto. Emília (que não chupa — come casca, caroço e tudo) não passa de meia dúzia e logo se arreceia da descarga intestinal que elas provocam.

Ela anuncia um programa especial para o dia de hoje. Combinou com Albertina irem à tarde a uma exposição de pintura. O Danton aderiu. Adere, agora, a tudo — coitado! — que esse ainda é o melhor meio de recuperar a confiança conjugal perdida.

Ignoro, aliás, inteiramente, o pé em que estão as negociações diplomáticas entre ambos. Deixei-as em mau estado, quando estivemos juntos pela última vez (o dia em que quebrou a dentadura). Depois disso, o que temos sabido é fragmentário e confuso.

Ainda hoje, estou assistindo, da minha janela, à mudança de um apartamento fronteiro. Pensei logo em dizer à Albertina. Mas Emília atalhou informando que Danton não quer sair do largo do Machado. Portanto... nada feito.

Não irei com eles à exposição de pintura. Desinteresso-me de questões de arte. Acho-as puras "frioleiras", indignas do momento crucial que estamos vivendo.

Já o mesmo não direi de irmos à noite ao "Tablado", o teatrinho em que representa a Maria Clara Machado, filha do Aníbal, na Gávea. A este irei, de bom grado, que teatro é alguma coisa mais do que exposição de pintura.

O jantar teve duas alegrias: a presença de Lamartine, com o Albino (este, não mais silencioso e casmurro, como outrora, mas conversando, desembaraçado) e a companhia de Danton e Albertina, não direi "reconciliados", mas, pelo menos, com a *aparência salva*, permitindo a sobrevivência do casal.

À noite, fomos, todos, ao Tablado, ver *Nossa cidade*, de Thornton Wilder. Gostamos muito. Pelo menos nós (os que nos comunicamos — Lamartine e Albino não se comunicam com ninguém). Confesso que teria gostado mais se o teatro fosse completo, com os cenários reais e não sintéticos, obrigando a uma mímica por vezes perfeitamente idiota.

Tenho mais uma droga receitada pelo Danton: Dexamil. Desconfio que contenha cantárida, pois ele diz que "vale por dez licores de ovo", a supermaravilha que o pôs em condições tais que lhe iam custando a estabilidade conjugal. Ele, aliás, protesta, quando lhe objeto que o meu organismo não precisa de revitalizantes. "É puramente euforizante. Dá uma disposição para o trabalho e um otimismo que você nunca conheceu. Francamente, se eu fosse Governo, mandaria distribuí-lo, de graça, pelas repartições públicas!"

Não custa nada tentar. De que não faz mal ao coração é prova o ter sido receitado por médico à Dona Cotinha, octogenária e cardíaca fichada.

De que me vale não visitar os outros, se os outros me visitam?

Minha revolta se traduz em não aparecer logo. Aparecerei depois. Para "uma meia horazinha, no máximo". É o quanto basta, convenhamos.

Mas, por mais que queira, e que me isole na varandola-gabinete, não consigo ficar além das 3. A essa hora, saio e vou para a sala *render* Emília, que já está em *knockout* com o Sócrates. Agüento-o em conversa monocórdia, até as 6 e pouco!

O genro chega, mas estrompado. Vou fazer-lhe as vezes, pois, acompanhando Anita ao culto, na igrejinha protestante de Barata Ribeiro. Contra todos os hábitos, a igrejinha conservou-se fechada até as 8 horas! Eu, que me gabava hoje de meus pés não terem acusado a menor dor, mesmo sem recorrer ao Irgapirim, afrouxei lamentavelmente com a espera que não estava nos meus cálculos.

Afinal, às 8 em ponto, as portas do templo se abrem e Anita é uma das primeiras que as transpõem. Não a acompanho (para que não pensem que estou querendo passar pelo que não sou).

Subo a avenida Nossa Senhora de Copacabana à procura de uma farmácia que funcione aos domingos. Na primeira que encontro tenho a felicidade de achar logo o Dexamil. O preço confere com o do Danton (menos de 50,00). A bula, entretanto, me assusta. "Indicado nos estados de distúrbio mental e suas manifestações, para aliviar o desassossego mental e emocional caracterizado por desalento, apatia e agitação, dificuldade em concentrar-se e expressar seus pensamentos, diminuição na capacidade para o trabalho, falta de energia e outros sintomas que se observam no preocupado crônico..." Positivamente, não me reconheço neste retrato. Mas, que custa tentar? Iniciar-me-ei com doses fracas (meio comprimido só, como o Danton prescreveu).

Lamartine, a quem recomendo o Dexamil, desencoraja-me: "Isso dá uma diarréia tremenda!".

Acordo às 7:30. Preparando os meus remédios, deixo cair e quebrar o tubo de Irgapirim (luminal). Não perco o conteúdo porque os 104,00 do custo me obrigam à poupança. Entretanto, abaixando-me para apanhar as drágeas, sinto uma dor violenta no coração, com evidente contração muscular. Angina, já? Oxalá que não, pois ainda tenho muito que fazer na vida, apesar de todas as aparências em contrário.

É possível que o susto maior tenha vindo do pensamento no + + +, por cuja alma boníssima celebra-se, amanhã, missa de sétimo dia na Candelária. Farei por ir.

Hoje, o programa é trabalhar pela manhã nos meus processos penitenciários. À tarde, depois do almoço, vou visitar o Lamartine e os companheiros da "república". Desejava ir com Emília. Mas ela se mostra hostil ainda à idéia.

Emília não quis ir. Ainda acha cedo para se conformar com a idéia da separação do filho. Vamos nós somente — eu e os Azevedos.

Fomos e voltamos de bonde. O apartamento não nos impressiona bem à primeira vista. Todos o achamos (na entrada) muito escuro. E é um apartamento velho, indisfarçavelmente. É possível que o que considero *velho* seja *antigo*, e, como tal, até mais valioso. Para mim, entretanto, é velho, no duro. Os móveis são artísticos, mas poucos e em mau estado. Um tapete inteiriço valoriza muito a casa. Mas o que a torna realmente encantadora são os livros. O gabinete é que guarda os melhores e em maior número. Não são estantes até o teto e conjugadas, como as minhas. Mas são bem altas, também. E há livros por toda a casa. Até na copa e na cozinha! Há edições preciosas, raras, primeiríssimas. Há uma edição da *Dama de*

51

Espadas de Puchkin (tradução de Álvaro Moreyra) impressa, em cores, em cetim. Comentário do Bruno Olímpio: "É o livro mais *madame* que eu já vi na minha vida". Tem quase todos os modernos com dedicatórias (Lobato, Mário de Andrade, Oswald de Andrade, Lúcio Cardoso, José Lins do Rego, Graciliano, Rachel de Queiroz). Tudo sobre folclore, principalmente o gaúcho. Livros e livros sobre o Rio Grande do Sul. E belas edições de obras completas de Nietzsche, de André Gide, de Dostoiévski; toda a *Brasiliana*; todo o Machado de Assis (até em alemão). O homem é culto, mesmo. E o ambiente é encantador.

Não me parece, todavia, que o Lamartine esteja contente. Aqui, em casa, me pareceu mais satisfeito do que lá. Sente-se que ele gosta dos amigos, que não está absolutamente arrependido do que fez. Mas... alguma coisa ainda lhe está faltando. Perguntado, aliás, por mim, confessou que não está bom de cabeça. Dorme bem. Alimenta-se com apetite. Mas não coordena facilmente o que lê. E continua a sentir grande sonolência.

Deixamo-lo às 5 horas. O Irineu não estava. Mas o Albino faz de cicerone para a biblioteca. E o Bruno Olímpio, de conversa sempre cintilante, faz questão de nos aprontar um café saborosíssimo.

Venho meio triste... Felizmente, o condutor do nosso bonde, na volta, é o irmão da Flora, empregada de Lúcia. Engraçadíssimo, nos faz rir a todos...

Jantamos, só eu, Lamartine e Cléo. Os Azevedos, ao que parece, comem fora. Os companheiros de Lamartine tomaram outro rumo. O jantar foi bem gostoso. Lamartine apreciou demais a sobremesa que eu lhe fiz (a subdivisão dos triângulos de chocolate da Kopenhagen): comeu-a toda sozinho! Mal sabe ele que custou apenas... 30,00!

Às 9:30 saímos, eu e Emília. Vamos ao cinema Astória, onde, ao menos, temos a perspectiva de não ficar de pé, pois é o maior cinema destas bandas. Apesar do letreiro de "lotação esgotada", nos sentamos. Entretanto, o filme — com Jane Russell — foi o maior abacaxi dos últimos tempos. Houve, até, vaias. E, para isso, sai um homem de casa, com sua esposa, luta por condução e perde a sua noite, tão digna de melhor emprego!

Acordo cedo. Antes das 6! É que a luz, no verão, é avassaladora. Não respeita nada. Venho, entretanto, me deitar de novo, depois de pôr o despertador para as 7. O despertador soa... em vão. Emília o escuta. Mas me deixa dormir até as 7 e meia.

Levanto-me a essa hora. Tomo banho. Faço a barba. Desjejuo, com bastante apetite. Engulo os meus remédios, em série. E atiro-me aos jornais.

No plano internacional, o Egito se convulsiona de novo. Naguib, o "homem forte", foi deposto. E o povo, que o ovacionou na ascensão, lhe assiste indiferente à queda.

A China comunista, por meio de pequenas embarcações, afunda um destróier "nacionalista". Foster Dulles deve estar furioso, porque é o Tesouro norte-americano quem paga o prejuízo.

Entre nós, uma nota da Agência Nacional confirma, por seu turno, o que se disse ontem quanto à disposição em que estaria o governo de reagir severamente a qualquer tentativa de greve por parte dos médicos. Aconselha calma e resignação. Enquanto isso, o Senado aprova as emendas aos orçamentos militares — as emendas, só, já sem falar no "grosso" — que, só elas, aumentam a despesa, e considerando-se apenas o Ministério da Guerra, em mais de 400 milhões! E não há revolução!

Mais ainda: o nosso açougueiro, calmamente, em recado autenticado com o carimbo da casa, desafia-me comunicando que passou a cobrar 34,00 pelo quilo da carne! E a receita continua a mesma. A mesmíssima de nove anos atrás!

53

Visto-me antes das 10 e vou para a rua. De que adianta ficar em casa, se não tenho a tranqüilidade necessária a qualquer descanso?

Continua a preocupar os círculos oficiais a questão dos "discos voadores". Não são mais jornalistas sem assunto que focalizam o "fenômeno". Agora, são militares — oficiais e suboficiais da Aeronáutica — que asseveram a existência dos estranhos objetos, visíveis a olho nu, de noite e de dia. O próprio chefe do Estado-Maior da Aeronáutica se sente na necessidade de dar "entrevista coletiva à imprensa" a tal respeito. E, nela, se bem que diga "não acreditar na origem extraterrena dos discos", nem "garantir que eles existam", dá cunho oficial a informações oriundas de oficiais e suboficiais da Aeronáutica, provenientes de Porto Alegre, positivando a "observação" do estranho fenômeno.

Eu já ando muito cismado com a Aeronáutica... É gente que vê o que ninguém mais enxerga. E que, na ocasião de *provar* o que viu, tira o corpo fora. O "arquivo de Gregório", que derrubou um governo, forçando um Presidente da República, septuagenário, ao suicídio — arquivo que conteria as maiores barbaridades — passou, de uma hora para outra, a "não existir" (depoimento do Coronel Adil, publicado nos jornais de 14 deste mês). Depois disso...

Foster Dulles, envergonhado com a derrota que Eisenhower sofreu nas eleições, e de que deve se sentir, mais do que ninguém, culpado, volta a querer galvanizar o cadáver da infalibilidade norte-americana, anunciando o que o governo *yankee* fará se a China comunista insistir em "tomar" Formosa. Já não encontra eco em parte alguma do mundo esse subleão desdentado da Metro. Se os seus próprios patrícios não o levam a sério, como é que o "resto do mundo" pode levá-lo?

Acordo às 8. Sem água nas torneiras! Só faltava essa para completar os infortúnios do Governo Café Filho. Pouco dinheiro, vida cara e, ainda mais, desconforto, não é quadro que garanta a estabilidade de um governo sem base política, nem popular.

Hoje, para maior suplício nosso, Anita se mostra na iminência de nova crise de hormônios. Quando ela acorda reclamando contra tudo — até contra a proximidade do mar, em vez de montanha — é que as coisas vão mal dentro de sua psique.

Por ora — pelo menos, de pronto — não me ocorre qualquer providência. Vamos ver o que o tempo sugere.

Não almoço com os Azevedos. Emília acha que isso "atrapalharia" a Casa. Por que, não sei. Nem discuto. Mas me visto e vou comprar pão preto na praça General Osório.

Não sei se o pão compensa o sacrifício, que não é pequeno. Mas sei que é o único alimento de que não enjôo. Na volta, compro ainda três ovos, que mando fazer quentes, outra espécie de alimento de que muito me agrado.

Devorado esse almoço pantagruélico — que não atrapalha a Casa — saio para a cidade, de ônibus.

Temos boas notícias sobre o aumento da Justiça. Apesar do veto aos médicos, por falta de dinheiro, assegura-se que teremos a majoração prometida (de 16800,00 para 21000,00, além dos adicionais). E os otimistas ainda falam em "atrasados" que subiriam a mais de cem contos!

Venho para casa às 6 e pouco. Mas, como sempre, só chego depois das 7 e meia. O que está acontecendo com os bondes é inacreditável. Se já eram maus, passaram a péssimos. De raros, tornaram-se *nenhuns*. Fica-se mais de meia hora à espera de que venha um só de "túnel novo", seja Leme, seja Copacabana, seja Ipanema, seja o que for. E, quando vem, vem sem reboque, sem um lugar para os próprios pingentes.

Jantamos às 8. Isto é, *eu* janto às 8. Emília e os Azevedos já haviam jantado quando eu cheguei. Agora, é assim!

À noite, os Azevedos saem. Anita já não se mostra deprimida, como de manhã. É que o Abelardo foi promovido: já está ganhando praticamente cinco contos (4955,00), afora as gratificações e outras vantagens. "Passei Anita!", foi o grito legítimo do seu orgulho desforrado.

Acordo tarde, às 8 e meia! Quase doze horas de sono! É muita coisa! Tanto o organismo precisava disso, contudo, que me levanto como que reconciliado comigo mesmo.

Mas atrapalhou-me o dia. Não podendo dispensar o meu café matinal, com o pão preto fresquinho que comprei ontem, vou ficar sem almoço, pois tenho de sair cedo e não concebo duas refeições tão próximas para trabalhar logo depois. Seria um suicídio.

Não me sinto ainda curado da dor reumática no coração. O Irgapirim, tomado a doses submínimas como o estou tomando, alivia, analgésico que é, mas não cura. Quero ver se amanhã e depois, sábado e domingo, ataco o mal com decisão e me liberto desse incômodo para sempre.

É de sol, de um belo sol, o Dia da Bandeira. Vou enfrentá-lo sem roupa de brim ou linho, com a minha "tropical-barbante" do alfaiate Vale. Estou com a idéia de combinar com Emília um cinema, à noite, mas não aqui no bairro; fora do suplício das filas e da perspectiva de ficar em pé, o que o meu reumatismo não suportaria.

A alimentação irregular contribuiu para me abater fisicamente muito. Tanto que nem tive coragem de sair à noite. Telefonei, primeiro, para Lúcia, depois para o Zizinho, sobre a minha dor no coração. Ambos acham que eu tenho razão quanto à sua natureza puramente muscular. A localização no coração foi mero acaso. Poderia ter sido em qualquer outra região do corpo.

Janto bem, com bastante apetite, hoje. Como, por sobremesa, a velha torta de nozes (receita de Mamãe) dos meus tempos de menino.

Lamartine nos dá o prazer de sua companhia durante a noite. Conversa. Toca vitrola. Cumpre brilhantemente a promessa que fez, de ser o mesmo filho de sempre, "e até melhor".

À noite, conversamos e ouvimos rádio. Tento ler, em voz alta, para Emília e Anita, o *Cuore* de Amicis. Nenhuma das duas o tolera mais, apesar de Emília ter sido criada ao som das suas histórias. Já agora fico sem jeito de ir com ela, amanhã, como planejara, à pré-estréia do filme argentino *Corazón*, baseado no próprio.

Estou com dor ainda, na altura do coração. Dor muscular nevrálgica ou propriamente cardíaca, o certo é que me incomoda muito. Se continuar assim, amanhã terei de procurar um médico: não me convém facilitar por mais tempo.

Vou dormir antes das 11. Hoje, não sei por que, Lamartine veio jantar e ficou... Dormira, já, de tarde. Dormiu, depois, a noite toda. Saudade do seu quarto? Saudades de nós?

Quando o acordamos, disse que preferia ficar. Quem poderá saber o que encerra a alma humana?

A noite foi boa. Dormimos, todos, bem. Do Lamartine, aliás, ainda não soube. São 9:40, e ele ainda continua de quarto fechado, como nos bons tempos de antanho. Ou tomou algum calmante forte, ou o ambiente do Sr. Augusto Meyer não deve ser tão acolhedor como o que tem aqui, na *sua* casa, entre as *suas* coisas, com a *sua* gente.

Melhoro de estado geral. Tanto, que não tomo remédio algum hoje. É uma experiência. Continuo, porém, com a impressão bem nítida de haver deslocado alguma costela, justamente nas proximidades do coração. E isso tem estreita ligação com o "estalo" que ouvi — e registrei — quando apanhei os comprimidos de Irgapirim, cujo vidro caíra e se quebrara. Quero fixar bem esses detalhes para amanhã auxiliar o meu possível médico assistente, se não a me curar, pelo menos a passar um atestado de óbito decente.

A cozinheira faltou. Mas Emília — estimulada pela presença do filho querido (que, positivamente, se esqueceu de voltar à "república" de Botafogo) — se dispôs, de bom grado, ao preparo da nossa bóia.

Depois do almoço, o Lamartine fica pondo vários discos de sua preferência na vitrola. Temos, assim, uma ilusão dos "outros tempos". Enquanto ele ouve música, os Azevedos se recolhem ao quarto para fazer a sua sesta. Emília faz o mesmo. Eu fico na biblioteca folheando livros pouco compulsados nos dias comuns.

Encontro, dentro das *Poesias Completas* de Sully Prudhomme, esta carta a Emília, ainda dos nossos tempos de noivado:

10 de setembro de 1925.

Minha querida Emília,

Com estes livros lhe vai, hoje, a minha primeira contribuição para a "nossa" Casa.

Ao reuni-los, no propósito, já tantas vezes revelado, de iniciar a "sua biblioteca", tive a grata sensação de começar a nossa vida comum. E mais que pelo nome, que eles trazem na capa, Você me vinha à presença pela imaginação, a cada verso que eu relia, em demorado êxtase.

Talvez lhe pareça estranho que sejam livros de poetas, todos eles antigos, na forma e nas idéias, os que lhe dou a ler; eu, que sou, e que a seus próprios olhos cada vez procuro me mostrar mais livre do passado, sob todos os aspectos.

Na verdade, porém, não há de que estranhar.

Mais de uma vez lhe tenho dito que não quero que o futuro lhe anule a personalidade.

Pelo contrário.

Para que eu seja feliz, inteiramente feliz, é preciso que Você seja cada vez mais Você mesma.

A comunhão, a que naturalmente pretendemos, não pode repousar no sacrifício do que já esteja em nós, senão na aquisição do que nos falte ainda.

Pois é pelo desenvolvimento do que somos e não pelo prejuízo do que deixamos de ser, que nos faremos verdadeiramente dignos um do outro, e, ambos, da felicidade comum.

Ora, estes livros, muitos dos quais seus velhos conhecidos, não me podem ser estranhos.

Se eu não sinto por eles o mesmo entusiasmo que Você, tenho, entretanto, pelo menos a satisfação de saber neles um pouco de sua admiração, de sua predileção, de seu entusiasmo, tanto vale dizer, um pouco de Você mesma.

No futuro, portanto, quando tivermos concluído a construção do pequeno patrimônio que eles hoje começam, Você os conservando como uma companhia cara ao seu afeto, porque eles serão sempre a lembrança de uma homenagem que o seu noivo prestou aos seus sentimentos, eu não terei prazer menor revendo, neles, a minha própria Noiva, a quem, desde esse tempo, eu já julgava digna da minha reverência intelectual.

Creia, pois, que é a mesma sinceridade de sempre que os acompanha e lhe beija as mãos agradecida, no dia de hoje, em que já quatro meses são passados sobre a hora mais feliz da minha vida.

Espártaco.

Encontro, também, e empresto a Lamartine, um manual de vulgarização astronômica muito curioso e bem moderno (1946) em castelhano. As ilustrações, sobretudo, são soberbas. Agora, que o Lamartine se interessa tanto pelos "discos voadores", deve interessar-lhe uma *mise-au-point* das pesquisas sobre Marte, sobre as "aparições" estelares etc. Ele pensa, mesmo, ir, com um grupo de amigos, à fazenda da Cléo, onde o céu é amplo e observável sem elementos perturbadores, a ver se *observam* realmente alguma coisa.

Aniversário da morte de Papai. Quadragésimo quinto aniversário, já. Posso dizer que dormi bem, tendo tido o cuidado de não me deitar sobre o lado esquerdo. Essa preocupação, entretanto, me tirou várias vezes o sono...

Acordo, definitivamente, às 6. O excesso de luz que já existe, a essa hora, no verão, faz-me crer que seja mais tarde. Mas não adianta procurar reconciliar o sono. Levanto-me, logo. Tomo mais um comprimido de Irgapirim (já agora *oficializado* pela recomendação do Zizinho). Logo mais, tomarei na farmácia uma injeção antitóxica de Necroton. Serão mais 35,00. Dinheiro haja...

Por falar em dinheiro, fui, ontem, informado de que, para assegurar o êxito do nosso aumento na Justiça, foi preciso transigir com os militares — hoje e sempre, donos únicos do País. O vencimento dos generais passará a ser equiparado ao de Ministro do Supremo, descendo a hierarquia pelo Tribunal de Recursos, pelo de Apelação, pelos Juízes de Direito etc. Estes, e portanto nós, os Curadores, deveremos corresponder a major... um belo fim de vida, sem dúvida! Se ainda tivéssemos, além dos *vencimentos*, as *vantagens* (a começar pela compra dos gêneros por menos da metade do preço e a terminar pelo meio soldo depois de morto), não seria tão mau.

De qualquer forma — embora isso represente o descalabro financeiro do País — é a única maneira de fazer o orçamento doméstico folgar um pouco. Porque, agora, até em atrasados já se volta a falar...

Mirífico poder da farda! Meu pobre Pai, teria sido essa a República dos teus sonhos?

A dor no coração se está deslocando. Já agora corresponde, mais, à base do pulmão esquerdo. Mas continuo a afirmar que há uma qualquer coisa com as costelas. Sinto-as chocalhantes. Dão-me idéia de que penetrou água, ou ar, nelas. Que diabo será isso?

Preocupa-me também, agora, a situação intestinal de Emília. Ela estava passando admiravelmente. Mas — com a propalada greve dos médicos e a situação de dificuldade que atravessa o irmão médico, o Hugo — entrou a manifestar sintomas de obstrução, possivelmente agravados pelas hemorróidas. Ontem, para evacuar, foi uma luta. Acabou expelindo fezes de um tamanho descomunal, duríssimas, que lhe irritaram os mamilos fortemente, a ponto de quase desfalecer na latrina. E — o que é mais sério — tendo aplicado supositórios, estes não penetraram no bolo fecal, sendo expelidos intactos, depois de muito tempo.

Tudo tem base emocional, sem dúvida. Mas isso não basta para tranqüilizar. Atenua, por certo. Mostra que o mal não é cem por cento orgânico, digamos assim (como se as emoções fossem estranhas ao organismo...). Hoje reiniciaremos, à noite, as nossas caminhadas depois do jantar. Parecem pouca coisa. Mas o certo é que sempre resolveram as "obstruções", aparentes ou reais, de Emília.

E, sábado, vamos cedo ao Jardim Botânico. É preciso maior contato com a natureza. A praia só, não basta. Arranjaremos meio de combiná-la com a montanha. Ou, não havendo montanha, ao menos a mata próxima e a caminhada à sombra das grandes árvores.

Outra nota cômica: a COFAP restabeleceu o tabelamento da carne. Só pode ser vendida a 22,00 o quilo. E *tem de existir*. Há várias semanas que estamos pagando 35,00!

Antes de ir para a cidade, procuro o açougueiro para protestar. Recebe-me com o máximo cinismo. E, quando lhe mostro a nota do *Correio da Manhã*, diz: — Haveria de ter graça que, pagando, como pago, a carne, a 29,00 o quilo, fosse vendê-lo por 22,00!.

Digo-lhe, então, que desejava avisá-lo de que procederia contra ele, denunciando-o à polícia; não queria fazer isso às escondidas. Assim que chego a casa, telefono para a fiscalização da COFAP, de onde me agradecem a denúncia.

Não me levanto logo, porque, desde cedo, tenho a casa *invadida* pela Cléo e pelo Lamartine, que só se animam a sair para a praia às 9 ¼. Poderia falar-lhes, de pijama, com naturalidade; mas Emília se opõe a isso, achando que a Cléo se impressionaria muito mal se me visse em trajes tais. Que hei de fazer?

Quando eles voltam da praia, conversamos. Acho os dois magníficos. Corados, satisfeitos. Que bela coisa é a mocidade! Que coisa linda, o amor!

Saio de casa, almoçado, com a Cléo, às 12:30. Vamos de ônibus. Conversamos utilmente. Tanto vale dizer — sobre o Lamartine. Queixo-me de que ele continua confuso e sem querer "clarear-se". Ela retruca que estou sendo injusto. "O senhor é que não está querendo ir ao encontro dele." E, logo após: "Procure ler algum dos existencialistas religiosos, por aí poderá encontrá-lo".

— Nietzsche é existencialista religioso? — pergunto-lhe com ar irônico. Mas ela não se deixa afetar:

— Nietzsche também — me responde. Retruco-lhe que soube "já estar ele descambando para a magia negra". Ela se revolta, "Quem lhe disse essa barbaridade?". Falo-lhe, então, da idéia de "encontrar revelações de Deus no Mal, já que não as encontrou no Bem". A lourinha se transfigura. "Isso é uma deturpação do pensamento dele. Não repita isso!"

Chegamos, afinal, à esquina de Marquês de Olinda. Ela salta, eu continuo.

Barbeio-me e tomo banho — tudo, sem fazer barulho, pois o Lamartine dormiu aqui e pediu que só o acordássemos às 8 e meia.

Não surpreendem mais essas "dormidas". Por mais que ele disfarce, a "república" não trouxe ao meu filho os benefícios que ele esperava. Ele não avaliou "o outro lado" da liberdade. Uma das faces lhe agrada — o não ficar sujeito às contingências de uma casa organizada, que não é grande e tem outros moradores. Preferiu ir para outra que lhe pareceu maior (na realidade, não o é) e onde (pelo ascendente econômico de ser o que mais paga) seria o que mais mandaria. Não contava, porém, com os ruídos da rua (muito próximos: um segundo andar, quase na esquina de duas ruas de bondes, não é a mesma coisa que um nono, num trecho pelo qual os bondes não passam). Depois... se os pais amolam com o excesso de carinho, às vezes não são de todo indesejáveis quando o carinho falta, nas suas mais variadas manifestações. Não surpreende, pois, que o Lamartine procure o seu quartinho, vez por outra.

A leitura dos jornais da manhã me dá uma grande satisfação: a notícia de ter sido aprovado na Comissão de Constituição e Justiça da Câmara dos Deputados o projeto de aumento de vencimentos da Justiça. Uma notícia alegre, uma notícia alvissareira. Emília, entretanto, recebeu-a dizendo: "É isto! Enquanto os *pobres dos médicos* nada obtêm, vocês, que já foram aumentados *outro dia*, conseguem novo aumento!".

Mesmo que isso fosse verdade, ela não deveria dizê-lo, sabendo as privações que eu passo para não desfalcar o orçamento doméstico (sofrendo eu *sozinho* as oscilações astronômicas do condomínio, imposto de renda, taxa correspondente ao imposto predial, saneamento e outras que antes eram rachadas entre nós). Mas, não faz mal: agora, todos os benefícios novos serão rigorosamente repartidos — se eu for aumentado em apenas um conto de réis, cada um de nós terá 500,00; se o for em quatro ou cinco, como se imagina, cada um terá 2000,00 ou 2500,00. Não farei mais a mínima concessão a esse respeito.

A cidade se apresenta com um aspecto provocadoramente anticomunista, pela data, que assinala o 19º aniversário do levante de 35. Por seu lado, a imprensa vermelha exalta livremente o feito... e circula.

Sinto grande calor, alagando a camisa, apesar da roupa leve (a marrom) que o Vale me fez. Almoçamos à 1 hora: somente eu, Emília e os Azevedos.

A refeição corre animada pela conversa. Sobretudo a de Anita. Acredito que haja, de novo, *alguma coisa* para vir... Hoje — segundo informações de Emília — ela deveria ficar menstruada. Não ficou. E, longe de se mostrar irritada, como acontece sempre ficar nesse período, conservou-se calma e satisfeita.

Depois do almoço, abro, diante da família reunida, o embrulho que trouxe da cidade, com os livros *pechinchados* hoje.

Ei-los: Maeterlinck, *L'Hôte Inconnu*; Everardo Backheuser, *Manual de Pedagogia Moderna*; Leonel Franca, *Noções de História da Filosofia*; Fulton Sheen, *Filosofias em Luta*; Eneida, *Alguns Personagens*; Hermes Lima, *Lições da Crise*; Ismael Quiles S. J., *Sartre y su Existencialismo*; Djacir Meneses, *Introdução à Ciência do Direito*; Georges Boris, *La Revolution Roosevelt*; Wilhelm Reich, *La Crise Sexuelle* (*Critique de la Réforme Sexuelle Bourgeoise*); Menotti del Picchia, *Pelo Divórcio*; Fialho d'Almeida, *Atores e Autores*; Mário Vilar, *Erasmo*; Leonel Franca, *A Igreja, a Reforma e a Civilização*.

Ao todo, catorze volumes, alguns valendo mais de 50,00. Pois ficaram, todos, por 135,00!

A compra me fez bastante satisfeito. E foi com verdadeira euforia que abri e folheei os volumes — sensação que há muito tempo já não tinha.

Mas, em compensação, aborreceu-me, e muito, o saber que Danton continua a ter evacuações com sangue. Ele está "facilitando"! Uma das causas deve ser o abuso do Dexamil. Quando o Dr. + + + receitou-o para o Lamartine, foi logo prevenindo que dava soltura. Eu objetei isso a Danton. De que adiantou? Continuou tomando e ainda me fez tomar.

É verdade que, hoje, lendo uma monografia sobre "Infarto do Miocárdio" — que, depois do que ocorreu com o tio Guilherme, é o que mais me apavora — vi, quanto à sintomatologia, que, geralmente, o infarto assalta sem aviso, de surpresa, a pessoas que nunca tiveram o menor prenúncio. É desalentador, isso!

Noto (de dentro da minha varandola-gabinete) que o Sócrates veio "bater papo". Ouço-o dizer que *viu* o disco voador. A olho nu. E ele esclarece como é, como se desloca, com que velocidade, tudo... Porre? Talvez. Há noites em que ele bebe na casa dos K. Deve ter sido numa dessas.

Fico trancado aqui no esconderijo até que me chamem para jantar. Do contrário, o precedente será perigosíssimo.

Lamartine fica para dormir e me pede que converse com ele. Minha conversa com meu filho é sobre os problemas do Além-Túmulo. Para começar, leio-lhe um trecho do livro *L'Hôte inconnu* de Maeterlinck. Depois, vamos, sozinhos, pelo impulso.

Lá pelas tantas, como me sirva de água gelada, sou acometido de uma tremenda crise de soluços. Foi uma luta para passar! Bebi água com açúcar, fiz massagens, tranquei a respiração. Nada! Afinal, quando quis acabar, acabou.

O domingo amanhece cheio de sol. Não admira, pois, que, às 6 horas, eu já não possa permanecer na cama. A nova cortina é ótima, mas não é tão pesada como a antiga, não sombreia tanto. Daí, as matinadas, a que nos sujeita.

Levanto-me logo. Tomo banho. Barbeio-me. Tomo café. Providencio o leite, o pão e os jornais para os outros. Para mim, não. Raramente os leio além dos títulos. Ainda assim, os espero. Converso um pouco com o Abelardo, outro "matinador". O Lamartine está dormindo hoje conosco. Mas esse não "matina". Vem justamente para aqui fugindo ao amanhecer forçado da "república". Ele prefere as noites às manhãs. Questão de temperamento, de feitio.

Ontem, aliás, ele me pôs a par do projeto que tem de escrever uma peça de teatro, que imagina interessante, porque *nova*. Mas tão nova que, de antemão, duvida que possa realizá-la... ficou de conversar comigo a respeito. Como sempre, acha que isso é que lhe está obstruindo a inteligência.

Noto que a sua exposição já é agora bem mais clara, mais tranqüila, do que era. Antigamente, me assustava pelo tumulto, pela desordem. Oxalá que se firme, que se estabilize assim!

Não tenho novas notícias do Danton. Telefonar para ele não é fácil. A linha está sempre ocupada. Depois, quem atende é Albertina. Não quero que o Danton se aborreça com a revelação de novas indisciplinas suas em matéria de remédios.

Jantamos... café com leite e pão. O meu, preto. O de Emília, branco. Os Azevedos saem para o culto. Nós não vamos ao cinema. Emília propõe irmos à casa de Danton e é o que fazemos.

Achamos Danton abatidíssimo. Nunca o vi tão abatido! Diz Albertina que ele está evacuando sangue só, há vários dias. O tratamento de emetina aliviou um pouco, espaçando as descargas, mas isso não resolve. Só hoje, à tarde, ele se decidiu a comprar o remédio receitado pelo médico, Dr. Aécio, e que custa 450,00.

A coincidência da úlcera com essas evacuações sanguíneas traz-lhe a idéia de que está com câncer. "Foi o que teve o + + +, que era muito mais forte do que eu! Quando o operaram, morreu na mesa." E insiste nessa idéia várias vezes quando fala no grande mapa-mural de história das artes, que está elaborando "e que talvez não acabe".

Saímos, agoniadíssimos, às 9 e meia. Ainda proponho à Emília um cinema para "espairecer". Mas ela se opõe e travamos nova luta para a condução.

Chegamos a casa às 10 horas, de ônibus. E novos aborrecimentos nos esperam: o Abelardo se queixa de que Anita o desacatou em plena rua; Anita explica que foi porque ele se mostrou injustamente indignado com o Pastor, só porque este, na prédica, combateu o Comunismo. Ela acaba dizendo que "proibia" o marido de pôr mais os pés na igreja protestante.

Deitamo-nos (eu e Emília) sob essa impressão desagradável que, somada à outra, de Danton, fez da nossa noite uma noite estupenda.

Não foi boa a noite que tivemos. O sono veio, pelo cansaço. Mas povoado de sonhos terríveis, a que não foi estranha, por certo, a leitura de *L'Hôte inconnu* de Maeterlinck. Deviam ser 3 ou 3:30 da madrugada quando acordei, estremunhado. Tenho plena certeza de que acordei. Então, pensando em situações semelhantes, propus-me a rezar para Mamãe. Persignei-me. E cheguei a iniciar o padre-nosso com o maior respeito, com a maior unção. E aí foi que não sei se o sono me venceu ou o que foi que tive. Sei só que vi Mamãe — a Mamãe agoniada, de respiração ofegante, do seu último dia. O olhar estava parado. Mas ela falava bem perceptivelmente. E só pedia que "cuidássemos de Danton" e não deixássemos "Abelardo brigar com Anita". Fiquei impressionadíssimo. Suava muito. Levantei-me para afastar as imagens noturnas. Eram 4:45, no relógio da sala. Já começando a clarear o dia. Fui ainda à cozinha. Bebi água. E voltei ao quarto. Como Emília se mexesse na cama, para não assustá-la tornei a me deitar. E tornei a dormir. Dormi até 8 horas. E não sonhei mais.

Quando me levantei, ainda disse à Emília o que me havia acontecido. Mas ela não se interessou.

Tomei meu banho. Barbeei-me. Tomei café. E, às 8 e meia, procurei falar para o Danton; o telefone, no entanto, estava em permanente comunicação.

Só às 9 e meia Albertina me atendeu e disse que Danton passara a noite toda na latrina. Evacuando de hora em hora, o que o abatera muito. Tanto que não sairá hoje para receber dinheiro, como pretendia.

Imediatamente telefonei para Lúcia. Ela se espantou, pois disse que ontem à noite o Zizinho telefonou para Danton e dele ouviu "que não estava sentindo nada, que Albertina estava fazendo de uma hemorróida banal um cavalo de batalha". É para enlouquecer!

Entro no último mês do ano, madrugando. Levanto-me às 5 e meia. E não volto à cama, por inútil. Decididamente o Dexamil pode ser muito bom para levantar as forças morais e espirituais: fisicamente, aniquila, derreia. E o meu velho materialismo continua a crer na preponderância do físico sobre o moral.

Durmo de um sono só, em vôo direto, sem escalas.

Hoje, desde as primeiras horas da manhã, a Casa se movimenta para uma das coisas de que Emília mais gosta — para dar um jantar a um parente (o Pedrinho, que deve vir com a mulher).

Em meio a essa gentileza, Emília se queixa das despesas sempre aumentadas: os dez contos que lhe dou, somados ao conto que lhe dá o Abelardo, não chegam mais e se evaporam logo no primeiro dia de pagamentos. Compreendo bem o que é isso, e, se bem que afete indiferença, sofro profundamente com a inteira justiça do reparo. Mas, que hei de fazer? Aumentar a receita não é fácil. Se o aumento vier, nas bases prometidas, está tudo muito bem. Não vindo, o único remédio será cortar nas despesas. Não há para onde fugir.

Os jornais da tarde noticiaram que os oficiais das três armas (Exército, Marinha e Aeronáutica) se reuniriam hoje ou amanhã para deliberar acerca do "prosseguimento da ação exercida quanto ao crime de Toneleros" em represália ao "anunciado" afrouxamento com respeito aos civis, o que contrastaria com o rigor exagerado observado contra o general Mendes de Morais. Isso já está cheirando mal! Uma coisa é apurar com justiça, com severidade mesmo — outra, forçar, a todo transe, uma "satisfação" aos militares.

Dormimos bem. Com exceção de Emília, que sofreu as conseqüências da comida com vinagre que tivemos ontem à noite. Quando chegará o tempo de nos recolhermos a nós mesmos, a uma vida mais sossegada em que não entrem preocupações de sermos amáveis com "A" ou com "B"? É disso que Emília precisa. Já basta a intranqüilidade proveniente da falta de dinheiro, cada vez mais curto, em face do crescente e "inestancável" encarecimento da vida. As perspectivas de aumento se tornam cada vez mais confusas. Já não tenho esperança nenhuma. Entretanto, as contas sobem de dia para dia, e não sei como detê-las ante o consumo excessivo da Casa.

Os jornais matutinos não trazem notícias, nem comentários, que tranqüilizem.

Os Médicos estão em greve desde a hora Zero de hoje. Só funcionarão os departamentos de pronto-socorro dos hospitais. E, isso, por tempo indeterminado. É um desafio frontal ao governo, pelo veto ao 1082. Vamos ver como reagirão os Poderes constituídos.

Não estou gostando nada dos arreganhos façanhudos dos militares, que estão agora com o freio nos dentes e provocam despudoradamente a luta com os "paisanos", como se nós, coitados, os estivéssemos prejudicando no que quer que seja; nós, contra quem se voltam todas as rodas do carro oficial, esmagados, humilhados e oprimidos até as últimas resistências.

O papa continua mal, mas vivo. Teve novas crises de soluços, mas não pediu os "sacramentos", o que é interpretado como "desejo de viver pelas próprias forças".

Dormimos bem. A Casa — aliás, como eu previra — agasalhou mais um morador, o Lamartine. Ouvi sua máquina bater até tarde. Quando parou, não vi que horas eram. Mas já era madrugada.

Impossível dizer o que ele estava fazendo. Relatório, não era; muito grande, para isso. Teatro, também não me pareceu. Súmula de alguma realização em perspectiva? Tomara que seja.

Vamos almoçar à 1 hora. O Lamartine ainda está conosco à mesa. Confessa que foi se deitar às 5 da manhã! Emília se rejubila com isso: acha que ele deve "desentupir" a mente. Talvez dê certo.

Está marcado para amanhã, à noite, o jantar que a Cléo nos oferecerá em casa dela. Tenho horror a essas coisas. Não conheço a intimidade dos Lousada. Gosto muito dos dois irmãos: da Cléo e do Rogério. Mas como será a avó (francesa)? Falará português? Aos oitenta anos, escutará bem?

Cléo, hoje, se faz matinal. Chega aqui antes das 9 horas. E se põe a ouvir os discos mais recentes que o Lamartine adquiriu. Um me parece singularmente lindo. Aproximo-me, pela curiosidade que me desperta uma música tão diferente da que meu filho geralmente prefere. É Ravel. Não sei como ele (Lamartine) pode conciliar essa delicadeza quase chopiniana, de lances tão melódicos, tão sentimentais (que até lembra Puccini), com as mensagens cifradas que nos impinge por conta dos compositores russos modernos.

Telefono para Danton. Quem me atende é Albertina. As notícias são más. Ele passou a noite evacuando de hora em hora, e fezes péssimas (ao contrário do que ontem Albertina mesma me informara). Fico de passar lá antes de ir para o trabalho. Mas a minha ilustre cunhada já se aproveita da ocasião para falar de outro assunto, de outro romance de Danton, desta vez com a empregada ("l'autre servante" diz Albertina, para não ser entendida pela rapariga), a que foi admitida agora. Francamente, não sei o que possa pensar de tudo isso.

Venho para casa mais cedo, por causa do jantar em casa da Cléo.

Os vespertinos continuam sem maiores novidades. O Papa voltou a piorar. Dificilmente escapará. A tensão internacional não afrouxou, como parecia. A greve dos médicos se mantém estacionária.

Às 7 horas apanho, no florista, uma dúzia de rosas escolhidas (75,00). Às 7 e meia, com o Lamartine (barbeado, penteado e bem vestido), vamos para a casa dos Lousada na rua Marquês de Olinda. Lá, além da Cléo e da velha avó francesa, o Rogério e o Albino.

A casa é própria, no meio do jardim. Eles ocupam o porão (reformado no soalho). O sobrado é alugado a outra família.

O jantar foi magnífico (sopa de beterrabas, *soufflée* de peixe, galinha cozida com arroz e cenoura, e *bavaroise*). Cerveja gelada. Guaraná. Coca-cola. Café.

Uma grande surpresa foi o retrato da mãe de Cléo. Que criatura linda! Nenhuma das filhas se lhe compara. Deve ser, realmente, um motivo de profunda tristeza para os filhos o sabê-la viva, "em lugar incerto" e inacessível.

Conversamos, depois, até as 10 e meia, hora em que foi preciso tirar Emília à força (Lamartine e Albino continuaram). Viemos, eu e Emília, com o Rogério, de bonde.

Refletindo sobre os jornais da tarde, não sei se devo ficar triste ou contente. Acabou a greve dos médicos. Pela vitória? É difícil dizê-lo. Não se pode dizer que a deliberação tenha sido espontânea, pois mais de duzentos médicos foram demitidos pelas autarquias e o governo não teve ato nenhum que se pudesse interpretar como anuência às reivindicações da classe. Mais uma vez, portanto, os comunistas deram prova de muita iniciativa, de grande pugnacidade, mas de pouca, ou má, organização. Essa é a triste, a dolorosa verdade.

Continuo a sentir-me bem-disposto, razão por que não interrompo o meu meio comprimido diário de Dexamil, receitado pelo Danton. Emília acha que só tenho piorado. Mas já estou habituado a essas divergências de interpretação. Elas fazem parte da harmonia da vida.

Ouvi, durante a noite, várias vezes, a batida de máquina do Lamartine. Deve ter produzido muito. O quê, não sei, nunca hei de saber. A peça? O romance? Só por adivinhação poderíamos acertar. De qualquer forma, se isso lhe dá prazer, e o alivia de algum complexo, está bem empregada a noite.

Rejubilo-me, sinceramente, com a notícia de que o meu amigo Papa melhora. Já me habituei à sua fisionomia calma, quebrada apenas pela agressividade do seu nariz aquilino e do seu olhar mais enérgico do que compassivo. Não desgosto das linhas gerais de sua atuação. É cauteloso com relação aos problemas europeus. Não me parece que se *entregue* a Washington. Deve ter repelido alguma incursão mais ousada de Foster Dulles, porque esse canalha não tornou a pôr os pés no Vaticano. E já não se fala mais na possibilidade do embaixador norte-americano junto à Santa Sé. Com franqueza, gosto do Papa.

Tenho vontade de passar por casa do Danton. Mas Albertina aterra-me. Pelo telefone (quando consigo obter ligação, furando o seu bloqueio de cem telefonemas diários) é sempre para ouvir um desaforo, de que estamos abandonando Danton, de que nem nos interessamos pelo seu estado "cuja gravidade entra pelos olhos". Se falo para Lúcia, ela me diz que ainda ontem o Danton lhe disse que "estava muito melhor". Quem pode lidar com essa gente? De que me adianta ir vê-lo, para aumentar tal confusão, sem proveito nenhum para ninguém? Prefiro orientar-me pelo Zizinho e aguardar o exame a que ele vai submeter o Danton. Antes disso, qualquer palpite será vão.

Ao chegar, tenho a satisfação de saber que foi o melhor possível o resultado dos exames de laboratório a que se submeteu hoje o Danton. Está, de todo, afastada a hipótese de ser tumor maligno a causa das suas hemorragias pelo ânus. São, mesmo, apenas hemorróidas.

Jantamos — eu, Emília, Abelardo, Anita, Lamartine e Cléo. Tudo correu muito bem até quando eu e o Abelardo comentamos o monumento erguido em praça pública (no lugar do Caxias, em pleno largo do Machado) à Virgem Maria. Nunca se viu contra-senso maior. Talvez que nem em Roma exista coisa igual! Que se inaugurem quantas imagens queiram — mas dentro das igrejas, no interior dos templos. Na rua, tem de ser respeitada a liberdade de consciência de cada um. A mim, ofende esse monumento a uma figura que não respeito, que não reconheço como digna de veneração pública.

O Lamartine se revolta. "E quantos ateus imbecis vocês nos impingem nos seus monumentos?" Retruco logo: "Há uma diferença; é que esses ateus são brasileiros, ao passo que essa senhora, inaugurada hoje, é uma estrangeira com quem nada temos".

Meu filho perde as estribeiras. Chama-nos, a mim e ao Abelardo, de "comunistas de meia-tigela" que só fazemos "insultar sem convencer" e outras tantas amabilidades. Confesso que me esqueci do compromisso assumido comigo mesmo de não discutir esses assuntos em casa. Principalmente, havendo na mesa uma católica, como a Cléo. Acho, entretanto, que meu filho se excedeu. E os seus excessos já se estão tornando intoleráveis. Agora, será o bastante que ele volte ao assunto para que eu deixe logo a mesa e a sala.

Acabado o jantar, Emília vai se aprontar para o teatro (o balé) que o Lamartine assinou para ele, para a Cléo e para a mãe. Os Azevedos se aprontam, também, para sair. Eu faço o mesmo; irei comprar os meus pães pretos e depois irei a um cineminha próximo.

Emília me pede a chave da portaria, para não incomodar o Lamartine, obrigando-o a trazê-la até aqui, depois do teatro. Objeto que não posso ficar sujeito a ter de estar de volta antes das 10 horas, que é quando a porta do edifício se fecha, pois nenhum cinema acabará tão cedo.

Desaba novo temporal. Anita e Abelardo, pelas mesmas razões que eu, não querem ceder a chave deles. O natural seria que Lamartine devolvesse a sua, já que não mora mais conosco. Mas disso não cogita a minha cara esposa. Ofereço-me, ainda, para ir buscá-la na cidade, à saída do espetáculo. Lamartine objeta que "não podem esperar que eu chegue, como outro dia no Ginástico". E a Cléo lembra, também, que eles têm de falar com a criatura que vai dançar, pois é sua amiga.

Irrito-me e saio, sem poder solucionar o caso. Vou comprar os pães pretos (uma luta: o homem só queria vender um, não dispunha de três; só depois de muito tempo se convenceu). De volta, penso em ir ao Cinema Copacabana ver *Noite de Núpcias*, filme francês. Mas prefiro deixar para ver com Emília amanhã. E venho, comportadamente, para casa...

Faço mais: no Mercadinho, como vejo funcionando um fazedor de chaves, salto e encomendo a que Emília tanto quis. Trago-a. Chego ao nosso edifício faltando vinte minutos para as 9. Já haviam saído. Aqui fico escrevendo, lendo, esperando a hora de dormir.

Não vejo a hora que os Azevedos, nem que Emília, chegam. A única pessoa que vejo chegar é a cozinheira, a Augusta. Por um milagre, o telefone não funcionou nenhuma vez. Vou me deitar, sem sono, à meia-noite e pouco.

Retifico: vi quando Emília chegou, por sinal que acendendo a luz em cheio nos meus olhos, sem a menor contemplação. Certamente, foi pela alegria de ter tido a companhia do filho até a casa. Tão atordoada ficou que nem reparou na chave da rua, que lhe deixei em envelope carinhosamente manuscrito, com a saleta iluminada, bem em frente da porta...

Delicadezas, a minha *wife* só as tem com os seus, com a gente do seu sangue.

Desanimadíssimo, quanto ao nosso aumento. Não virá, de modo algum! O Senado, depois de aprovar o parecer favorável da Comissão de finanças, arranjou emendas que forçam a volta do projeto à Câmara. Como esta só funciona até o dia 15 de dezembro, não dá mais tempo...

Miseráveis! Não detêm a alta astronômica do custo da vida, e não dão com o que lhe fazer face!

No Leme, às 5 e meia da tarde. As cigarras cantam com toda a força dos pulmões ou das barrigas. Ponho o meu pijama. Chupo uma manga. E venho para a minha varandola.

Os jornais da tarde trazem novidades. O Papa voltou a piorar. Parece, agora, que lhe sobreveio uma pneumonia. Será o fim. A Câmara vai debater, hoje, o veto ao 1082. Tudo faz crer que o mantenha. E *ainda vão ver* se anistiarão os grevistas. Até que ponto desceu o Brasil em 1954!

O que sentia na barriga revelou-se: fui "lá dentro" e verifiquei, depois, a presença da minha já esquecida *escherichia coli*. Lá estava, igualzinha, no seu manto envolvente...

Tomo logo um comprimido de Andrioquim. E vou ter mais cuidado com a minha alimentação.

O Congresso manteve o veto ao projeto 1082 e ainda não reconsiderou as demissões dos médicos grevistas.

Faço a barba. Tomo banho. Tomo o meu café com leite e pão preto. Engulo, por prudência, um comprimidozinho de Andrioquim (a *escherichia* ainda está olhando para mim do seu leito de seda entre as fezes...). Não me esqueço da dose insignificante (mas ainda assim, de grande efeito moral) do Dexamil.

Infelizmente, a minha Casa não tem dado o ambiente de que necessitaria. Além dos sofrimentos de Emília, que foram cruéis, e ainda não considero de todo passados, tive a noite de ontem perturbada pelo trabalho do Lamartine (que, por mais que faça para não nos incomodar, levando a máquina para a varanda em frente à sala dos livros, não deixa a gente dormir com as pancadas ritmadas da *Smith-Corona*, que a madrugada torna agudas como gritos de araponga) e, quando ia sossegar, sabendo-o já no quarto, bate uma porta violentamente e eu verifico, então, que também Anita se decidiu a deixar a cama às 5 horas para ler na mesma varanda que o irmão desocupara pouco antes...

O Lamartine, que faz, neste momento, um estágio na Marinha de Guerra, para sair segundo-tenente da Reserva, contou-nos que ontem, a bordo, "entrou em fogo". Realizaram-se experiências de lançamento de torpedos e por pouco não foi ele atingido! Sem comentários.

Os jornais trazem grandes novidades. Sente-se que já vai havendo reação ao clima de ultramandonismo que se está arrogando o Governo atual. Principalmente o Ministro da Fazenda, o Gudin, que se julga um semideus, a fazer de suas teorias obsoletas um código de honra, muito bom para os que estão em cima, comodamente instalados nos seus lucros extraordinários, mas infame para os que bracejam no atoleiro das piores privações, das maiores necessidades. Um país normal pode se dar ao luxo de transformar "princípios doutrinários" em normas práticas de vida, mas um país como o nosso, de produção nula, que sempre viveu à custa da cafeína dos empréstimos e o óleo canforado das emissões, não pode de uma hora para outra querer mudar de vida a pretexto de "sanear a moeda" e outros embelecos que já não iludem. Principalmente quando ditos por um sujeito que todos sabem ser um agente dos banqueiros norte-americanos, um reles empregado dos trustes internacionais.

O Gudin está se excedendo. Não se brinca impunemente com a miséria do povo. Um governo que, por muito bem-intencionado que seja, se mostra impotente para deter a alta calamitosa da vida, permitindo que os "tubarões" consigam tudo o que pleiteam da COFAP, um governo desses não tem o direito de forçar o país a novos sacrifícios.

As bofetadas que apanhou do Bittencourt Sampaio, presidente do Tribunal de Contas da União, devem adverti-lo de que, amanhã, o povo, esfomeado, fará muito mais.

O Papa já está passeando pelos jardins do Vaticano. O Gudin já curou as feridas que recebeu na agressão merecidíssima que sofreu. O Café Filho viaja, despreocupado, para o Sul, como se estivesse fazendo um governo maravilhoso. Enquanto isso, fervem os bastidores da Sucessão.

Não estou inteiramente tranqüilo quanto ao meu organismo. Os intestinos tiveram uma forma muito estranha de se comportar frente à *escherichia*: pararam. Minha medicação maluca está se orientando para a atonia, como desforra do excesso oposto. Oxalá isso dê certo, e não me imponha um Natal e um Ano Bom agoniados para mim e para Emília.

Saio, à noite, para comprar hortênsias, que amanhã os preços vão subir escandalosamente (conforme avisa o próprio florista, de véspera!).

Deito-me antes das 11 e meia. O Lamartine hoje está *de serviço* no navio dele. Não sabia, aliás, que os navios tinham telefone, em ligação com a terra.

Telefono para o Cinema Metro indagando se haveria sessão à meia-noite, hoje, véspera de Natal. A resposta foi negativa. E é pena. Se houvesse, forçaria Emília a me acompanhar. Ela alega que, cansada, prefere ficar em casa. Não é *bem* isso. Não vai, para poder acordar o Lamartine à meia-noite, hora em que ele irá se encontrar com a Cléo na "república" da praia do Botafogo.

Anita voltou a enjoar, hoje. Oxalá seja o netinho tão desejado por nós todos!

O resto da noite, passamo-lo à espera de que o relógio marcasse meia-noite e trinta, para o Lamartine acordar, vestir-se e ir passar a noite em claro com a Cléo, na "república" dele e dos amigos.

O Natal se iniciou como qualquer outro dia, "invadida" a Casa, e desde cedo, pelos que compareceram à *farra religiosa* da praia de Botafogo, e ocupado, depois, o banheiro, pelo casal Azevedo, que teve de sair cedo para o culto protestante. Retiro, do fato, mais uma lição: só os "livres-pensadores", como eu e Emília, não incomodamos *o próximo* — atitude tipicamente cristã.

Que vem fazer, no caso, colada a esta página, a Gina Lollobrigida? Na realidade, nada. Apenas, como visse o seu retrato (capa da revista *Paris-Match*) no lixo, retirei-o. E, como se o deixasse livre, teria de novo o mesmo destino, arquivei-o aqui, no meu culto à Beleza, que merece a mesma proteção que o Estado assegura aos outros cultos, numa República *livre e democrática* como a nossa.

Saio às 10 e meia. Vou botar as minhas últimas mensagens natalinas no Correio da praça Serzedelo. Felizmente, acho bonde depressa. Mas, que dificuldade o comprar selos na enorme agência dos grã-finos de Copacabana, geralmente tão vazia que apenas um ou dois guichês funcionam. Hoje, funcionavam todos. E não davam vazão...

Ajudo uma morena bonita e absolutamente desambientada a compreender que não havia diferença entre as fórmulas impressas destinadas ao Brasil e ao estrangeiro. A diferença estaria nos selos a colar... Ela não entendia e acusava as funcionárias de "ladras", por quererem cobrar duas vezes. "Se eu já paguei por cada fórmula, como é que vou pagar de novo só porque umas se destinam à Itália e outras ficarão por aqui mesmo?" O diabo é que a própria estupidez, quando dita por bonitos lábios e sublinhada por dois olhos lindos, passa a ser outra coisa. E a morena tinha ainda outra semelhança com a Lollobrigida — a dos seios, muito à mostra e arfando demais cada vez que ela se exaltava. Acabou me dando quinze ou vinte mensagens para que eu as pusesse na caixa. Ela não o faria. Que lhe fiz para merecer a estranha confiança? Só poderia ser o triste privilégio de que gozam os que já têm os cabelos prateando; e os meus, hoje, depois do banho, e sem brilhantina em casa, pratearam mais do que é costume, mais mesmo do que seria justo.

Saio da agência para uma padaria da rua Siqueira Campos. Encanto-me por uns pãezinhos "louros" que acabavam de sair do forno. Pedi ao empregado que me embrulhasse vinte. Quando fui pagar, quase desmaiei com o preço: trinta mil-réis. Trinta mil-réis por vinte pãezinhos de sanduíche que outrora se vendiam a 300 ou 400 réis cada, no máximo!

Em casa, às 11 e meia. Ainda chego a tempo de ler para Emília o primeiro capítulo do *São Francisco de Assis e a Poesia Cristã*, livro do Agripino Grieco, encantador como tudo o que ele escreve. Ao meio-dia, o Lamartine e a Cléo chegam da praia e vão se deitar (cada qual numa cama, evidentemente). Forte, fortíssimo o calor na rua. Aqui, no alto do nosso nono andar, a viração é esplêndida.

Vamos para a mesa antes da 1 hora. O Lamartine já comera primeiro. Cléo saíra antes. Anita veio esfomeada da igreja protestante e não agüentou esperar pelo Mário e pela Lili. O Abelardo telefonou para a casa deles; de lá ninguém respondia.

À 1 em ponto, chegam, afinal. Já tínhamos começado, na certeza de que os dois não viriam. Escusado é dizer o "esparrame" que isto causa. O Mário achou logo que o "desconsideramos". Felizmente, depois, serenou. E ainda teve a delicadeza de dar uma lembrancinha para cada um, apesar dos tempos bicudos que atravessamos.

Já temos modificação no programa da noite. Pretendia ir com Emília ao cinema. Já não vamos: o Dr. Magitôt — pai do Albino — telefonou, convidando-nos para ir com ele e a mulher, Dona Ângela, à "república" dos rapazes. Foi o único meio de Emília ir... Iremos, tão depressa termine o jantar com Danton e Albertina. Nem é impossível que eles também vão, e até o Mário com a Lili. Será uma invasão!

O resto do dia não foi bom, como supúnhamos que seria. Chegaram Zizinho, Lúcia e Martinha. Chegaram Danton e

Albertina. Vieram a Cléo e o Lamartine. Continuaram o Mário e a Lili. Para o jantar, tivemos essa gente toda. Impossível dizer quem ficou e quem saiu.

A certa hora, entretanto, quando o Lamartine estava no quarto conversando com a Cléo, Danton vai para lá. Nós continuamos na sala e Emília já havia saído, com o Abelardo, atendendo ao convite dos pais do Albino para que todos visitassem o presépio feito pelos rapazes na "república" da praia de Botafogo.

Até que passamos a ouvir as vozes alteradas de Danton e Lamartine. Percebia-se que era uma conversa acalorada. Poderia ser, mesmo, uma discussão. Mas, nada mais do que isso. Fui para o quarto, acompanhado do Mário. Vimos, então, que, infelizmente, a discussão ganhara inteiramente o espírito dos dois.

O assunto era "pintura moderna". A propósito dos quadros que o Lamartine tem (ou tinha) no quarto dele. Um, de flores apenas (girassóis), de Van Gogh. Outro, de uma cabeça de mulher, que sempre me pareceu uma enfermeira, de cruz vermelha no avental que a cobre até a cabeça, mas que hoje soube tratar-se da Verônica — a que recolheu, num pano com que enxugou o rosto de Cristo, as marcas dos ferimentos que lhe causou a coroa de espinhos; o autor é Rouault, outro dos preferidos de Lamartine. Danton teria dito o que eu tantas vezes disse e digo — que a pintura moderna não nos fala à alma, não nos comunica nada, com pretensões a ser arte de iniciados, que só os "eleitos" compreendem, mas não sabem como fazer compreender, nem se esforçam por isso.

Como assunto de conversa, teria, quando muito, gerado um certo mau humor, mais nada. Entretanto, já na sala, ouvindo o *Oratório* de Prokofiev, Danton se permitira achar que havia "pouco de russo" naquela música, que lembrava mais o acento italiano, que tinha mais de Verdi do que de qualquer outro moderno. Isso já indispusera o Lamartine e a Cléo contra Danton. E, se ainda fôssemos recuar mais longe, encontraríamos tudo o que se tem dito de mau contra o Danton (infelizmente aqui na nossa própria Casa), censurando-o pela atenção exagerada que dá às alunas da Escola, em prejuízo do seu bom nome de professor, da sua cultura, da sua inteligência, quiçá da sua moralidade.

Num determinado instante, quando Danton enveredou pela crítica irreverente e reeditou o velho conceito do "rei está nu", lembrando a anedota dos que se tomavam de receio de passar por ignorantes deixando de ver o que diziam existir no manto imaginário de que o rei estaria coberto, o Lamartine fez desencadear toda a sua raiva. E, além de tratar o tio como se estivesse a discutir com qualquer dos rapazes de sua roda, recorreu à *fuzilaria específica* do que tanto se diz contra Danton: a sua *gagaíce*, o prejuízo da sua cultura pelas atenções exageradas dadas às alunas etc. etc., além da própria crítica (tantas vezes feita contra mim) de que nós nos deixamos levar por "piadas", por um "falso espírito científico", professoral, didático etc.

Fez mais: na sua exaltação, chegou a agredi-lo fisicamente, com o dedo em riste, ora à altura do rosto, ora contra a barriga, várias vezes atingida.

Foi quando o Danton se sentiu na necessidade de lembrar a *distância* que os separava (não que usasse da expressão, mas da idéia), chamando-o de idiota, de pretensioso e por aí afora, ao aludir o Lamartine à "vagabundagem" em que Danton vivia, "ignorando" tudo sobre o que se metia a falar.

Minha única intervenção foi para fazer sentir ao Danton que o Lamartine exagerava o apreço a Van Gogh pelas lutas que este travara, lutas que não permitiam tratar a sua arte como mera impostura para impressionar burgueses, como Danton dizia da arte moderna em geral.

O momento doloroso — da profunda divergência existente entre as duas maneiras de considerar a Arte e a Vida, divergência que tantas vezes se tem manifestado com relação a mim, e que tanto magoou também ao Hugo — não pôde ser evitado. E dificilmente sairá da memória de ambos.

Acredito que, se Emília estivesse aqui, ela teria tido uma intervenção benéfica. Sua ausência concorreu muito para que o "incidente" tomasse as proporções que tomou.

Um Natal bem diverso do que imaginamos possível ter. Fruto de tudo o que temos deixado existir de mau e errado na nossa vida: a desintegração da Casa, e, conseqüentemente, da Família; o desrespeito em que se educam maiores e menores; e, sobretudo, a maldita luta religiosa, o fosso intransponível das nossas concepções fundamentais — o Lamartine, profundamente possuído da idéia religiosa, e nós (eu e Danton, com muito de Emília e Albertina e alguma coisa de Lúcia e Zizinho) sem religião nenhuma. Isso nos há de separar sempre, e cada vez mais.

Hoje, almoçamos sem visitas. Só estamos os de casa — eu, Emília, Anita, o Abelardo e o Lamartine. Houve calma e harmonia. De vez em quando, a conversa ameaçava "derrapar" para os pontos nevrálgicos que poderiam conduzir à catástrofe de ontem. Mas o bom propósito que animava os comensais serviu de aviso e freio. E nada houve de maior.

Só Emília — se esquecendo do amor ciumento que eu tenho por meus livros, a cada um dos quais se prende alguma coisa da minha vida, e eu poderia dizer mesmo: da *nossa* vida — fez o elogio apaixonado da biblioteca do Augusto Meyer, "essa, sim, uma biblioteca que faz gosto ver, feita de livros caros, realmente escolhidos, e não amontoados com a preocupação exclusiva do número, da quantidade" como a minha.

Ora, ninguém tem menos do que Emília o direito de me censurar pelos livros que não compro, testemunha diária que é, há quase trinta anos, do que luto para ter os que tive, comprados nos sebos porque nunca tive dinheiro para os comprar nas livrarias de primeira mão. Que eles não têm valor extrínseco, eu bem sei. Não é preciso que me digam. Mas valem, para mim, pelo que me deram de alegria e de ilusão de *utilizá-los algum dia.*

Mas o almoço foi bom, sem discussões, sem brigas, sem indiretas, sem perturbações.

Antes de me sentar à mesa, telefonei para o Danton. Falei com ele e Albertina. Chegaram bem a casa. Não se aborreceram com o que houve ontem. "Esse choque de gerações é inevitável." Eles já o testemunharam, dentro da família de Albertina, entre o irmão e o sobrinho.

Realmente... E de que valeu? Quando mais brilhante se tornara, repisando a trilha do pai, a morte o levou, antes dos 35 anos! Não pode haver nada mais cruel, nada mais estúpido! Emília tem razão: vamos tratar de colher o máximo da Vida, enquanto ela nos dá o benefício de viver. "Tudo o mais é ilusão e mentira", como dizia o canário de Machado de Assis.

Não sabemos o que vai pelo mundo. Há dois dias estamos sem jornais. E, ainda amanhã, só os teremos à tarde!

Fico até as 10 lendo para Emília o *São Francisco de Assis e a Poesia Cristã* de Agripino Grieco. Às 10, viemos para o quarto. Enquanto Emília lê, já deitada na cama, eu escrevo e o Lamartine toca, na eletrola o *Oratório pela Paz* de Prokofiev e outras músicas lindas, bem diversas das que nos impingia outrora, até há bem pouco tempo.

Acordo com o despertador posto para Lamartine, às 6 e meia. Mesmo que o despertador não tocasse, a agitação de Emília me despertaria.

Ele vai embarcar, hoje. Não para viajar, ainda. Para ficar "de serviço". Obrigação de rotina, que se transforma em autêntica tragédia nos dias quentes que temos tido neste começo de verão. Hoje, ele me disse: "Nunca tive uma impressão tão viva de sufocação como quando me vi, pela primeira vez, no nosso camarote, no navio. Que tetinho baixo! Que paredes tão próximas! É uma caixa!". Está servindo num caça-submarinos, o menor barco da Marinha de Guerra. Deve estar purgando todos os seus pecados.

Hoje, ainda o fiz purgar mais um. Estava eu, sozinho, na mesa da cozinha, certo de não haver mais ninguém — pois a cozinheira acabara de sair e ainda era muito cedo para Emília ou o Abelardo levantarem — quando me aconteceu ser forçado a dar expansão a uma acumulação extraordinária de gases no intestino. Fi-lo com o mínimo de ruído possível. Mas o Lamartine ouviu, apesar de tudo. E foi certificar-se do que era, imprudência que lhe custou caro ao olfato. Assustou-me muito, ao aparecer, de inopinado, na cozinha.

Como continuamos sem jornal, procuro ouvir pelo rádio as possíveis novidades do momento. Mas o rádio tem o condão de nunca me dizer nada. De música — clássica ou popular — já estou farto, saturado, repleto. Notícias, só houve uma: que, diante da atitude do parlamento francês, mais uma vez contrário à ratificação dos supostos tratados de Paris, Eisenhower interrompeu as suas férias de Natal na Geórgia e regressou incontinenti a Washington "para as resoluções que se tornarem necessárias".

Quererá declarar a Guerra, talvez? A ocasião é propícia, sem dúvida!

Não, meu sargentão de merda! A sua sorte já foi selada pela derrota eleitoral sofrida no seu próprio país! Mude de rumo, enquanto ainda é tempo, animal! Alije, logo, e para sempre, da sua garupa, esse azarento Foster Dulles, que só se inspira no ódio e na ferocidade. Trate de ouvir o que ainda reste de Roosevelt na América — não o Roosevelt já contrafacionado pela viúva e pelo filho, mas o Roosevelt de Ialta, o Roosevelt eterno que tão bem soube sentir e pressentir o mundo do futuro! Atente no crepúsculo dos que se insurgem contra os ensinamentos dele. Que foi feito do traidor Wallace? A que estão reduzidos os "isolacionistas" e os "anticomunistas sistemáticos"? Pense um pouco mais a sério nesse Deus, de que você fala tanto, e a que todo o seu povo entoa hinos nas igrejas e na rua, e que não pode estar de acordo com as manobras cavilosas da Civilização Ocidental que insiste em se dizer Cristã, aplaudindo a Guerra, quente ou fria, e as *chantagens* atômicas de que você tanto tem abusado, com anuência expressa ou tácita desse Papa agonizantezinho, mais torturado pelos próprios soluços, soluços gástricos ou epigástricos, do que pelo sofrimento de toda a Humanidade, de que se proclama e se acredita chefe espiritual.

À hora em que íamos almoçar, eu e os Azevedos, Emília achou de fazer outro "esparrame", insistindo na humilhação que está sofrendo neste Natal, por não ter nada para dar a ninguém, nem mesmo a quem mais deve, como é o caso do pai de Albino, Dr. Magitôt, que lhe trata dos dentes de graça. Reconheço-lhe carradas de razão. Mas, que culpa tenho eu de não ter dinheiro, de não ter recebido um único presente que pudesse transferir e de ter miseravelmente caloteada a própria perspectiva de melhoria que já seria bastante para eu sacar algum por conta?

Mísero, desgraçado Natal! Nunca pensei que uma mentira histórica atormentasse tanto, mesmo aos que não lhe dão crédito! Há mais de vinte anos, eu já dizia — quando morávamos os M. todos juntos — em meus versos à tia Hilde:

> *"O Natal, para nós é a Eucaristia*
> *do teu Amor, da tua Alma imensa!".*

E, isso, para rimar com esta profissão de fé:

> *"Mentia, de fato, quem deu curso à crença*
> *que é de Jesus a glória deste dia".*

Ora, se sempre pensei assim, se a Família que era a única razão de ser do nosso Natal desapareceu com a morte de Mamãe (e nós vimos quanto seria contraproducente estendê-lo aos da Nova Geração, expondo-nos, como se expôs o pobre Danton às insolências de Lamartine), por que hei de sofrer as torturas que me vêm infligindo, através de Emília, todos os membros das "casas" reunidas (os M., os C., os F. etc.)?

Não admira que o tio Gustavo tenha para dar festas a todos: seus vencimentos de almirante reformado sobram-lhe na carteira. Sobram, também, para outros M. Só não sobram, nem chegam, os meus! Tudo o que consegui dar à Emília, de festas, foram quinhentos mil-réis, além de umas fazendas miseráveis, insignificantes, para vestidos. Sou o primeiro a reconhecer que isso não vale nada, não representa nada. Mas, que posso eu fazer?

Já peço, de joelhos, que ninguém me dê nada (como o fizeram Anita e Abelardo, como disse querer fazer o Lamartine), pois não tenho com o que retribuir-lhes.

Desafio a que me provem em quê e para quê eu desvio o meu dinheiro! Nem mais as contribuições para a Emancipação ou para o Movimento Brasileiro pela Paz conservo. Nada, nada, nada e nada! Já saí da Associação Brasileira de Escritores. Já não assino mais publicação nenhuma.

E isso, também, não é vexame? Por que só o serão as privações de que se queixa Emília?

Às 10 da noite, não resisti à tentação de ouvir o Carlos Lacerda, que chegou hoje, de volta de Portugal. Sua linguagem continua a mesma.

E vem com fome em cima do Jaffet, do Lafer e dos demais "beneficiários dos assaltos ainda impunes da Oligarquia Vargas". Fez, entretanto, um elogio muito grande ao Gudin, o que é um mau prenúncio.

Jantamos às 7 e meia. Todos os de casa, menos o Lamartine (se é que ainda o é). Não veio para casa, nem deu sinal de vida. Que diabo! Que custava nos telefonar, avisando que não viria? Pode se gabar de ser um grosseirão!

Uma grande alegria, ao menos, tivemos hoje eu e o Abelardo: não se realizará mais a missa espetacular do aterro do Calabouço na noite de amanhã. A chuva solapou o terreno da famosa praça do Congresso Eucarístico. E o Cardeal se vê forçado a adiar a "grande demonstração de fé" para o dia 20... Adorável esse desmentido flagrante à divindade das Igrejas. Se fosse um comício comunista, vá lá que o tempo falhasse com a sua cooperação. Mas, uma missa!

Não tencionamos participar de nenhuma celebração coletiva da passagem do Ano. Tia Hilde será monopolizada por Lúcia. E Lúcia pouco se incomoda com a minha presença. Neste ano, levou mais longe do que nunca o seu desprezo pelo irmão pobre, que não pode entrar no páreo dos presentes régios que o Zizinho recebe com ela e Martinha: nem uma gravata achou de comprar (como fazia nos outros anos). Está bem. Antes assim. Já é tempo de acabarmos com meias atitudes.

É possível que passemos a noite em casa de Danton. Esse é o desejo de Emília. Esse será também o meu. Lamartine vai entrar o ano a bordo. Os Azevedos, não sei. Ainda não disseram.

No jantar, temos a presença do Lamartine. E, à noite, nos visitam Cléo e Rogério.

Lamartine iniciará, segunda-feira 3, sua "viagem de instrução" no caça-submarinos *Curinga*. Irá, primeiro, a Santos. Depois, à Bahia, Maceió e Recife. Levará nisso um mês! Se não enjoar, será até divertido, pois ele gosta do comandante, e, uma vez feita a viagem, estará encerrado o seu estágio na Marinha. Para Emília, entretanto, vai ser mais um golpe na sua sensibilidade. Já não basta a saudade do filho, que é a menina de seus olhos. Há também o receio de que adoeça e que ela nada saiba. Ele prometeu escrever. Mas custamos a acreditar que cumpra essa promessa.

Pede-me para cuidar de obter um certificado do seu exame na Faculdade de Filosofia (do primeiro para o segundo ano), a fim de ser entregue à CAPES. Seguirei rigorosamente as suas instruções...

De 9 e meia às 10, ele toca vitrola para nós: *Ma Mère L'Oye* de Ravel, *La Mer* de Debussy e outras peças do seu relicário. Mostra-se alegre como nunca. Abraçado com a Cléo. Ameaçando beijá-la na rua, se a levasse. E levou-a!

São 11 horas da noite. Já estou cabeceando de sono. Pudera! Para dar jeito em meus cacoetes, tomeis dois comprimidos de Quietex.

Vai-se esgotando lentamente o último dia do ano.

Para quem não festeja essas datas nas *boîtes*, há sempre uma sombra de tristeza no ambiente. Não é só a saudade dos que se foram em 1954. Quantos, pela idade, resistirão a mais essa etapa? E, pela doença, quantos poderão ir, quando menos se esperar? É sempre com tristeza que eu chego a dias como esses.

Não tenho grandes queixas do ano que ora finda. A morte do Getúlio abalou-me muito. Como a grande maioria dos brasileiros, eu gostava dele. Poderia conformar-me com o seu desaparecimento natural. Com o suicídio, não. Foi brutal! E em proveito de que e de quem? Não vejo qualidades nos que o substituíram. Café é um político medíocre. Os homens de que se cerca não o são menos. Ora, matar-se um homem — porque, afinal, no fundo, mataram-no — para que tudo continue no mesmo, senão pior, é muito doloroso.

Na minha intimidade, o que tive foi bom. Anita se casou. E casou bem. Com quem sempre quisemos (eu e Emília). O Abelardo não é rico. Não será o ideal dos maridos. Mas é um homem de bem. E quer de fato a ela. Os dois combinam. Podem perfeitamente ser felizes. E nos fazer felizes. Ficaram morando conosco. É de crer que continuem assim ainda por muito tempo. O filho — ou os filhos — que tiverem, não os separarão de nós. Pelo contrário! Tudo tende a estreitar cada vez mais os nossos laços, portanto.

Lamartine, por sua vez, está em perfeito entendimento com a Cléo. É evidente que se gostam. E nós gostamos muito dela. Foi, também, um presente de 1954.

Quanto a mim e quanto à Emília, o nosso barco vai seguindo em boa marcha, por bons mares, em boa trilha. Já teve os seus maus ventos. Mas resistiu galhardamente! Agora, está em calma. Não creio que a borrasca se repita. De saúde, vamos indo tão satisfatoriamente quanto possível. Eu vou suportando a minha *escherichia*. Ela, a sua menopausa. Nossas pressões sanguíneas não são alarmantes. Os nossos órgãos estão regularmente. O dinheiro poderia ser mais. Mas não está faltando. E há sempre a esperança de que melhore, de uma hora para outra...

Ainda não perdi as esperanças de uma melhoria boa nos meus vencimentos. Vindo, poderemos pensar num repouso maior. Melhoramentos de vida, reformando a Casa, proporcionando-nos maior conforto.

Confesso-me satisfeito. Comigo. Com os meus. Com o meu trabalho. Com a minha vida. Já é alguma coisa.

Às 4 da tarde temos uma surpresa: o Lamartine, que ia passar longe de nós a última noite do ano, chega inesperadamente. Vem passá-la conosco. Emília criou, logo, alma nova. Está tudo bem, portanto. E caminhando para ficar sempre melhor.

Saio às 5 e meia. Vou à Agência Postal da praça Serzedelo. Além de dois telegramas de pêsames, passo um outro, de boas-festas, para o Diretor do Instituto de Documentação, em nome do Lamartine. A mulherzinha da Agência impugnou o último. "Havendo fórmulas sociais impressas, não se compreende que se passem telegramas comuns para boas-festas." Replico: "A senhora teria razão se as fórmulas não tivessem os dizeres cretinos que têm. Depois, nas ditas fórmulas, só os próprios podem assinar. E o signatário não sou eu — é meu filho". A criatura aviou o telegrama, sem discutir mais. Quando foi a vez de pagar, entretanto, insistiu: "O senhor acha mesmo cretinos os dizeres dessas fórmulas? Pois fique sabendo, para seu governo,

que foram redigidas por um membro da Academia Brasileira de Letras. E custaram ao Departamento um bom dinheiro!".
Quem seria o imórtal telegrameiro?

Lamartine fica radiante com resposta que lhe chega a uma das cartas que tem mandado, em nome do Instituto de Documentação, para os artistas plásticos de todo o Brasil. Trata-se de um gravador (não guardei o nome) que se diz "muito interessado" no levantamento de obras e dados biográficos que ele (Lamartine) está ajudando a realizar para a elaboração de uma Enciclopédia pelo Instituto. Quanto vale um estímulo! Bastou isso para que ele se atirasse em seguida à máquina, escrevendo novas cartas que me deu logo para registrar na segunda-feira.

Lamartine pôs a vitrola a tocar. Já então chegara o Albino. Anima-se a sala até a meia-noite, quando Emília serve a rabanada tradicional e o ponche de abacaxi. Albino — sempre cavalheiro, diplomata por vocação — traz *champagne* francesa. Mário traz uísque paraguaio. Eu e Emília nos abstemos de qualquer álcool.

À meia-noite e trinta — já é 1955, mas ainda vai no registro de 1954 — fomos, eu e ela, levar Mário e Lili até o ônibus. Depois, chegamos até a praia para ver de perto a macumba de Iemanjá, em que as classes se misturam numa superstição idiota, jogando flores — e que flores caras! — ao mar...

Deitamo-nos faltando ¼ para as 2 da madrugada. A casa já está silenciosa. Mas a rua se apresenta mais animada do que nunca.

O Lamartine dorme aqui, por concessão do comandante.

Não terá sido maravilhoso o dia que tivemos. Mas foi bem bom! O Albino não veio — vieram os pais, ambos esplêndidos conversadores, comungando conosco na mesma tristeza de ter o filho fora de casa, e na esperança de reavê-lo quanto mais cedo possível... Deram-se muito bem, eles e a nossa gente. Em lugar do Albino, veio o Duarte, que é, para nós, mais que um amigo e um ex-colega de colégio do Lamartine, a personificação do "erro corrigido" dele, filho que deixou a casa, rebelado contra os pais, mas que a ela voltou, convencido de que a "independência" não está em deixá-los e fazê-los sofrer, mas em se afirmar com eles, ao lado deles.

Almoçamos à 1 e meia. Com a presença dos de casa e de uma única visita — a Cléo. Comemos o que sobrou do pernil de ontem, com as sobremesas, também "sobradas". Antes, li, para Lamartine e Anita, uma página de Miguel Osório de Almeida sobre Bergson a propósito de "Morale et Réligion".

Chove, desde que acabamos de almoçar. Não é chuva que assuste aos que têm de viajar por mar, pois não indica tempestades, nem tufões. Não exclui, porém, a possibilidade de enjôos. E é isso o que mais preocupa o meu marujo.

Tenho a impressão de estarmos em Petrópolis, pelo isolamento em que nos deixa o tempo. Os Azevedos se trancam no quarto. Lamartine e Cléo ficam tocando discos na vitrola da sala. Emília repousa. Faz a *sesta*. Diz-se com "um sono irresistível". No fundo, é uma evasão. Não quer pensar na separação do filho, amanhã. E até o dia 8 de fevereiro, isto é, por trinta e cinco dias! É muita coisa, realmente. Mas ele promete escrever de todos os portos de escala — Santos, Salvador, Maceió, talvez Natal. Cumprirá a promessa? Mesmo que não cumpra, já teve um benefício — animou-a.

A chuva não melhora. Não saímos. Uma tarde perdida inteiramente. De 3 às 5 e meia, o aguaceiro se faz ininterrupto. E forte. Fortíssimo! O Abelardo (acamado, com um começo de gripe) diz que houve engano: ele encomendara o temporal para o dia 20... Realmente, se caísse, com essa força, no dia 20, não haveria força humana, nem divina, que conseguisse celebrar a missa na famosa praça do Congresso Eucarístico, transformada por certo em atoleiro.

Prometi à Anita levá-la, logo mais, ao culto, e, depois, a um cinema, para poupar o Abelardo do duplo sacrifício. Cheguei a me vestir todo, de casimira escura. Não creio, todavia, que possamos levar a efeito a façanha. Além do aguaceiro, sem estiadas, há trovoada, que nunca mais ouvi aqui no Rio. E não ouço bondes! Devem ter parado.

Aproveito para ler. E leio que o Visconde de Barbacena, nascido em 1802, assistiu à comemoração do seu centenário, em 1902, no Instituto Histórico e ainda viveu até 1906! Creio que o fato é virgem no Brasil. Talvez que algum preto, da roça, tenha conseguido tanto. Mas um intelectual, ariano, duvido!

Às 6, a chuva ainda é a mesma, o céu está de um cinza-esbranquiçado e a temperatura não baixou, o que promete mais água.

Falei com o Danton, depois de várias tentativas inúteis. O seu mapa-mural de história das artes está chegando ao ano 1900 com um número *record* de verbetes. Acho que será obra suficiente para lhe dar nomeada internacional. Oxalá que o Paulo Carneiro consiga interessar nela a UNESCO. É um prêmio merecido e um estímulo enorme.

Jantamos às 7 e meia. Apenas os de casa — eu, Emília e os Azevedos. O Lamartine saiu, antes, com a Cléo. Volta, só, às 10 horas.

Não pensamos em sair. Abelardo e Anita, pela chuva. Eu e Emília, pela necessidade desta em *assistir* ao filho nos preparativos para a viagem de amanhã.

Por sinal que se aborrece muito. Os companheiros de "república", além de o *esfolarem*, absorvendo tudo o que ele recebe das duas fontes (6500,00), usam-lhe a roupa de baixo, despojando-o de camisas, cuecas, meias, tudo, tudo! Quando Emília reclama e o censura por isso, ele lhe atira em rosto: "Vamos deixar, de uma vez, dessa história de faltar isso ou aquilo. Eu não sou mais criança! Se saí daqui, foi justamente para não me amolar mais com isso!". E ela lá se foi para a cozinha, a preparar-lhe o jantar...

Amanhã, terá de sair cedo. Ela já lhe fez as malas. Já providenciou tudo o que ele tinha de deixar. Já viu o que ele terá de levar (até caixa para os óculos, eu tive de dar a minha, que a dele se perdeu!). As meias que tem no pé não são dele, são do Bruno Olímpio. Uma mistura deplorável!

É tempo já de que ele se convença do erro que cometeram. Da "cabeçada-monstro" que deram. Ouço dizer que o Augusto Meyer virá da Alemanha antes do que pensava. É a ocasião que se apresenta. Para outra casa, não irão. Não saberão viver mais sem o conforto que tiveram e que lhes deu a ilusão de poderem viver fora de casa.

Quem nos convencerá, porém, de que abrirão os olhos? De que não continuarão a fazer novas burradas?

Vamos dormir às 10 e meia. Lamartine se tranca no quarto para fazer o relatório com que pensa conservar a bolsa de Filosofia na CAPES. Duvido muito de que o consiga. Não será fazendo as coisas assim, atropeladamente, à última hora, que ele corresponderá à confiança dos que o beneficiaram.

A noite foi boa para todos. A chuva amenizou consideravelmente a temperatura. E esta estimulou o sono.

Eu, entretanto, não fui além das 5 horas da manhã. Não só porque dormi cedo (não logo que me deitei, às 10 e meia, mas pouco depois), como porque fiquei preocupado com o que ouvi do Lamartine a respeito da sua "outra casa". Já não me inquieta pouco o vê-lo sacrificado, dando tudo o que ganha para manter uma casa quase que sozinho, em benefício de rapazes amigos, mas que deveriam ser os primeiros a compreender a injustiça do seu sacrifício excessivo. Agora, o abuso vai mais longe, e, como ele não se adaptou para trabalhar (sempre que tem algum trabalho mais sério, vem fazer aqui no seu quartinho em nossa casa), admitiram estranhos a morar lá, a ponto dele ontem ter de dizer quem era para o deixarem entrar, pois a casa estava entregue a um sujeito que ele nunca vira e que se acompanhava de uma mulher "que ele dizia ser sua irmã" (palavras textuais do Lamartine). Ora, a casa, em que eles estão, é uma casa de tratamento, com objetos de valor, quadros e livros preciosíssimos! Esses *penetras* são gente naturalmente necessitada e sem qualquer responsabilidade para com o Augusto Meyer nem para com eles próprios, os donos da "república". Quem nos dirá que, amanhã, num aperto, tão comum em estudantes, eles não "desapertem" vendendo livros e objetos? Depois, essa própria promiscuidade pode levar a abusos de outra ordem. E não é justo que a Cléo freqüente um lugar que se tenha tornado, ainda que por momentos só, suspeito. Acho isso errado e muito sério.

As despedidas de Lamartine foram sóbrias, como sempre. Não comportam abraços, nem, muito menos, beijos. Saiu por trinta e cinco dias, mas foi como se fosse por uma semana só. Como eu brincasse que poderia chegar "até depois da minha missa de mês", preferiu pensar na alegria de comemorar o meu aniversário, em 17 de fevereiro, sem as algemas da Marinha, livre para sempre dos deveres militares. Foi ainda um pouco resfriado, mas *de ânimo alto*. E isso nos encoraja a esperá-lo com resignação. Infelizmente, se esqueceu da caneta, que não sabe onde deixou. E foi com sapatos cambaios e camisa desajeitada, uma lástima em matéria de indumentária masculina.

Confirmada a existência do "memorial dos generais" declarando ao presidente da República que não são candidatos à sucessão presidencial neste ano de 1955 e *advertindo-o* (ou que melhor nome tenha o seu gesto), da necessidade de evitar que os partidos políticos indiquem para a magistratura suprema um nome que não esteja à altura de exercê-la, por não ser pessoalmente digno ou por ser suspeito de representar "volta ao passado", isto é, ao regímen getulista.

Só negará a gravidade excepcional de um tal documento quem tiver de todo perdido a noção das coisas.

Não sei a hora em que parte a Esquadra, em manobras. A cerração (e a chuva, que ainda continua) impede-nos de ver o espetáculo a distância (se é que, mesmo com sol cheio, se poderia ver o mosquitinho que é o caça-submarinos *Curinga*). O coração dos pais sente, no entanto, que tem um filho nessa parte do país que se desloca para operações de guerra...

Jantar triste, pela ausência de Lamartine. À noite, me dispunha a atender ao convite de Anita e ir com ela, o Abelardo e Emília ao cinema. Mas a minha enjoadíssima esposa desistiu da idéia, preferindo ficar em casa e ouvir o Carlos Lacerda.

Ouvimo-lo às 10 ¼. Interessante, ainda, mas já um tanto gasto no ataque aos Vargas ressuscitados com Kubitschek e nas estranhezas contra a lentidão de Café e Gudin quanto a Lafer, Jaffet *et caterva*.

Pus o meu pensamento várias vezes no filho viajante. Acho que a queda de dez graus na temperatura lhe deve fazer bem. Leio, nos jornais, que a Esquadra vai se demorar três dias em Santos, para que todos os marujos possam visitar a Exposição do IV Centenário de São Paulo.

Ainda com o pensamento nele é que redijo esta dedicatória ao *Diário de Léon Bloy* (*Le Mendiant Ingrat, 1892-1895*), para Martinha:

Martinha:
Tenho horror a este livro. Ele foi um dos maiores responsáveis pelo desvio ideológico do Lamartine. Isto é, da maior tristeza que a Vida me reservou: a de ver que meu filho, em quem depositara minhas esperanças de fazer chegar aos Netos o que herdei de meu Pai, me abandonou no meio do caminho.

Vejo, porém, que Você também, atraída como ele para os "mistérios da Fé", repete a apostasia...

Paciência!

Que as suas páginas, tão cheias do veneno que intoxicou Lamartine, se transformem em alimento dessa fé, que sei sincera, e lhe dêem tanta alegria, como tristeza, mágoa e sofrimento me deram.

Com o beijo paternal do tio excomungado que a quer e admira muito.

Espártaco. 1/1/55

Ficamos sabendo, pelo Albino, que o tal de Juvêncio, que Lamartine encontrou domingo "acompanhado" na república de Botafogo, não passa de um refinadíssimo canalha, pois violentou a acompanhante, que, além de menor (17 anos), é débil mental! Já houve reclamação dos pais da menor que foram procurar a "república" e ameaçam com processo. O pior é que a menor não quer voltar para casa e foi pedir asilo... aos pais do Albino! É bom que o Lamartine veja com quem se meteu.

Inquieta-me, muito, o estado nervoso de Anita. Não estou gostando do rumo que está tomando a sua vida. O seu entrosamento com o Abelardo está sofrendo desajustamentos que reputo evitáveis. Alguma coisa está errada entre eles. E precisa ser corrigida em tempo.

Na mesa, findo o almoço, ela tem alternâncias de choro e riso, e o seu olhar não é o de sempre.

Emília discute com ela e o Abelardo. Não me parece certo, isso. Quanto mais se falar, será pior. Acho também que os dois exageram a freqüência aos cinemas (onde a preocupação do *suspense* é agora um recurso usado e abusado). Mas o cinema é a única distração acessível. O teatro, a 60,00 ou 80,00 a cadeira, é uma safadeza.

Resultado: acabamos fazendo com que ela vá ao Zizinho para tirar a pressão e ver os hormônios de que precisa. E eu vou direto à latrina, onde tenho uma descarga fenomenal de *escherichias*! Mais de vinte, nos seus pára-quedas característicos... Que azar o meu, de que essa praga me voltasse!

Vou suprimir a manteiga salgada, de que tenho abusado. E o café (tomado, ultimamente, em grande escala). Mas, sobretudo, tratarei de acabar com as emoções, antes que elas acabem comigo. Nada mais que me saia da medida. Repouso absoluto. Físico e mental.

Pelo telefone, procuro saber o que Zizinho achou em Anita. Não achou nada. Está tudo normal. Receitou uns hormônios. Deu conselhos. E nós — eu e Emília — é que "precisamos compreender melhor a nossa filha".

Passo pelo Rafael, o fotógrafo, para buscar o meu último retrato (para longe o agouro — o meu retrato *mais recente*). Deu isto que está aí, colado à esquerda. Um misto de Sócrates com um vendedor de bilhetes de loteria de boca torta. Expressão de cansaço, de abandono, de desânimo. Qualquer psicólogo barato faria logo um diagnóstico sombrio e um prognóstico ainda mais sinistro. Mas de que adiantam lamúrias?

Trago mais um presentinho (o de ontem foi um leque, barato mas útil) para Emília, pelo seu sacrifício de trabalhar para nós durante os quinze dias de férias da cozinheira Augusta. É um outro corte de fazenda leve e clara. Da Gebara. Mas, me parece que não fui feliz. Nem ela, nem Anita gostaram. No entanto, me pareceu tão bonitinho.

Dormi bem. Tem sido, essa, uma recompensa dos meus dias trabalhosos e preocupados. E do regímen de "meia ração", a que nos vem submetendo Emília, para compensar a falta de saúde e de dinheiro (a empregada foi para a casa dos pais ganhando integralmente o seu ordenado e a bondade admirável de Emília, em vez de admitir uma "ajudante", ao menos para aliviá-la do trabalho mais pesado da copa e da cozinha, realiza prodígios de resistência para, com o que assim economiza, atender discretamente, na medida do possível, às necessidades prementes do irmão). É uma criatura verdadeiramente incrível de altruísmo e amor fraterno. Fraterno só? E o que faz pelos filhos? E o que faz por mim? Está sofrendo muito, e caladinha, com a ausência do Lamartine. Ele nunca poderá avaliar o que lhe custa vê-lo longe dos seus cuidados, *podendo viver sem ela*! Por isso, quando a Cléo fala que ela deve aproveitar essas ausências para "se habituar com a separação", não calcula o mal que lhe causa e o abismo que cava entre elas próprias...

Não consignei que, ontem, Lamartine telegrafou da Bahia. Um "tudo bem", que tem a concisão de um aviso náutico, semafórico, dado por bandeiras no topo dos mastros. Representará a verdade? Diria ele que estava passando mal, se estivesse? No fundo, tem razão quando se defende dessas praxes convencionais. Mas, apesar de tudo, consolam tanto! A mãe, por mais que fizesse, não conseguiu guardar o papelucho com que a Wes-tern transmitiu aquela mensagem quase oficial. E, à noite, no cinema, vendo as formaturas dos cadetes da Marinha e da Aeronáutica, seu pensamento se voltava todo para aquele complicado rapazinho de branco que se foi daqui, de boné cambaio, de sapatos sujos (por mais que ela os limpe) e de alma acinzentada pelos mais desencontrados pensamentos, deste mundo e do outro...

Emília se queixa, hoje, de que a sua bexiga está pior. Agora, ela já não consegue "suspendê-la com a mão, como fazia". Acho isso tão sério que nem gosto de pensar. Mas o Zizinho não parece dar ao caso maior importância.

Já disse que, sendo preciso operar, eu arranjarei o dinheiro de qualquer modo. O que não é possível é facilitar com um incômodo antigo e que de uma hora para outra se pode agravar. Depois, eu tenho cisma de que o que Emília chama "incômodo" possa ser devido a esse deslocamento da bexiga à procura de novo *habitat*.

E justamente agora, que ela tem tido tanto trabalho físico com as férias precipitadas da Augusta!

Às 8 horas, Mário e Lili aparecem. É a *cachacinha* dos domingos. Abelardo e Anita foram ao culto. O teimoso do senhor meu genro está compreendendo que já não é mais possível evitar a religião de Anita. Logo, o que se impõe é que ele se adapte à idéia. Aliás, o protestantismo não tem a intolerância insuportável dos católicos. Nem os exageros eucarísticos que tanto enervam ao Abelardo e a mim. E para Anita foi um bem. Ela necessitava de um bafejo espiritual mais forte que o das simples leituras. O Abelardo será o maior beneficiário disso no futuro, pois nem só de pão vive o homem e nem só de sexo e de instintos vive a mulher.

A Câmara aprovou o substitutivo do João Agripino ao projeto de aumento dos vencimentos da Justiça. Ficaremos com 19800,00 (equiparados aos Juízes de Direito). Diferença de 3000,00 apenas sobre os 16800,00 que já ganhamos hoje.

Domesticamente, Emília já resolveu: dos três contos a mais, dois serão dela e, um apenas, meu. Está certo. Ela teve as despesas astronomicamente majoradas. Eu não as tive menos, é verdade. Mas eu... sou eu — ela é ela... e a Casa! Curvo-me à evidência.

Jantamos às 7 horas. Só eu e Emília. Os Azevedos não aparecem — naturalmente, ficarão na cidade para assistir à missa campal. Acho justo que o façam. Mesmo que se discorde da religião, o espetáculo constitui um acontecimento.

Às 7 e meia, ouvimos, pelo rádio, a *Hora do Brasil*. E, logo depois, a transmissão da missa, com seus coros e suas prédicas. É evidente que não comungo na cerimônia. Acho-a grotesca, pois nem tem a imponência dos desfiles religiosos. Faz-se ridícula pelos "vivas" que parecem de aldeia portuguesa. Emília, entretanto, continua firme junto ao receptor. Eu venho para a minha varandola-gabinete, onde tentarei avançar um pouco o trabalho, mesmo com o eco atrapalhador da cerimônia irradiada.

São 9 horas da noite. Está tendo início a cerimônia. Presentes o Café Filho e todo o Ministério. E o tempo firmou! Nenhum sinal de chuva... E eu e o Abelardo que havíamos "rezado" tanto para isso!

Coisa mais curiosa, ainda, que deixo à apreciação dos interessados na pesquisa do sobrenatural: assim que o rádio acabou de transmitir a cerimônia (já às 10 da noite), quando, ao som do Hino Nacional e dos hinos eucarísticos, se processava o escoamento da praça do Congresso (a denominação se antecipou ao próprio fato, pois o Congresso só se instalará em julho do corrente ano), começou a chover. Milagre? Para ser completo, poderia ter esperado um pouquinho mais, pois a debandada deve ter sido grande, e os resfriados sem conta; mas, também, já é exigir muito das forças celestiais, que cuidem até de medidas de serviço de trânsito...

Para encher a minha noite, tenho carta do Lamartine. A saudade me faz agradecer-lhe logo, pois ele avisa que, em Maceió, onde se encontra, só receberá cartas até o dia 2, quando partirão para o Rio. Ele considera a viagem "chata, mas não catastrófica". E isso já representa muito para ele...

Houve, também, um "quase incidente" entre a Cléo e Emília. É que o Lamartine mandou, dentro do envelope endereçado a nós, um outro, quase do mesmo tamanho, endereçado à Cléo, com carta para ela, e aberto. Ao abrir o envelope comum, externo, Emília rasgou também o interno. E Anita, que estava em casa quando a carta chegou, não resistiu à tentação de ler o que o irmão dizia à namorada. Curiosidade perfeitamente justificável, facilmente previsível pelo Lamartine, e, portanto, inocente nas suas conseqüências. Mas a Cléo exaltou-se.

Ficou vermelhinha. Disse que Emília "fizera muito mal de ter aberto a carta dela". E por mais tato e diplomacia que Emília tivesse tido, pilheriando ainda em vez de se zangar (como seria mais do que justo), a fulaninha se descontrolou, dizendo: "bem razão tem o Lamartine de dizer que a senhora tem essa mania". Brutalidade. Grosseria. Ingratidão. E absoluta falta de educação. Parece que, depois, ela caiu em si e se arrependeu, procurando corrigir o efeito do "desastre". Mas o mal já estava feito. E, pelo que eu soube, saiu sem falar com Emília, envergonhada.

A coitada da Emília pensou no caso a noite toda. Não há dúvida de que não é um bom pano de amostra para a "existência em comum". A menina tem muitas qualidades, mas tem gênio. E é muito voluntariosa. Eu acrescentarei que é ingrata. Se tivesse feito isso comigo, ou com Anita, não teria importância. Com Emília, não. Foi inqualificável.

Emília ainda lê na cama, enquanto escrevo ao Lamartine. Vamos dormir às 11 e pouco. Tomo Quietex, pelas dúvidas.

A empregada ainda não veio. Emília espera que chegue hoje, mas não sei em que se funda essa esperança. Isso, de férias para empregadas domésticas, pode ser muito bonito no papel. Na realidade, é um absurdo. Não se desfalca a engrenagem de uma casa de uma peça essencial. O resultado é que estamos, há mais de quinze dias, praticamente sem comer... Emília se multiplica em "improvisações". Tem se matado de trabalhar. Mas nada supre o desencargo regular, metódico, constante de um ofício como esse de cozinhar e de zelar por toda a casa. Não sei quando voltaremos aos eixos, a essa "rotina" que os meus filhos odeiam tanto e que eu reputo a coisa mais perfeita e mais deliciosa da Vida.

A China comunista resolveu bombardear a ilha de Tchen e se mantém no firme propósito de recuperar Formosa, como último ponto do programa para "liquidar a suposta China Nacionalista", simples pseudônimo de que se serve a Reação para manter de pé o títere Chiang-Kai-Chek, aliado incondicional, *et pour cause*, dos Estados Unidos. Estes estão arregaçando as mangas e ameaçando defender a ilha (que "faz parte da fronteira ideológica dos Estados Unidos") com a 7ª Esquadra Norte-Americana. A provocação é frontal. Na Inglaterra, os Trabalhistas perceberam o golpe e interpelaram o Governo sobre a possibilidade de uma conferência urgente entre Churchill e Malenkov. Churchill pulou fora... No entanto, no Brasil, os "chefes militares" se reúnem no Catete, sob a presidência de Café Filho, para discutir, entre outros, o caso de Formosa. Isso está dito em nota oficiosa, quase oficial.

Acordo às 7 horas. Preocupado em saber se a empregada chegará, pois lembrei-me de que não tinha chave para entrar. Levanto-me logo e encontro-a sentada na maleta de viagem, cansada de esperar...

Já, agora, vai Emília descansar um pouco. O mês de fevereiro ainda será de lutas para ela, aqui. Mas o de março espero que lhe proporcione, como a mim, repouso, pois pretendemos "veranear" (ainda que com algum atraso) em Teresópolis.

Apresso-me em colar, aqui, a entrevista que deu ontem o Danton à *Imprensa Popular*, e que saiu publicada com o título de "Agentes da Mediocrização, Várias Publicações Ianques". A entrevista está muito boa e é exclusivamente técnica (solidariedade ao ato do Juiz de Menores proibindo a circulação no Brasil de diversas revistas norte-americanas, tipo *Beauty Parade*, *Flirt*, *Wink* e outras). Esplêndido o seu retrato, tirado numa sala de aulas da Escola de Belas-Artes.

Está claro que é sempre um perigo aparecer na *Imprensa Popular* com qualquer coisa. Quanto mais, de retrato, o que torna a entrevista consentida, e com publicidade ampla. Mas é tolice que alguém se detenha por essas insignificâncias.

Ainda não pude ler, com o vagar necessário, o noticiário publicado no *Correio da Manhã* sobre a situação do Kubitschek frente ao Café Filho. O rompimento, todavia, está caracterizado.

Não há como negar que o Kubitschek seja o candidato do PSD, que já fez um Presidente da República, o Dutra, e o próprio Getúlio, quando ainda não havia a farsa demagógica do PTB.O procedimento do Café, passando por cima do PSD e querendo que o Kubitschek renuncie, só porque os "generais" estão achando que ele "cheira a Getúlio" e a "gregorismo", é desaforo. Chega, já, de utilizar esse papão das Classes Armadas para amedrontar o eleitorado e escorraçar o povo. "Gregório" ou não, getulista ou lá o que seja, Kubitschek é o Governador de um Estado importante da Federação, que sempre influiu nas pugnas presidenciais. Se não é um candidato perfeito, perfeitos não serão também os cogitados pela UDN: nem o Munhoz, do Paraná, que tem os mesmos vícios pessedistas e getulistas do governador mineiro e não tem a vantagem que ele apresenta, de representar, se não o seu Partido, pelo menos a maioria dele; nem o queixudo Juarez; ou o *mac-arthuriano* Canrobert, metido a bonitão; ou o feíssimo Dutra, mais analfabeto do que nunca, e sargentão como qualquer dos outros militares.

Na falta de um melhor, que ainda não apareceu, nem é provável que venha a aparecer até outubro, que fique mesmo o Kubitschek como candidato das forças políticas conservadoras.

A UDN, se se crê forte — e deve estar, pois agora é "governo" — que indique o seu candidato próprio, mesmo que seja, ainda uma vez, o Eduardo Gomes. Deixem-se dessa bobagem de "candidato único", de "união nacional" etc. E os militares

104

que se contentem de ser iguais aos civis — nem inferiores, nem superiores; já basta de "vantagens"!

Almoço, com Emília, ao meio-dia. E a Cléo. Não em calma, como imaginávamos poder fazer, mas já sobressaltados por novo período de desorganização doméstica, pois ontem mesmo, no próprio dia em que chegou, a empregada veio da rua (depois de meia-noite) com a notícia de que a irmã está ameaçada de tuberculose (a radiografia acusa sombra nos pulmões) e ela vai ter que levá-la para a casa dos pais, de onde acaba de chegar.

Isso perturba todos os nossos planos, por enquanto; antes dela voltar, para ficar definitivamente, nada será possível estabelecer quanto a férias nem pré-férias.

Colo, nesta página, o cartão da balança na estação dos bondinhos para Santa Teresa; o indicador assinala menos de 89 quilos. Não está excessivo. Casei-me com 85. Cheguei a 103. E não perdi de chofre, fui perdendo aos poucos, gradualmente, sem qualquer controle médico mas com lógica, sob um regímen que só não é perfeito porque ainda não consegui me privar dos líquidos nas refeições. No dia em que o conseguir, descerei a 85, facilmente.

Venho para casa, de bonde, lendo os jornais da tarde.

A "fala" do Café Filho é judiciosa, não há dúvida. Mas não se pode aceitar, como ele aceita, a doutrina da "tutela militar". Por que razão esses patuscos pensam que são os únicos *honestos* do país?

E que dizer do "manifesto dos generais" revelado nesse mesmo discurso?! Não se pode comentar uma coisa dessas em meia dúzia de palavras. É uma impertinência! Esses generais não têm *imparcialidade* alguma; são, todos, elementos partidários, suspeitíssimos. Juarez, Eduardo Gomes, Canrobert... Mas, se são os próprios homens do golpe de 24 de agosto! A

105

eles só agradará um elemento deles, isto é, antigetulista, que se disponha a combater, a todo transe, o que eles acreditam (ou fingem acreditar) que seja a "volta da Oligarquia Vargas". Como é que se pode admitir isso?

Jantamos às 7 e meia. A cozinheira foi de viagem, à tarde. Quem cozinhou, hoje, já foi Emília, embora a outra houvesse "preparado" o jantar, que ainda poderá ser o almoço de amanhã.

À tarde, Cléo foi com Emília ao cinema São Luís. Estão "de amores"...

Acabado o jantar, vamos para a sala de livros ouvir rádio. Gostaria de escutar o Kubitschek, que vai falar. Mas ele se demora. O pessoal está cansado. E, amanhã, temos, todos, de sair cedo.

Ontem comprei mais um caderno igual a este, para assegurar a constância do meu Diário. Mantém o mesmo preço (81,00). Mentiu, portanto, o safado que me serviu na vez passada, ameaçando-me com o "encarecimento astronômico" do artigo, pela alta do papel. Achei prudente, todavia, assegurar-me na posse de mais um caderno, pois o abono será sancionado hoje e para o comércio todo pretexto serve para avançar no dinheiro da gente...

Devo confessar que gostei muito do discurso do Kubitschek, que ouvi, hoje, de manhã, pelo rádio. Mostrou-se corajoso, como convém à hora, tachando de "métodos nazistas" os empregados pelos adversários da sua candidatura. De pleno acordo! De uma vez para sempre, é preciso que se enfrente o Carlos Lacerda, reduzindo-o às suas justas proporções. Admitamos que seja um bem-intencionado (o que é muito duvidoso). Mas está se excedendo nas suas boas intenções. Seus exageros levianos já levaram Getúlio ao suicídio. Não é justo que vá mais longe com a audácia impune.

Às 4 horas da tarde, fiz o que não devia ter feito, o que sempre evito de fazer: dormi. Deitara-me na cama, forçado pelo pé direito (que hoje apresentou um pequeno derrame, tornando visibilíssimas as artérias que irrigam o calcanhar). E, como, para afastar a irritação causada pelas novidades políticas, tomei um comprimido de Quietex, foi a conta. Dormi até as 6 e meia.

Acordei mais irritado ainda. É sempre o efeito contraproducente das "sonecas" de dia. Minha vontade era mandar todos "àquela parte".

Janto com a família (Emília e os Azevedos) às 7. É a Augusta que faz o jantar, pois já voltou da casa dos pais, correta sempre. À noite, os Azevedos saem para o cinema. Convidam-me, mas o meu pé não me deixa ir com eles. Aliás, quando não fosse o pé, não deixaria Emília sozinha em casa.

Acompanhamo-nos, ouvindo um rádio infame, sem uma nota política, apenas Carnaval e futebol. Emília se distrai jogando cartas com... ela mesma. Às 10 e meia, recolho-me à varandola-gabinete que, amanhã, pretendo submeter a uma arrumação em regra. Ou faço isso, ou me desmoralizo para sempre com Emília.

O Governo insiste na sua cartada infeliz de fascistização do país, por inspiração dos militares que encabrestou ao Catete. A reação, porém, está enorme.

E não pode haver dúvida de que, sem um "golpe"— que desmascararia, de vez, este Governo — a partida está ganha para o Juscelino, menos por seus merecimentos pessoais do que pela expressão de que se revestiu o seu propósito de lutar contra o Catete.

A UDN, mais uma vez, se enterra no conceito público, caudatária dos militares e dos seus exploradores, com Carlos Lacerda à frente.

Não posso deixar de arquivar, neste Diário, o pronunciamento "antigolpe" do Partido Socialista Brasileiro. É o que se pode desejar de melhor, no momento. Sério, impessoal e incisivo. Ei-lo:

O Partido Socialista Brasileiro, por seu Diretório Nacional, ante a declaração do Presidente da República e o documento militar que ele subscreveu com seu apoio, sente-se no dever de tomar uma atitude definitiva, e, como sempre, de acordo com seu passado, seu programa, seus princípios.

O que essa declaração e esse documento revelam é que o regime democrático está em perigo iminente de um golpe, cujo centro é o Palácio do Catete, onde se conspira contra a ordem, a lei e as garantias constitucionais.

Trata-se de arrancar ao povo o direito de escolher o seu Presidente.

Não se trata de substituir por outras as instituições vigentes; não se trata, como em 1930, de promulgar uma nova Constituição. O que se pretende é perpetuar um governo de minoria. Contra isso protesta o Partido Socialista Brasileiro, que não tem compromisso nem alianças com qualquer dos candidatos reais, aparentes ou hipotéticos; mas tem uma fidelidade absoluta ao seu programa e aos seus princípios, um dos quais é a defesa intransigente das liberdades democráticas.

Quanto ao seu candidato ao cargo de Presidente da República, a Convenção do Partido decidirá no momento oportuno. Mas contra essa ameaça de golpe trovejada pelo Presidente da República, o Partido Socialista Brasileiro levanta, desde logo, o seu protesto. Nada menos exato do que dizer que a situação do Brasil, com suas instituições funcionando normalmente, exige candidato único. Nos

Estados Unidos, à véspera e em meio à maior guerra civil da História, Lincoln, tanto na eleição quanto na reeleição, não foi candidato único; não o foi Roosevelt, através de uma guerra mundial em que se jogava o destino da Nação. Surjam os candidatos; venham os programas; e o povo escolherá. E, em torno de um candidato, e, sobretudo, de um programa, bem pode ser que a grande maioria do eleitorado forje uma união verdadeiramente nacional. O conluio a que nos opomos afronta o sistema multipartidário, considerado pela nossa Constituição como um dos seus dogmas fundamentais, e instaura, de fato, o partido único, característico do Estado Totalitário.

O Partido Socialista Brasileiro repele a manobra pela qual certos políticos, civis e militares, pretendem furtar ao povo o seu direito de livre escolha, impondo-lhes um candidato único, manipulado por um corrilho, através de ameaças irradiadas pelo Presidente da República, da própria sede do Governo.

No plano internacional, a Inglaterra interveio no conflito entre os Estados Unidos e a China. Não — como lhe impunha a sua posição independente — para fazer cessar a intervenção insólita dos Estados Unidos a favor de Chiang-Kai-Chek, mas para deslocar o assunto da luta armada, que se faz iminente, para as discussões da ONU, onde a China nem sequer está representada, sentando-se em seu lugar um títere representando a ilha de Formosa, e onde é sabido que os Estados Unidos contam com uma maioria incondicional de fantoches, como o Brasil.

Se a intervenção da Índia, personificada nesse esplêndido Nehru — que é um Gandhi redivivo, e, mais que Gandhi, disposto à ação e não ao "passivismo" da não-violência apenas — não conseguir alguma coisa de mais enérgico e de mais prático, a Guerra estará declarada.

Jantar em homenagem ao General Cardoso, em regozijo pela confirmação unânime que o Tribunal Superior Eleitoral deu à sua diplomação como Deputado. No Automóvel Club, a 200,00 por cabeça. Comprometi-me a ir, mas *absolutamente silencioso* — não direi uma só palavra, haja o que houver.

Salto na praça Paris, quando faltam dez minutos para as 8. Atravesso o Passeio Público e fico "observando" da calçada fronteira ao Automóvel Club. O movimento é grande. Tomo coragem e entro.

O jantar, marcado para as 8, só é servido faltando ¼ para as 9. Um encanto, o homenageado. É, também, advogado e falou-me de sua admiração por Papai, de quem recordou a lealdade intransigente aos princípios republicanos. Fazemos, logo, ótima camaradagem. Sou chamado para a mesa, ao som de palmas estrepitosas, como "o jurista Espártaco M.", logo depois dos deputados e dos generais. Sento-me entre um professor da Faculdade de Medicina e um militar septuagenário que pertenceu à Coluna Prestes.

Uma *conquista*: uma vereadora argentina, que me achou "muy simpatico". Começamos falando de tópicos gerais e, em pouco, descambamos para a penetração comunista na burguesia argentina. Acabou por dizer que estava "sola em Río" e convidou-me *abertamente* para acompanhá-la ao quarto no Hotel Avenida! Como são essas "emancipadas"! Disse-me ter 22 anos, estar casada há um ano, não ter filhos e possuir "un marido muy compreensivo". Como eu me recusasse, alegando ser casado e estar "fatigadíssimo", deu-me o número do quarto e do telefone, para "estarmos juntos mañana", pois embarcará à noite para São Paulo e, de lá, para Buenos Aires. Nunca pensei que ainda interessasse sexualmente a alguém. Devo confessar que a moça tinha lábios e dentes lindos. Só não gostei dos olhos verdes e de um tique nervoso que a fazia franzir constantemente a testa, levantando as sobrancelhas. O louro dos cabelos parecia natural. Usava um perfume penetrante de violetas frescas. Nome: Nina. Nada mais que Nina...

O jantar foi bom e bem servido. Mas primou mais pelas bebidas do que pelas comidas. Bebi muito, exageradamente, e muito misturado (a ponto de me haverem chamado a atenção): coquetéis, vinho verde, vinho tinto e *champagne*.

Ao sair, não me despeço da vereadora argentina. Deixo-a com o professor da Faculdade de Medicina, que se mostrou interessadíssimo por ela. Naturalmente, deverão estar agora discutindo Marx no escuro.

Venho para casa, de lotação, tomado na Avenida. Não negarei que o álcool me fez mal. Subiu muito à cabeça, tornando-me trôpego o passo. Por vezes, pensei que fosse cair...

Mas cheguei, são e salvo, ao Leme, antes das 11 e meia. Trouxe um botão de rosa para Emília, símbolo de fidelidade e "resistência"...

Mais uma vez — e que adianta isso? — me mostro convencido de que o álcool é o meu maior inimigo. Na hora, me ilude. Adquiro uma agilidade mental de que nunca disponho em ocasiões normais. Converso sobre tudo. Sobre o que entendo e o que não entendo. Dou uma idéia incrível da minha cultura e do meu bom humor. Assim, contudo, que *me encontro comigo mesmo*, readquiro a consciência do que sou de fato e chego a me envergonhar do que aparentei ser. Houve quem, durante o jantar, me perguntasse por que eu não me incumbia de uma seção de "vulgarização científica" para os jornais do povo. Álcool! Só álcool!

Acordo às 7 e meia. E mal consigo pôr os pés no chão. A cabeça, então, roda como catavento. É trágico! O Dexamil me vale muito. O café com leite, servido com pão preto depois do banho frio de chuveiro, completa a cura. Às 9, já estou "restabelecido".

A leitura dos jornais dá conta da seriedade da situação internacional. Aliás, ontem, o professor da Faculdade de Medicina me dizia: "Seria absurdo comparar o poderio atômico dos Estados Unidos com o da União Soviética. A bomba H é infinitamente mais poderosa do que a dos russos. Mas acontece que a preocupação de aumentar o seu poderio foi tão grande, que eles se esqueceram de controlar o peso que ela iria ter. E a fizeram positivamente *intransportável*. Ao passo que as soviéticas, muito menores, se deslocam com uma facilidade incrível! Assim, enquanto as fortalezas-voadoras norte-americanas se esforçarem (e dificilmente conseguirão) por transportar a bomba H (correndo o risco de fazê-la cair nos próprios Estados Unidos...), os russos terão tempo de despejar centenas. Daí, a confiança com que qualquer país comunista enfrenta hoje a chantagem dos ianques. Diz-se que Churchill, ao saber disso, ficou louco...". Verdade? Fantasia?

Arquivo a cartinha do Lamartine (de Maceió, 1/2/1955):

Meu Pai.

Esse bonitão está com a fisionomia cansada de fato* mas a carta que me mandou — sugerindo-me uma fórmula fantástica, infalível para cortar os enjôos — trouxe a sua imagem inalterável: a que eu costumo enquadrar nos passeios que fazíamos pela praia deserta ao amanhecer, os dois exploradores à cata de objetos esquecidos na areia (você falava em alguém da família que tinha encontrado pérolas numa caixinha de fósforos — lembra-se?) ou trazidos pelo mar. Quase vinte anos depois (eu tinha 4 para 5), a temperatura e a luminosidade daquelas manhãs permanecem sendo Você, numa esfera que nada tem a ver com os maus humores e os cansaços cotidianos.

(*) Referência ao retrato 3×4 ("Foto Rafael"), de boca meio torta, que lhe mandei.

O tom meio nostálgico desta carta é por causa da impressão indizível que deixa na gente o azul, ao mesmo tempo intenso e límpido, do alto-mar (é a mesma intensidade do "azul ultramarino" dos pintores, só que mais transparente). Você vive dizendo que eu não aprecio a Natureza (e não ligo muito mesmo), mas o mar é como se fosse a natureza de um outro mundo.

Um abraço do filho que espera te rever em uma semana.

Lamartine

P.S. — Não recebi a carta prometida, de Mamãe. Por que não escreveu? Se chegarmos no domingo, parece que será muito tarde da noite; é mais provável que seja na manhã de segunda.

Deixei de arquivar a primeira que ele nos mandou. Aproveito para fazê-lo agora:

Salvador, 18 de janeiro de 1955.

Pessoal:

Não morri. Não perdi peso. Não estou com mais fome do que quando estou aí. Assustamo-nos sem razão diante desta viagem: está sendo chata mas não catastrófica (só de vez em quando dá uma vontade louca de tomar uma laranjada extra ou um outro luxo desses a que a gente está acostumado na pensão de Dona Emília e que é muito difícil de conseguir por estas bandas).

Dona Emília! Vá se preparando para me receber bem, no dia 6, domingo: é quando chegaremos aí (o domingo foi escolhido para entrar na Barra por causa da oportunidade de dar mais um *show*...).

Cartas dos artistas plásticos, alguma? Dei o endereço daí, porque o pessoal de Botafogo é um pouco desorganizado. Por favor, não deixem que se extraviem: tenho que mostrar serviço!

Como é? Papai já está em férias? Já começou o regime de praia? Onde vocês vão passar as férias? Continuo a recomendar Teresópolis, no mesmo hotel em que estive. Vocês receberam meus dois telegramas (Santos e Salvador)? Cumpri a palavra — está vendo, Dr. Espártaco? Já se pode confiar outra vez em seu filho.

Expliquem, por favor, à Cléo, que não mandei nenhum telegrama para ela porque — parece mentira — não sei de cor o número da casa na Marquês de Olinda. Por essa mesma razão mando uma carta para ela junto à de vocês. Entreguem com pressa, sim?

Anita e Abelardo, que notícia dão do Espártaco Neto? Anita, particularmente, que me conta do seu drama *Lutero?* Anita e Mamãe: a Marinha não me pagou, só me pagará no Rio; isso torna a questão dos presentes e dos *souvenirs* um ponto bem embaraçoso para mim. Vamos ver como resolvo.

Dona Emília, chame o seu Valdemar para *mudar a agulha de long-playing* (não a de 78) e dar um conserto geral no rádio; aí no Rio eu pagarei tudo quando voltar (talvez seja até uma vantagem eu só receber aí no Rio. Aqui, gastaria tudo, por força das circunstâncias).

Gente, a saudade é muita e a vontade de voltar, enorme. FALTA MENOS DE UM MÊS PARA EU ACABAR COM A MARINHA! Grandes abraços do

LAMARTINE.

P.S. — Atenção, vocês escrevedores de cartas: é possível receber correspondência no navio. Mandem cartas para Maceió, onde ficaremos mais tempo. Endereço: Caça-Submarinos *Curinga* — Capitania dos Portos de Maceió. Alagoas. Brasil. (Mas mandem com pressa, já que no dia 2 estaremos partindo para o Rio.)

À noite, saímos, eu e Emília. Vamos à casa do Danton, em visita à Albertina, que chegou hoje de Petrópolis.

Antes não tivéssemos ido. A tensão entre eles ainda é forte. Por várias vezes, brigaram. Tudo porque, apesar dos protestos recíprocos de mútua tolerância, Albertina não se conforma com a "traição" do Danton. E este se mostra cada vez menos disposto a transigir com ela.

Durmo mal. Quanto à Emília, não sei. Dificilmente alguém poderá conciliar o sono na situação em que nos vimos ao voltar do largo do Machado.

Também desistimos. Não daremos mais nenhum passo. Danton se mantém irredutível no sentido de "não ceder". Não se sabe bem o quê, nem a quê. Mas compreende-se que ele se cansou de concordar com as "conciliações" que lhe propúnhamos, sem resultado. Albertina, por sua vez, se esquece das situações anteriores. Voltou à estaca zero, como se nada tivesse havido. E, a cada nova divergência, surgem todas as velhas outra vez, com um luxo de datas que enerva. Danton a chama "ruminante". É grosseiro, mas exato. Confesso, entretanto, o meu profundo desapontamento. Julgava a situação contemporizada pela trégua que os dois assinaram na nossa presença. Não é preciso dizer que eu considero tudo isso horrível, que não concebo como se chegue a essa situação e não se acabe, pois não vejo o menor sentimento de respeito ou de estima entre ambos. Esqueceram-se de tudo o que já houve entre eles. Agora, são dois estranhos que notoriamente se odeiam e que discutem... como deveriam ter se amado!

No fim de tudo, ainda estamos ameaçados de passar, com eles, juntos, uma semana em São Paulo! A nossa dívida de gratidão com Albertina — o "pistolão" foi Danton, mas quem se empenhou a fundo para conseguir o trabalho para Lamartine no Instituto de Documentação foi ela — é enorme. Ainda estamos longe de resgatá-la, se é que já iniciamos o pagamento, e não estamos só nos juros, como na Tabela Price...

Não quero gracejar. Tenho uma pena infinita de todos os amores que não conseguem chegar dignamente ao fim. Esses "epílogos de tolerância" são talvez mais dolorosos que os desfechos passionais violentos. Nestes, afinal, ainda há chama, ainda há amor, mesmo no ódio. No desrespeito morno, preconcebido, premeditado, em que os berros de fúria se transformam em sorrisos velados, irônicos, exasperando um só enquanto o outro faz questão de se mostrar controlado, só vejo hostilidade surda, disfarce, traição. De quanta hediondez se faz capaz a Vida!

Lamartine chegará amanhã, pela manhã. Os navios serão *vistos* às dez horas em Ipanema. Depois, farão evoluções diante de Copacabana. É o *show* anunciado como remate das manobras. Só mais tarde desembarcarão.

Emília já se esmerou no preparo do quarto que... *foi* dele. Vale, contudo, a intenção.

Estou, por enquanto, sem a mínima esperança de que se solucione, por via administrativa, o nosso aumento. Não sei como pensa o Procurador. Não sei como pretende agir a Classe. Só sei que, mais uma vez, fica evidenciado estarmos sem a menor força junto ao Governo. Já é um governo de merda, incapaz de uma realização útil. Se o deixarmos entregue à própria sorte, então dará na certa com os burros n'água em tudo quanto se meter.

E ainda se pensa em golpe militar, para *consolidar* essa porqueira! Só a lisol e dinamite!

Continuo fortemente apreensivo quando à desordem da Casa *amanhã*. Ninguém se preocupa com que eu possa trabalhar. Isso é secundário. Farei, portanto, a deselegância de deixar o Lamartine e os amigos na sala e me trancar, a sete chaves, na varandola-gabinete.

Grandes os preparativos para a chegada de Lamartine, amanhã. E é justo tudo o que se lhe faça. Está viajando desde 3 de janeiro — há mais de um mês, portanto! Por mais esquivo que se mostre — e, sobretudo, *se esforce em parecer* — faz muita falta. Vai ser recebido com almoço lauto, para desforra do *quase-jejum* da Marinha. Terá, aqui, a "noivinha" (a Cléo) e os amigos chegados. De parentes, acho que só o Mário e Lili. Mesmo Lúcia, Zizinho e Martinha, não sei se virão. Danton e Albertina, com certeza que não. Sócrates, só se coincidir.

Meu pé melhorou muito com o salto de borracha que o Abelardo mandou colocar nos mais novos de meus sapatos. Os outros (também presentes dele e Anita) me deixam o pé muito folgado, e isso é tão mau como apertá-lo. Há momentos, porém, em que o calcanhar me dói horrivelmente!

Dormindo, embora, depois de 1 hora da madrugada, tenho a impressão de que dormi bem, o mesmo acontecendo à Emília. Curioso! Ela já não ronca mais... A que distúrbio glandular estaria relacionado o incômodo *sestro*, que era um *sestro* sem dúvida?

Por falar em distúrbios glandulares, a "menopausa" de Emília estava escandalizando pela benignidade. Ela já não sentia nada do que tanto a incomodava antes. Anteontem, no entanto, o nosso querido Hugo esteve aqui. E, como ela disse-se que "estava havia muito tempo sem remédio", receitou. O que, não sei. Só sei que ele é campeão dos remédios caros. O remédio custou 60,00. Emília tomou-o logo. Desde então, sua pressão modificou-se imediatamente. Passou a ter verdadeiras ondas de sangue no rosto, afogueando-a. Ficou sujeita a tonteiras, que nunca mais tivera. Queixa-se a todo instante. Entretanto, como é prescrição do "irmão querido", nem discute!

Tenho pelo Hugo a mesma admiração que ela. Acho-o uma grande inteligência, um enorme caráter e um coração incomensurável. Mas possui alguns defeitos. Um desses é de receitar tudo o que lê nas bulas ou nas revistas médicas como "última palavra". O resultado são essas "cobaiadas" nem sempre bem-sucedidas.

Acordei às 7 horas. Às 8 e meia, de banho e café tomados, vesti-me e fui à rua comprar folhagem nova e flores para esperar "o nosso herói". Desgraçadamente, o meu fornecedor estava em dia magro. Folhagem, ele ainda arranjou uns tinhorões viçosos e verdinhos. Mas, de flores, nem tinha as margaridas do costume. Tive de trazer só meia dúzia de crisântemos brancos, de muito pouco efeito. Logo mais, verei se posso melhorar as jarras.

Ontem, à noite, ouvi pelo rádio um comunicado oficial do Ministério da Marinha dizendo que os navios ora em viagem de instrução só seriam avistados em Ipanema às 10:30, seguindo-se "evoluções diante de Copacabana". Seria de esperar que desembarcassem às 11 ou 11 e meia. Mas a Rosita — viúva de oficial de Marinha e, atualmente, funcionária do ministério — garante-nos que não o teremos antes das 3 da tarde!

Desânimo, fácil de prever, da parte de Emília e Cléo.

A Esquadra chega, majestosamente, à hora anunciada. E, faltando vinte minutos para as 11, começa a evoluir diante de Copacabana. Experimento ainda a mesma sensação dos meus dias de criança! Mente quem disser que os sentimentos evoluem. Por mais *antimilitarista* que se seja, um espetáculo desses emociona sempre!

Emília volta da praia com fortes dores de barriga. Que é isso senão emoção, da boa, da legítima?

Estamos esperando já o Lamartine (meio-dia e vinte). Não creio que ele chegue logo. Mas, não é impossível. E estou com a Cléo: devemos esperar por ele, como ela se propõe a fazer. Não seria justo que *o mais novo* (se bem que o *maior*) de seus afetos nos desse essa lição. Já deu uma, que Emília me atirou em rosto, embora eu não tivesse tido culpa: foi ela quem trouxe um apanhado grande de margaridas brancas com que está enfeitada a sala (eu só consegui, à hora em que fui ao florista, às 8 e meia da manhã, folhagem, tinhorões e crisântemos, pelos quais não paguei pouco, aliás: 45,00).

Meu pé direito melhorou, definitivamente. O presente do Abelardo (salto de borracha no sapato de sola de couro) corrigiu bem o defeito que tanto vinha me mortificando. Aliás, seria absurdo não atribuir também a melhoria ao repouso (relativo, embora) que venho tendo ontem e hoje.

Vamos ver se amanhã alguém do Ministério Público me dá melhor informação acerca do nosso aumento. Sem ele, dificilmente poderei ter sossego nas férias (em que entrarei dentro de vinte e poucos dias), mesmo que as passe fora.

Não sei do Danton, nem da Albertina. Gostaria, certamente, de saber notícias. Mas, a ter de perguntar, confesso que prefiro continuar ignorando. É tão incômodo! E abre perspectivas tão desagradáveis!

Lamartine chega à 1 e meia. Veio muito mais magro (ele informa que perdeu cinco quilos, o que deve ser verdade). Mas está corado. E o olhar, cansado embora, tem muita vida. Com alguns dias de repouso e de boa comida, recuperará facilmente o perdido.

O almoço foi esplêndido. Ótima canja. Excelente tutu, com carne-seca frita e lingüiça gostosa. Sobremesa fina: uma *charlotte russe* puxada! Mas o guarda-marinha não quis saber de comer: falou, só. Estranho, esse meu filho: não encontra nada para dizer de Santos, de Salvador, do Recife, de Maceió; o que positivamente o apaixona é descrever, com exagero evidente, o absurdo das horas passadas dentro do navio. Contando, por exemplo, como transcorria o tempo quando estava de serviço no "quarto" de meia-noite às 4 da madrugada (período que se caracteriza pela absoluta falta de ocorrências), consegue achar assunto para falar quarenta minutos sem interrupção!

Ficamos na mesa até 3 horas. Depois disso, o Lamartine não pára de falar! Ainda vai ter seis dias de Marinha. Só depois do dia 12 se desligará. Às 4 e meia, Emília vem para o quarto. Deita-se um pouco para repousar. Toda a manhã foi dura, como duro já havia sido todo o dia de ontem. Ela sente que o filho já não é aquela "criança" com que sonhou durante todo esse mês de viagem, imaginando-o saudoso e necessitado dos seus carinhos. Já é um homem... com seus amigos, com sua namorada, com seus assuntos. Todo ele está vivendo no futuro. E nós — os pais — somos apenas o passado!

Deito-me um pouco ao lado de Emília, antes que Mário e Lili cheguem. Aí, o domingo passará a ser apenas um domingo como os outros.

À noite, continua o ambiente de tumulto na casa. Nele, ainda não pudemos *encontrar* o nosso filho.

Dormi um pouco à tarde. Isso não me faz bem. Pelo contrário, em vez de repousar, me atordoa. Não volto, todavia, aos meus processos, à noite. Como o Lamartine ouça vitrola com os amigos, e Emília se entretenha no jogo com o "restante" das visitas, fico ora com uns, ora com outros.

Lamartine não recebeu um vintém da Marinha. E endividou-se todo no navio! Nem eu, nem Emília compreendemos como poderia ter sido isso, se, nas vésperas da partida, ele tinha no bolso, recebidos do Instituto de Documentação e da CAPES, mais de treze contos! Oxalá que alguma coisa o chame à realidade, de uma vez para sempre.

Vamos dormir, eu e Emília, às 11 horas. Lamartine ainda fica ouvindo vitrola com a Cléo, enquanto o Albino dorme na cama dele. Devem ter saído uma hora depois: já estávamos ferrados no sono, quando ele nos bateu à porta para pedir não sei mais o quê.

2

E agora voltemos aos registros sucintos, que não há tempo nem espaço para as demasias verborréicas dos últimos dias. Acordo às 6 e meia. Levanto-me logo. Lamartine pusera despertador para as 7, mas levanta-se logo que me ouve andar. Vem se deitar na nossa cama, por uns minutos apenas, mas para Emília isso deve ter sido a concretização da felicidade suprema.

Como ele confirma estar a *nenhum*, adianto-lhe 500,00 até que ele receba algum. Antes de sair, ainda vem me procurar na varandola-gabinete para me agradecer. Aparentemente tranqüilo e, tanto quanto possível, satisfeito.

Jantamos às 7 e meia. Cléo veio depois das 9. Cortou o cabelo do Lamartine (aliás, pessimamente). A boa vontade nem sempre supre a falta de prática... Na mesa, o rapaz disse que "teve um dia de sorte, tendo resolvido bem todos os seus casos", os da Marinha, e os do Instituto. Ao que diz Emília, todavia, continua sem dinheiro, o que é difícil de compreender.

A fala semanal do Carlos Lacerda me agradou pelo cunho de coragem pessoal de que sempre se reveste. Mas o comentário que fez, à notícia (com que o interromperam) de que o Seabra Fagundes tinha sido substituído na pasta da Justiça, me fez perder toda a simpatia que conseguira restabelecer em mim. O Seabra é um tímido, um irresoluto, é certo, mas um digno. Isso nunca lhe deixei de reconhecer, a não ser nos momentos de privação absoluta dos sentidos e da inteligência.

Confirma-se a saída do Seabra Fagundes. O *Correio da Manhã*, muito suspeito para isso, diz que ele está demissionário desde que o Café se dispôs a intervir nos debates da sucessão presidencial, fazendo-se eco dos chefes militares contra a candidatura do Kubitschek. Não acredito. Digno embora, ele nunca assumiria uma atitude dessas por motivos exclusivamente doutrinários e impessoais. De qualquer forma, é lamentável que um governo que se diz empenhado em "rearmar moralmente o país" se prive do concurso de um dos seus elementos mais dignos logo no primeiro embate.

O novo Ministro da Justiça — ao que tudo faz crer — deverá vir de São Paulo. E não poderá deixar de ser *político* (essa era a única "qualidade" que entendiam faltar ao Seabra Fagundes). Vamos ver que detrito antigetulista há de vir por aí. Para nós, da Justiça, importa muito. Já começo a experimentar o nervosismo deplorável dessas horas de espera. Vou entrar, já, num comprimidozinho de Quietex: a esta hora, acredito que acalme sem deprimir.

Notícia não menos sensacional e absolutamente inesperada: Malenkov, o substituto de Stalin, teria renunciado à chefia do Governo Soviético por não se sentir capaz de conduzi-lo com segurança! Seu sucessor foi escolhido imediatamente pelo Parlamento (1200 votos sem discrepância): é o marechal Nikolai Bulganin, que comparece a este Diário (colado à página oposta) com o seu uniforme ainda da Segunda Guerra Mundial.

Os que confiam no Regímen Comunista não experimentam qualquer dificuldade em transferir para Bulganin a confiança que depositavam em Malenkov, como também não tiveram dúvida em transferir para Malenkov a confiança que nutriam por Stalin. Gostaria, no entanto, de saber por Moscou — e não por qualquer agência telegráfica norte-americana — o que houve realmente.

Chego para jantar às 7 e meia e já encontro todos à mesa e a refeição quase finda. De que vale o esforço pela pontualidade (nunca chego antes nem depois das 7 e meia)?

Quando me levanto, já o Abelardo está na sala, devorando o *Correio da Manhã*. Lê todos os comentários referentes à queda de Malenkov — se é que se pode chamar de "queda" a um "apeamento voluntário". Eu não lhe repito a façanha. Limito-me a ler, por alto, os títulos e os telegramas. Acredito, entretanto, que ambos chegamos à mesma conclusão: não há sinceridade no gesto, nem nos informes. Um homem não leva dois anos a se reconhecer "incapaz" para uma função de tamanha responsabilidade, e num país em ebulição permanente, onde qualquer ato tem uma repercussão enorme. Deve ter havido um desentendimento sério entre os grandes dirigentes da União Soviética. E nos "conselhos privados" do Governo — que também lá os há — o espetáculo não se deve ter revestido da "unanimidade" mostrada do lado de fora. Ele ouviu críticas duras à orientação talvez conciliadora que esteja imprimindo à política externa da URSS, o que o *Pravda* sintetizou na manchete de "preferimos canhões à manteiga". De qualquer modo, continuo sem compreender o gesto, o que só o tempo explicará.

Quanto ao Brasil, confirma-se a nomeação de Marcondes Filho para Ministro da Justiça. Abstenho-me de qualquer comentário. Pessoalmente, não desgosto. Dá-se bem com alguns M. (comigo, propriamente, não, nunca tivemos relações; mas com meus tios). Politicamente, entretanto, não compreendi a escolha. É um getulista. Chegou, com o Getúlio, a ocupar duas pastas (a da Justiça e a do Trabalho). E exerceu

123

ambas com brilho. Mas, não tem ligação com o São Paulo oficial. O Jânio Quadros não gostou da sua escolha. Que influência pode ter, portanto, sobre São Paulo? Nenhuma.

Acho, afinal, no quarto de Lamartine, o artigo do Gustavo Corção sobre Carlos Lacerda, que tanto procurei desde domingo. Está, infelizmente, incompleto. A julgar pelo que li, é magnífico. Corção é um dos maiores líderes católicos do momento. Não fica a dever ao Tristão de Ataíde. E investe, feio e forte, contra o golpista-mor! Pede-lhe que se explique, com clareza, sem floreios de estilo, se quer ou não o golpe militar. Vale a pena arquivar, ao menos, o trecho encontrado, que é o começo e a maior parte do artigo.

No mesmo número do mesmo jornal há outro artigo que merece ser arquivado. É do Tristão de Ataíde. Também ele se mostra contra a intervenção dos militares na sucessão. Ficou sozinho, portanto, desta vez, o fogoso diretor da *Tribuna da Imprensa*.

Hoje, jantaram aqui todos os companheiros de Lamartine (o Bruno Olímpio, o Albino e a própria Cléo). Fico até as 11 e meia despachando os meus processos. Os companheiros do Lamartine, depois de ouvirem vitrola, tomaram leite, refresco, comeram pipocas, biscoitos, geléia — numa palavra: saquearam *as reservas* da pensão de Dona Emília. Abuso? Quem ousaria dizer isso? Só de aventurá-lo, em conversa, no quarto, ouvi da dita Dona Emília que "estava pondo o meu filho fora de casa". Pois, então, que agüente!

À meia-noite, deito-me. A "caravana" já se foi. E o Lamartine com ela. Dormirá, hoje, na "república". Amanhã, não nos verá, pois "tem serviço". Que "seja tudo pelo amor de Deus", como diria um cristão.

Durmo bem. Já de Emília não poderei dizer o mesmo, pois, agora, também o calor (dantes era só o frio) a maltrata enormemente. Não sei como remediar a situação, pois já dormimos de janelas inteiramente abertas. E o Leme é — comprovadamente — o bairro mais fresco de Copacabana, que é o trecho mais fresco da cidade.

De Abelardo e Anita, nem sei o que pensar, pois são dois "couraças" que têm medo de tudo, até do ar puro do mar através de uma fresta!

Levanto-me, informe, sobre os pés sempre *desconfiados*. Em poucos minutos, porém, estimulado pelo elixir de confiança que é o Dexamil (benemérito Danton, que mo ensinou!), vou até a cozinha e lá me refaço com um bom desjejum, que já é um começo de almoço: a minha xícara de café com leite e cinco ou seis fatias de pão preto com manteiga.

Depois, banho — quase frio — de chuveiro. Por último, de jornal em punho, o último *sacramento* do meu ritual de todos os dias: a evacuação (normalizada pelo Enteroviofórmio da véspera).

Tudo nos eixos, procura saber do estado do nosso pobre mundo, *including* Brasil.

Clareia-se a situação atual da Rússia. Malenkov foi, de fato, enquanto pôde sê-lo, o campeão da paz, da "coexistência pacífica" entre os dois mundos, o do Oriente e o do Ocidente. Debicavam do seu ar balofo, de olhar calmo, de cabelos despenteados sobre a testa. O mundo há de reconhecer, um dia, o que lhe deve, na preservação da paz. Mas esse mesmo mundo, que tanto desfazia do seu jeitão deselegante, acabou por tornar-lhe impossível a permanência no poder. A União Soviética não pode continuar a assistir indiferente às trampolinagens guerreiras de Dulles e Eisenhower, com o auxílio manhoso de Churchill e Eden nas encolhas e a irresolução permanente da França nas ilhargas. Já que se nega assento à China comunista na ONU, mesmo quando se discute o interesse vital da grande nação sobre um pedaço de si mesma que é Formosa, caninamente abocanhada pelos dentes aguçados do imperialismo norte-americano, e ainda se ameaça a própria vizinhança territorial da Rússia européia, com seus flancos ocidentais da Alemanha Oriental, da Polônia e da Tchecoslováquia, pelo rearmamento alemão — mais do que consentido, despudoradamente estimulado pelos Estados Unidos — vamos, de vez, acabar com os panos quentes e deixemos que as forças se defrontem e a guerra, tanto tempo evitada *pelo sinceríssimo pacifismo comunista*, decida, de uma vez por todas, quem tem o direito de sobreviver na trapalhada que os Congressos Eucarísticos tapeiam sem resolver.

Não foi "golpe militar", como pretendem os asseclas de Carlos Lacerda; foi reação inevitável de um mundo que se sabe em igualdade de forças com o outro e não se quer aniquilar estupidamente pelas chantagens que o outro faz à sombra de sua tolerância e da sua boa vontade mal compreendida. Apenas isso.

E, já que falamos em Carlos Lacerda, passemos logo ao *front* brasileiro: que vergonha, o desmascaramento, ontem, na Câmara, dos famosos "documentos da prevaricação" do Juscelino Kubitschek, reduzidos a uma *adulteração* vergonhosa pela omissão de trechos sonegados ao conhecimento da Nação! Não é à toa que o autor da patifaria se diz "catedrático em certidões"!

Triste é, porém, que a nossa vida, e a de nossos filhos, esteja dependendo para a sua tranqüilidade, para o seu desenvolvimento normal, das canalhices desses inescrupulosos empenhados em agitar a todo preço e a todo transe.

Muda, hoje, o Ministro da Justiça. O digno Seabra Fagundes vai dar lugar ao comprometidíssimo Marcondes Filho, o locutor das famosas arengas aos "trabalhadores do Brasil", responsáveis por muito que o getulismo fez de pior entre nós, e que, entretanto, depois não vacilou em atraiçoar o chefe da véspera pelos pratos de lentilhas que lhe ofereceram os novos aventureiros da politicalha.

Vamos ver como o elogia o símbolo triste da nossa época, que é o Carlos Lacerda.

O espetáculo da Convenção do PSD me fez vibrar. Não pelo Juscelino, certamente. Mas pelo espírito que determinou a homologação da sua escolha contra a prepotência estúpida dos Militares, erigidos, de uma hora para outra, em "tutores da nacionalidade". Foi uma repulsa em regra, a assembléia-monstro, que terminou depois de meia-noite com a homologação esperada.

Abriu-se, todavia, uma brecha: a dissidência dos pessedistas de Pernambuco (Etelvino Lins), Santa Catarina (Nereu), Rio Grande do Sul (Perachi Barcelos) e Distrito Federal (Gilberto Marinho, Eurípedes Cardoso de Meneses e outros). Foi muito hábil o Vieira de Melo, conseguindo preferência para a indicação do Juscelino sobre a dos dissidentes, que apresentavam os nomes de Nereu, Etelvino, Carlos Luz e um outro de que não me lembro.

Patenteia-se, nessa dissidência, o caráter golpista da reação ao Juscelino. É a covardia diante da farda. Com o assentimento inequívoco da Igreja (o Eurípedes não embarcaria numa canoa que não tivesse o *nihil obstat* clerical...).

Portanto, mesmo que a circunstância de ser o Juscelino *o único candidato que não repudia o apoio comunista* não bastasse para me decidir por ele, o fato dele haver arrostado as duas forças políticas que mais odeio — a Igreja e os Militares — me forçaria a preferi-lo.

Há muito que não conseguia captar uma "palavra orientadora" dos Comunistas brasileiros. A revista mensal deles — *Problemas* — parou em fins do ano passado, depois de publicar mais de sessenta números cuidadosamente organizados. Hoje, pus as mãos na *Voz Operária* e dela recorto o longo editorial que arquivo, para documentar que ainda é com Juscelino, apesar de todos os seus defeitos pessoais, que está a única possibilidade de reagirmos contra a miséria que assaltou o Governo a 24 de agosto do ano passado.

Dificilmente, a UDN, prevalecendo-se da brecha aberta pelos dissidentes da Convenção do PSD realizada ontem, encontrará quem opor ao nome do governador mineiro. A lembrança — já aventurada — do Juarez Távora basta para mostrar o pauperismo em que se debatem os fascistas-clericais da hora. Só se eles, mais uma vez, recorrerem ao golpe, à violência: nas urnas, a sua derrota será espetacular, arrasadora! E eles têm a perfeita consciência disso.

São 4 horas da tarde. Os Azevedos saíram. Emília dorme a bom dormir. Logo depois do almoço, quando estávamos na varandinha da frente (perto da sala dos livros), teve a "onda de sangue" a afoguear-lhe o rosto e o busto. Não sei o que o Zizinho diz a tal respeito. Admito que o remédio "hormonal" receitado pelo Hugo tenha grande responsabilidade no fenômeno. Mas não basta, sozinho, para explicá-lo.

Lamartine ainda não deu um ar de sua graça. Deve estar com a Cléo ou com os rapazes da "república". Até aí, nada de mais. Mas o que enraivece é vir dizer depois que está doente e impossibilitado de fazer qualquer trabalho sério! Mude de vida primeiro, que essa que está levando é comprovadamente errada e nociva, para depois pensar em tratamento de possíveis moléstias que nenhum médico consegue identificar.

...Apareceu às 5 e meia. E satisfeito! Com cara de quem viu passarinho verde, num desmentido absoluto ao que eu havia escrito há pouco.

Pesando-me, hoje à tarde, na balança da farmácia fronteira à nossa casa, verifico estar com o peso de 93 quilos! Será possível?! Estava tão tranqüilo com os 89 da balança de Santa Teresa! Verificarei segunda-feira sem falta.

128

Outra ocorrência na farmácia: encontro o Francisco Mangabeira, que se mostra muito surpreso ao saber que moramos ambos na mesma rua. Digo-lhe o número do edifício e do apartamento. E o convido a aparecer. "Irei muito mais cedo do que você pode esperar!" Não esclareceu por quê.

Descendo hoje no elevador com um condômino gordíssimo do edifício, ele me disse que só há dias soube que eu era irmão do Sócrates, com quem trabalhou muitos anos no Banco da Província do Rio Grande do Sul. Fez-lhe grandes elogios, o que, de tão raro, me comoveu. Pobre Sócrates! Será que hoje aparece por aqui? Há dias o vi na janela do apartamento dos K., fronteiro ao nosso. Tão calado. De olhar tão distante! Em que estaria pensando?

Acordamos cedo, com a "partida" dos Azevedos para São Lourenço, antes das 7. Com uma bagagem que parecia a do Aga-Khan quando inicia a volta ao mundo, e não a de dois turistas por dez dias a uma estação de águas, lá se foram eles, afobados, com a alegria costumeira, que oxalá lhes dure sempre. Nossa saudade é grande. Já não temos o filho, que agora desertou de vez para a "república" de Botafogo, preferindo a varanda (que é uma varanda, o seu "quarto") de aluguel, com todas as asperezas de uma comunidade artificial, ao aconchego do lar, onde tinha tudo o de que necessitava para o seu trabalho e para o seu descanso.

Anita me pediu que lhe escrevesse. É evidente que o farei. Venho para a minha varandola-gabinete. Nela, escrevo para a filha o primeiro boletim prometido sobre a Casa, iniciando a informação de tudo o que fizermos durante a ausência dela e do Abelardo. O escrever está na massa do meu sangue. Não saberia viver sem o fazer!

Lacerda, o mesmo de sempre. Veemente de forma, porém já monótono de fundo. Chegamos em casa, eu e Emília, ainda a tempo de ouvi-lo pelo rádio. A "vítima", hoje, foi o Marcondes. Mas, atrás do Marcondes, ainda o Café, o Kubitschek e todos os "gregórios".

O lindo blusão (de linho, forrado de seda, caríssimo, uma loucura) que Emília me comprou, para festejar o 56º aniversário depois de amanhã, ficou muito apertado. O meu blusão de brim antigo mostra que estou o mesmo. Logo, a culpa não foi minha.

Mas a coitada teve de sair desde as 9 e meia, para ver se troca o blusão. Duvido muito que o consiga. E não me admiro que ela entre por aí, de uma hora para outra, com um blusão de inverno (pois ontem já me falou disso).

Anita não telefonou. Nem com "ligação invertida". Não lhe escrevo, também. Amor com amor se paga. À noite, não saímos, ainda na esperança de que os Azevedos telefonassem... Mas qual!

O Lamartine levou um pão-de-ló e cachacinha e mel de abelhas, para comemorar na "república" a sua libertação da Marinha. Não acredita que lhe renovem a bolsa da CAPES para estudar Filosofia. Também, para quê? Para gastar com os outros? Para não custear nem ao menos a renovação da sua roupa, o "reforço", que todos os rapazes precisam, do seu vestuário!

Chego a casa antes das 5 horas. Emília está, mesmo, com disposição de festejar o meu aniversário. Saio, com ela, para comprar pão e flores. Ela preparou tudo com a maior boa vontade. Teve, aliás, a colaboração preciosa da empregada, a Augusta, que é do "outro mundo". Tanto ela, como eu, preferíamos não ter ninguém à noite: só assim, sairíamos para onde bem quiséssemos. Mas ficou decidido que "receberíamos".

Correu tudo admiravelmente, por obra e graça exclusivas de Emília (a quem devo, inclusive, a presença de tantos parentes, que só ela mantém "em relações").

Durmo até depois das 9, o que representa um repouso bem grande. A manhã foi que ficou muito pequena. Mas manhã de segunda-feira de Carnaval não precisa ser grande. A rua está silenciosa. O banheiro está disputado, pois somos quatro (eu, Emília, Lili e Lamartine) a querê-lo, sem falar nos estranhos que o ameaçam sempre — os amigos de Lamartine, que não têm número, e ainda os possíveis acompanhantes.

Lamartine conta o sucesso que fez o grupo deles (fantasiados de turistas americanos), a facilidade com que todos aceitaram o disfarce, os garçons, os guardas, os outros freqüentadores...

Estávamos na mesa do almoço, quando telefonam. É de São Lourenço. Abelardo e Anita avisam que voltam amanhã! Abrem mão, assim, de cinco dias de bom clima e repouso assegurado, para voltarem ao calor e ao desconforto carioca. Mas o último dia de Carnaval e o "aconchego" da família têm muita força. Só quando se está sem eles se avalia o que valem!

Emília me aflige dizendo que estou "com uma cor horrorosa". Procuro dar-lhe razão, vendo-me no espelho, mas a imagem não me parece confirmar o que ela diz. E o testemunho do Lamartine a desmente também. Com que interesse a minha *wife* inventa essas patranhas? Se fosse para persuadir-me a veranear, vá lá. Mas se sou eu o primeiro a querer sair e a me entusiasmar com a idéia de poder *viver* um mês em Teresópolis! Um susto infeliz...

Ainda estávamos na mesa quando a campainha soou, do modo bem característico de que já estávamos saudosos. Eram eles — os Azevedos. Apesar do pouco tempo em que estiveram fora (oito dias apenas), o Abelardo veio sensivelmente melhor, mais cheio de rosto e mais desenvolvido de corpo, de peito sobretudo, e Anita engordou mais um pouco (de rosto, de cintura e, mais que nada, de seios); seu ar, porém, está sadio, e a cor é de fazer inveja às iodadas da praia (como é diferente o queimado das montanhas!).

Vieram cheios de presentes e de novidades. Para Emília, o Abelardo trouxe um enfeite de parede com a inscrição "Minha sogra é um amor!". Para mim, creme de Vassouras e latas de manteiga. Para nós dois, e, sobretudo, para eles próprios, um garrafão de "água ferruginosa" que não sossegou enquanto não bebemos.

O aspecto de Anita está bem "flagrado" na fotografia que colei nesta página. Parecidíssima com a mãe, quando estivemos em Cambuquira, na nossa única estação de águas, em 1928, acompanhados de Anita com um ano apenas... Por muito que a minha vaidade de pai queira que ela se pareça comigo, sou obrigado a reconhecer que ela tem muito mais de Emília. De mim herdou o (mau) gênio, o temperamento, os defeitos mais sensíveis; as virtudes (a começar pelas físicas) foram todas da mãe.

Os outros dois flagrantes de São Lourenço que "arquivei" mais adiante, com os títulos de "Os Azevedos pela manhã" e "Os Azevedos à tarde", recordam, igualmente, a nossa viagem "histórica" a Cambuquira. Também vivíamos assim, em lua-de-mel prorrogada; pela manhã, de roupas leves, sorridentes, alegres, despreocupados, passeando no parque, depois da clássica visita às "fontes"; à tarde, mais compostos, de postura mais solene, preocupados com o jantar (sempre melhor, mais suculento do que o almoço), a organizar os planos para o dia seguinte.

132

Anita me contou o que foi a *odisséia* da procura de hotéis em São Lourenço. Um verdadeiro inferno! Entretanto, em contraste, que beleza, que frescura a do "parque" das águas! Que maravilhas, as matinadas pela serra, os passeios a pé ou de charrete, a própria vidinha monótona, chatíssima do hotel, a que já se iam habituando ultimamente. Já o Abelardo prefere contar outras façanhas. Falou mais que o pastor, na igrejinha protestante que foi visitar com Anita. Não mentiu que fosse correligionário. Mas fez render, com veemência, o ponto de contato da hostilidade à Igreja Católica.

Uma alegria enorme, o regresso dos dois. Com eles se restaura a fisionomia normal da nossa casa, que deles tanto necessita para ser o que é.

Findo o jantar, enquanto dou curso a estes registros na minha varandola-gabinete, o Lamartine lê para os amigos a peça de teatro que acabou de escrever. A discussão que a leitura desperta é acalorada. Com que emoção eu não me alistaria entre os debatedores, se tivesse merecido a honra das primícias que o meu filho reservou só para os amigos...

Deito-me às 10 horas. É uma alegria me sentir debaixo das cobertas, quando a multidão se entrechoca nas ruas para disputar as últimas horas do Carnaval. Amanhã acordarei cedo, com a cabeça leve, enquanto eles estarão se desfazendo em vômitos e fezes.

Ótima a noite. Não percebemos quando os rapazes se deitaram (se é que estão dormindo com o Lamartine aqui). Não percebemos quando o Carnaval se foi. Dormimos excelentemente, para o que deve ter concorrido a chuva (que também não ouvimos durante a noite, mas de que vemos o vestígio no terraço molhado do edifício fronteiro, no asfalto lavado das ruas e no ar sombrio com que se apresenta a manhã, às 9 horas, quando o sol já deveria estar mais do que de fora).

Tomo café com Abelardo e Anita, habituados em São Lourenço a deixar cedo a cama. Abelardo faz questão de que todo mundo tome uma dose da sua água engarrafada, em que acredita estar o "elixir da longa vida". Defendo-me heroicamente, com medo da *escherichia*, que presumo quieta. Emília se protege pelo sono, que a retém na cama até mais tarde. Mas a Augusta, coitada, com sua índole submissa de batista, se submete sem protestos. E é o quanto basta para o bem-intencionado curandeiro se satisfazer e sossegar.

Passo a manhã lendo. Nada de jurídico nem de penitenciário. Coisa bem diferente: *Histoire Romaine à Rome* de J. J. Ampère (ed. 1880). E me delicio com o capítulo consagrado aos túmulos romanos. Que explicação admirável dos símbolos empregados, dos pagãos e dos cristãos. Que lindas concepções artísticas sobre a Morte, a Vida, o Amor, a Bondade.

Ao meio-dia, entretanto, depois que Anita me cortou as unhas da mão direita (o que Emília nunca quis fazer, alegando que eu "não me entregava", não lhe dando a mão "com plena confiança"), pensei que poderia continuar minha leitura. Mas, qual! Veio logo, com o Lamartine, uma tremenda discussão sobre Teatro, a propósito da peça de Lúcia Benedetti, *O Banquete*, levada junto com *Poil de Carotte* (traduzida por *O Pinga-Fogo*) de Jules Renard.

Levanto-me e venho para a minha varandola, para os meus "sete-palmos", a única coisa que possuo verdadeiramente na minha casa.

Ligo o rádio, na esperança de que o Carlos Lacerda, não tendo falado segunda-feira, falasse hoje, pela Rádio Globo. Mas não falou. A reportagem do Brunini foi sobre a classificação dos ranchos no Carnaval. Surpreendente, o desabafo de um dos não classificados, o Unidos do Quintino, que atacou a comissão julgadora de corpo presente, dizendo tantas inconveniências que acabou sendo arrancado do microfone.

Lamartine ainda dorme conosco hoje. Amanhã, já anunciou que tem de ir ver "os meninos". É assim que chama os outros "pensionistas". Ao que diz Emília, ele não perdeu a bolsa de Filosofia (da CAPES). Nestas condições, estando o Albino também empregado, a "república" deve melhorar. Ele está às voltas com complicações no membro, mas me garantiu que não é doença venérea.

Noite de sono calmo e sonhos bons. Mesmo sem calmantes. Atribuo a uma leitura, feita à última hora, ontem, e que por certo prosseguirá durante as férias — a da *Correspondência entre Rénan e Berthelot*. Filósofo um, cientista o outro, foram amigos desde a mocidade — Rénan desde os 22, Berthelot desde os 18 — e assim continuaram por cinqüenta anos, até a morte de Rénan. A correspondência se inicia em 1847, dois anos depois do conhecimento, e se estende até 1892, quando morreu Rénan. Bonito ver a veneração que o cientista tinha pelo filósofo, a quem considerava o maior de seus amigos. Entretanto, não se diminuía para exaltá-lo, reivindicando também as suas honrarias científicas, já que as outras, as literárias, não disputava a Rénan. Em meio a isso, a amizade das mulheres, que consolidará a sua — o que Rénan logo generaliza, em frase linda.

Não estou me sentindo inteiramente bem. Tenho contido a *escherichia*, dominada pela medicação específica. Mas ela está reagindo. Não aparece nas fezes. Disfarça-se na urina. E atua, sobretudo, incógnita no organismo. Daí, o medo que tenho de atiçá-la com qualquer estimulante, como será a modificação de São Paulo e Teresópolis (de clima e de alimentação).

Esse São Paulo entrou aqui sem maiores explicações. É que eu e Emília assentamos aventurar a ida a São Paulo antes mesmo que eu entre oficialmente em férias. Essa entrada se

135

dará no dia 4 de março, uma sexta-feira. Acho que não há mal em que eu a precipite para a quinta, dia 3. Iremos nesse dia e ficaremos até domingo, 6. Tudo depende, todavia, ainda, de Danton e Albertina, com quem temos o compromisso de viajar para evitar atritos. De qualquer forma, é preciso ter bem presente que as minhas férias serão para descanso (repouso físico e moral) e não para atazanação.

Suspendo qualquer providência quanto a férias. Hoje, pela manhã, Emília já estava decidida a ir para Belo Horizonte. Pediu-me até que escrevesse para o Grande Hotel, indagando a diária. À tarde, mudou de idéia, porque Anita não poderá ir. Não quer, pois, descansar, nem que eu descanse: quer continuar a farra daqui, em lugar acessível aos filhos. Desinteresso-me, portanto, da idéia. Mas continuar aqui, com a *vidinha* igual, os domingos, os sábados etc. não! Tomarei, sozinho, o rumo que deliberar, dê no que der.

Hoje, pela manhã, tive mais um aborrecimento com Emília. Tudo por uma bobagem, por um equívoco. Eu, realmente, me tranquei no quarto. Para pôr a "colhoneira" com que pudesse sair e comprar manteiga (que ando cismado com a manteiga que o Abelardo me trouxe de São Lourenço, muito boa mas muito salgada). Diz Emília que ouviu perfeitamente o discar do telefone. Neguei, terminantemente. Mas ela asseverou não se iludir a tal respeito. Que poderia eu fazer? Não é de hoje que Emília vem cismando. E justifica-se, pela aproximação das férias. Foi nessa época que já tivemos aborrecimentos anteriores. Sempre relacionados com essa idéia de que eu telefono para "alguém". Mas é preciso ser muito idiota para admitir que, se eu tivesse mesmo "alguém" a quem telefonar, o fizesse de casa, quando há tantos telefones na rua. Sou capaz de jurar que, já ontem, quando me viu sair para comprar os meus pães pretos, teve essa mesma idéia, imaginando que eu me tivesse ido encontrar com esse misterioso "alguém". Daí, o empenho que eu pus em chegar cedo, a tempo ainda de encontrá-la em casa. Mas tive tanto azar que já a encontrei no ônibus, acabando de sair!

Já era tempo de ter desaparecido essa desconfiança da nossa vida. Acho que não me tenho limitado a protestos platônicos, por palavras, mas a demonstrações inequívocas, por atos. Pensei que nunca mais esse espantalho voltasse a escurecer a nossa vida. Pois voltou! É o cúmulo!

Toda a tarde Emília passou trancada no quarto, enquanto na sala eu conversava com Anita e Abelardo. Francamente, não era essa a ocasião mais apropositada para tais tolices, quando projetávamos passeios e férias em comum.

Como se não bastasse isso, Anita ainda teve ocasião de me fazer "revelações" muito aborrecidas acerca do Lamartine, que julgava perfeitamente equacionado no seu problema afetivo, e que agora sei ainda estar em dúvida a tal respeito.

O abalo que experimentei foi tão grande, que não tive coragem de fazer mais nada, à tarde: limitei-me a arrumar livros, estupidamente, prosaicamente, com tanta coisa séria por fazer.

Em casa, acho ainda o ambiente anuviado. Jantamos em silêncio. Ainda bem que o quebra o Lamartine, aparecendo de passagem.

Às 10:10, ouço a palestra semanal do Carlos Lacerda. E gosto! Tem defeitos, e graves, o rapaz. Mas, inegavelmente, tem virtudes, também, e muitas.

Continua incerto o programa das nossas férias. Anita quer ir a São Paulo. Mas Emília se obstina em só ir se Albertina e Danton forem. Razão: não quer o confronto da sua tristeza com a felicidade da filha. Tudo na mesma, pois.

Não gosto de nada que seja norte-americano. Nesse ponto, continuo intransigente. Abro uma exceção, porém, para *Miss* Universo, ou, se me permitem o detalhe, para o seu sorriso.

Num confronto maciço, não vacilo entre ela e Marta Rocha. Sempre fui pela baiana. Mas o sorriso, a boca, as gengivas da americana, não têm confronto possível com os da nacional. As gengivas desta, como a de todas as mulatas (que ela o é), são escuras, formando um contraste agressivo com os dentes muito brancos, mas talhados a machado. Já as da americana são róseas, úmidas, continuando nos dentes.

Corto e arquivo este *clichê* de jornal, porque foi o único em que eu senti a flagrância dessas qualidades, que considero decisivas.

A casa está erma, sem os Azevedos. Que aproveitem bem o passeio a São Paulo, coroação das férias de ambos. Nada programado, ainda, das minhas. Ficam na dependência de Emília e de Albertina. De qualquer forma, amanhã já estarei no gozo delas, proibindo que me procurem ou me telefonem antes de maio, quando reassumirei.

Compro, hoje, ao vir jantar, um pacote de manteiga Sinhá, a manteiga de que mais gosto. Como-a com moderação mas como-a. O resultado foi piorar enormemente das minhas cólicas. Que falta de juízo!

De política interna: a UDN revela que só a 31 de março indicará o candidato oposto a Juscelino. Prova evidente de fraqueza. A menos que recorra ao golpe, o que não é provável, pela falta de apoio militar eficiente.

É evidente que preciso de um profundo repouso, físico e mental. Onde o terei? E como? E quando? As férias, em que entro hoje, e por dois meses, mo facilitam. Mas, não, passadas aqui nas agonias da Casa e da Família, nem sempre compreensivas. Preciso sair, com Emília, para onde possamos preservar ao menos a saúde.

Não creio que São Paulo o consiga. Detesto o ambiente hostil, febricitante, de São Paulo. E os seus preços aterram. Gostaria de Teresópolis, de um meio calmo, que nos pusesse em contato com a Natureza, sem dispêndios excessivos a que não estamos habilitados.

Sem saber, ao certo, com o que conto em dinheiro para a temporada, não me aventurarei. Já não somos crianças. Os "passeios", para nós, têm significação muito diversa da que têm para os Azevedo. Eles podem sacar para o futuro. E despreocupar-se da casa. Nós não contamos com nenhum desses dois fatores relevantíssimos.

De volta do cinema, às 10 e meia, encontramos em casa o Lamartine e a Cléo. Lamartine estava sujeitando a Cléo a um suplício — que poderíamos dizer "bem-intencionado", mas, no fundo, suplício como qualquer outro. Sentou-a diante dele, no sofá da sala de livros, e ficou, de lápis em punho, com um dos blocos que uso para dar os meus pareceres, *debuxando-lhe* a figura. O resultado é o que se vê, colado na página à direita (o desenho acabou sendo rasgado por ele, mas consegui salvar este *fragmento* que me pareceu o mais expressivo). Não se parece com ela, é desnecessário dizer. Mas fixa a *tônica* da sua fisionomia: o nariz grego, a boca voluntariosa e o olhar enérgico de quem não nasceu para ser mandada e sim para mandar (*non ducor, duco*).

Pergunto a meu filho se, nas férias que hoje inicio, quereria acompanhar-me à praia para revivermos "a temperatura e a luminosidade daquelas manhãs" a que ele se referira na carta escrita da Bahia; responde-me que "Papai, vamos deixar dessas bobagens, isso já é coisa superada na minha vida!".

Esse, portanto, o seu estado de espírito: nada mais quer com o *passado*, com o que lembre a sua infância, a sua vida *conosco*; agora, a *sua casa* é a outra, a da praia de Botafogo, com os "amigos" que improvisou. Para lá já vai mandar o *seu* piano, como já levou a *sua* flauta. Nem a esperança de que essa palhaçada acabe com a volta do Augusto Meyer ainda nos ficou; ele já disse que acompanhará os seus "amigos" para onde quer que eles forem.

Jantamos, com Lamartine (agora visita), a Cléo e o Albino. A refeição não correu inteiramente calma porque o Lamartine tomou agora a seu propósito hostilizar-nos. Não sei a que ele visa. Talvez seja fazer com que percamos a cabeça e lhe justifiquemos, com uma grosseria nossa, o seu direito de nunca mais pisar em nossa casa. Absurdo? Mas, meu Deus, não será absurdo tudo quanto ele já tem feito até aqui?

Para o almoço (o último que íamos ter em *tête-à-tête*, pois os Azevedos devem chegar hoje) trago duas frutas-do-conde, de 15,00 cada, para mim e para Emília. Não demorou e entraram pela sala, para almoçar, sem qualquer aviso, o Lamartine, o Albino, o Bruno Olímpio e um outro de quem Emília me disse o nome mas não guardei.

Isso é vida?

Estou ansioso por poder largar o Rio para o nosso passeio a São Paulo, pois estou vendo que, no passo em que andam as coisas, acabarei perdendo mais uma vez as minhas férias, comprometidas pela desordem da família. Irei, com Emília, qualquer que seja o sacrifício, pois ambos merecemos essa trégua na vida estupidíssima que temos tido ultimamente.

140

Os amigos de Lamartine passaram a tarde na praia com ele. Tranquei-me na varandola desde as 2 horas. Dela só saí para receber os Azevedos (que chegaram animadíssimos: "Viver, só em São Paulo!") e para lanchar ajantaradamente com Mário e Lili.

Dormimos bem. Eu, pelas dúvidas, *quietexizado*. Já não preciso justificar-me desse expediente. É que prefiro debilitar-me com o sedativo do que com a insônia. E acho que tem dado certo.

Levanto-me depois das 9 (conseqüência do calmante). Deixo que Anita me preceda no chuveiro (pois tem de retornar ao trabalho hoje) e que Emília faça o mesmo (pois tem feira). Eu, como estou em férias, sou considerado vagabundo, sem nenhum direito. Só tenho deveres, inclusive o de atender ao telefone, para não deixar Emília mal ("se você ficasse em casa, muito bem, mas, sendo visto na cidade, não poderei dizer que está passando fora...").

Dormimos bem (só saber o filho *em casa*, sob o *nosso teto*, faz com que Emília ronque alto como nos bons tempos).

Acordo às 6. É que, na minha idade, já provecta, sete horas de sono cerrado são mais que suficientes para a reparação dos gastos da vigília.

Só quando estou tomando o meu café de todas as manhãs, sou inteirado, pela Augusta, do "movimento noturno" que tivemos em casa. Diz ela que, pouco depois da meia-noite, ouviu bater na porta da frente e depois na da cozinha. Como não insistissem, deixou. Ouviu, daí a pouco, tocar o telefone, prontamente atendido, e, a seguir, a voz de Emília, misturada à dos Azevedos. Foi então que compreendeu: estes saíram sem chave, tentaram bater, mas, não sendo ouvidos, telefonaram da rua. Que prodigioso sedativo é o Quietex! Não ouvi a porta, não ouvi o telefone, não vi Emília levantar-se e sair do quarto, nada!

Se a morte fosse apenas um sono prolongado, nada haveria de melhor! O diabo é a idéia da "sobrevivência", que obriga a pensar nas complicações burocráticas do Além, possivelmente piores que as daqui.

Impressionado por isso foi que gostei tanto do canto protestante que Mario Lanza canta, com sua voz incomparável, no filme *O Príncipe Estudante*. Acho sinceramente belo, a despeito do meu ateísmo. Velhice? Miolo mole? Acredito que não. Apenas coração mais compreensivo pela lição diária dos sofrimentos e da vida.

Lamartine ontem se riu quando lhe disse que essa música era capaz de me abalar. "Com todos esses mugidos de vaca do Mario Lanza? Será possível?" Sim, é possível. Religião não é questão de inteligência, mas de sentimento. Os grandes pensamentos não vêm do cérebro, mas do coração, diria um Vauvenargues mais prolixo.

Um pequeno parêntese entre coisas tão sérias. Esta minha fotografia, que colei ao lado, revela um caso curiosíssimo de "mimetismo". Foi tirada por um fotógrafo de rua, no dia seguinte ao da discussão que tive com o Presidente do Tribunal de Justiça, católico ultramontano, meu inimigo ideológico mortal. Lá ia eu pela avenida, em frente ao Cineac Trianon, trazendo, ainda, a impressão fortíssima da véspera e... não é que estou (no retrato) com a cara dele, do inimigo ideológico, sem tirar nem pôr?!

Não me meto a explicar o fenômeno, mas registro-o.

Lamartine continua sempre às voltas com as suas doenças reais ou imaginárias. Está cursando, entretanto, a Faculdade de Filosofia, ou, pelo menos, interessando-se por ela, já sabendo, por exemplo, que o Padre Penido voltou a lecionar, que o

Evaristo de Morais (filho) talvez o faça também... Já é alguma coisa!

Dormimos bem. A data aniversária de Emília nos encontra ainda irmanados no mesmo leito, como felizmente nos sucede há vinte e oito anos, em véspera dos vinte e nove. Meu abraço e meu beijo ainda foram os primeiros que ela teve. Anita dormiu até 9 e meia. Lamartine, nem solicitado, aquiesceu em dormir ontem em casa. Quanto aos irmãos da aniversariante, ignoro se têm algum programa especial para o dia de hoje. Nós não temos. Emília faz questão de que "a data não exista". Ainda assim, sairei para comprar flores com que enfeite a casa, votivamente.

Nosso "despertador" foi o Danton. Para dar uma notícia boa: acredita que o Lamartine terá o seu contrato prorrogado, no Instituto de Documentação. Entretanto, recomenda que ele "dê mais a cara". Estou cansado de dizer isso. No outro dia, em que houve uma sessão, no próprio Instituto, de homenagem ao Diretor, pedi insistentemente a ele que não deixasse de comparecer. A resposta foi que era "impossível" porque tinha um encontro marcado com um amigo! Desse modo, não conservará nada.

Às 3 e meia, vamos à praia (eu, Emília, Lamartine e os Azevedos). A tarde está convidativa — quente, mas com viração. Vale a pena aproveitar as últimas horas, antes que a noite torne impraticável a "aventura". Domino, a custo, minha aversão pela areia, cheia de bichos incômodos e que continua infestada pelo futebol e pelos namoradores audaciosos. Quando voltamos, às 5 e meia, trago o propósito de não tornar tão cedo.

Aniversário de Martinha. A festa foi esplêndida. Muito boa gente. Muitos amigos velhos. Muito broto bonito. E farta, fartíssima distribuição de comidas e bebidas. Martinha apresentouse com febre. Ainda assim, foi gentilíssima com todos.

A verdade é que não agüento mais nada, nem mesmo uma conversinha mole em festa de adolescentes. Sinto um cansaço aterrador!

Curioso: estou sentindo uma falta danada de meu filho! Acho que foi de ver tantos adolescentes, ontem. Se ele não quer *prender-se* (como diz) ao namoro sério com a Cléo, por que não aproveita essas festinhas de família, como a de ontem, para travar conhecimento com brotinhos que o divirtam sem maiores conseqüências?

Às 11 e meia da manhã, ele vem nos convidar — a mim e à Emília — para almoçarmos em "sua casa" uma moqueca especial que sabe preparar a tia do Bruno Olímpio. Escuso-me, legitimamente, com o mau estado em que já me deixaram a pimenta e o álcool de ontem. Não fora isso e, sinceramente, eu iria. Emília vai e só chega de volta às 7! Ainda estranhando que tivéssemos fome, "parecendo até que não almoçamos", como se o almoço excluísse jantar, coisa que só terá sentido em Petrópolis ou em Teresópolis, aqui não.

Passo a tarde na companhia de Anita e Abelardo. Lendo para eles e para mim. Desgraçadamente, não fui feliz na escolha das leituras. Nem o Alberto Rangel, nem o Machado de Assis, serviram. Do Machado, assinalo, com escândalo, que achei simplesmente detestável um conto de *Papéis Avulsos* (talvez a melhor coleção do grande escritor): "Dona Benedita". Que coisa pífia! Será que foi enxerto dos editores?

Emília vem encantada com a moqueca da tia Ziza. Não foi de camarão, nem de peixe. Tem o gosto de ambos, mas não tem nenhum. É pirão, só, de farinha, com azeite e ovos.

Diz-me que o Lamartine esteve, a tarde toda, muito triste e muito abatido. Mas, que terá? A Cléo foi lá à "república", não para almoçar, mas para bater papo. Está magra e abatida, também. Entretanto, não brigaram. Estiveram o tempo todo de mãos dadas. E Emília me fez telefonar-lhe, para a casa da Marquês de Olinda. Atendeu-me alegremente, como sempre. E foi sinceramente que eu me disse saudoso dela.

Às 8 horas, chega, para jantar, o Lamartine. Procura-me logo, com o carinho de sempre. Acho-o abatido, mas não tanto como Emília proclama. Surpreende-me que esteja, também, "pronto". Francamente, se é assim, mais vale que perca logo o contrato com o Instituto. Para que conservá-lo?

Vamos dormir à meia-noite, mais ou menos certos de que embarcamos — eu e Emília — para São Paulo, na quarta-feira, ficando por lá até domingo de manhã. Se eu não aproveitar essa disposição precaríssima de Emília, e a minha, não mais forte, e a situação da casa e do restante da família, sem maiores encrencas — nunca mais iremos.

Quase meia-noite, Emília e Anita ainda não chegaram (foram ao cinema! Escolheram bem o dia: com chuva e na véspera de uma viagem de oito horas em ônibus).

Estamos com passagens compradas para pouco antes das 9 da manhã. Pus o despertador para as 6 horas, pois vou ter que tomar banho, barbear-me, tomar café e tudo o mais até as 7. Não me animo a telefonar para Danton: poderia ser atendido por Albertina e não saberia justificar a "traição" de viajarmos sem eles para São Paulo.

Ouvi, há pouco, o Lacerda pregar abertamente a sublevação, dando, hoje, uma folga ao Kubitschek para alvejar em cheio o próprio Café, e apelando para os Ministros em que ainda acredita (Eduardo Gomes e Amorim do Vale) e para Juarez, a fim de que "larguem o Governo o quanto antes!". Expressiva, a exclusão do General Lott (da Guerra), o que prova a sua resistência ao *golpe*.

Despeço-me aqui do meu "Diário", pois não tenho coragem de levá-lo. Ocuparia muito espaço na maleta de viagem. Prefiro interrompê-lo até a volta e depois reconstituir (pelos apontamentos que tomar) os dias que passar sem ele.

Acredito que serão felizes e tranqüilos. A falta dos filhos será grande. Mas já não há mais meio de conduzir a família toda nos nossos passeios. Isso ficou para trás, para quando eles ainda eram pequenos e... "transportáveis".

Devo a Emília esse pequeno sacrifício pecuniário que vou fazer em troca da realização do que foi sempre um dos seus grandes desejos: o de verificar, pessoalmente, as transformações de São Paulo, que conheceu ainda no tempo de solteira (tanto vale dizer — há 30 anos!).

Mãe e filha acabam chegando. Não ponho reparos quanto ao adiantado da hora (nada de atritos). Fazemos as malas e vamos dormir.

Mas às 4 da manhã eu e Emília ouvimos passos no corredor. Fomos ver de quem eram. E nos surpreendemos de encontrar Anita em prantos. Custo a me explicar o que poderia ser. Mas o Abelardo se apressa a dizer que "Anita parecia ter gosto em escolher os dias mais contra-indicados para fazer das suas". Frase perfeitamente inocente, coitado! A que eu acrescentei que "era preciso ter paciência, enquanto Anita não se libertava dessas doenças *problemáticas*". Não garanto que a expressão fosse esta. Foi, mais ou menos, esta. Tanto bastou para que Anita desencadeasse um verdadeiro temporal! Chorou alto. Gritou. Atirou-se na cama! "Se Abelardo já não dá importância ao que eu tenho, calcule, agora, depois de ouvir você dizer que eu sou *uma farsante*!" Em vão tentei negar que houvesse dito semelhante coisa. Ela insistiu em afirmá-lo — e foi inútil desconvencê-la.

146

Emília ainda voltou à cama, quando o Abelardo levou Anita para o quarto. Eu, não. Fiquei de pé. Fui para o banheiro. Fiz a barba. Tomei banho. Apanhei a garrafa do leite. E, como Augusta já estivesse de pé, combinei que pusesse logo o café na mesa. Eram 6 e 35 da manhã.

Consulto Emília sobre se deveríamos ir, deixando Anita como estava. Tanto ela, como o Lamartine, acham que a nossa ida só poderia favorecer a solução do caso.

....

....

Com Emília, em São Paulo. Nem parecia que estávamos no Brasil!

Chegamos ao Rio às 4 e meia da tarde. Com grande espanto meu, ninguém de casa foi nos receber. Quase apostei com Emília como isso não se verificaria...

O Abelardo justifica-se. Quis ir ao nosso desembarque, mas Anita se opôs. Achou exagero...

Ao contrário das outras vezes, não experimento nenhum prazer na volta a casa, ao lar, às *nossas coisas*. Tudo parece tão diverso, tão esquisito!

Nenhuma telefonada amiga. Ninguém que se mostrasse realmente satisfeito com a nossa volta.

Temos só a Cléo (acredito que casualmente) para jantar. Os Azevedos saem para o culto. Voltam cedo, porém. Não foram ao cinema habitual. Chegam cansados, aborrecidos, brigados. Anita põe a mãe a par das contas. Tudo correu normalmente. Não se gastou demais. Apesar de Mário e Lili terem jantado várias vezes, para "encher o vazio de Anita", agora praticamente "viúva", já que o Abelardo, para fazer o curso de Contabilidade, tem de sair de casa antes dela, não almoça com ela, janta depois e, mesmo para dormir, o faz em hora diversa, pois fica estudando na sala de jantar...

Lamartine aparece e sai, de novo, para levar a Cléo. Mas volta. Ao que parece, agora só o prendem à "república" os compromissos econômicos, de que não se liberta.

Que saudade da paz de São Paulo! Como aquela agitação mortificante, trágica, de caminhar incessante, nos repousava... É que esperávamos a volta ao Rio como um prêmio, uma reintegração. E foi um blefe.

Quando vamos dormir, às 11 horas, o Lamartine inicia a última etapa do seu dia: o trabalho pela noite adentro, sem limites, sem família, sem "república", sem ninguém.

Os jornais confirmam o lançamento da candidatura Juarez. Para a "união nacional"? Seria pilhéria dizê-lo. Quem leva a sério o generalzinho depois do "interlúdio" do Café, em que nada fez? Por outro lado, os próprios militares, como Canrobert, acham que só se justifica uma candidatura militar *que una*, não que agrave a divisão. Natimorta, portanto.

Aguardemos, contudo, a pirotecnia que o Lacerda vai queimar hoje à noite.

Às 11 horas, quando os Azevedos saem, chega o Hugo. É o movimento perpétuo da pensão de Dona Emília. Ela não concebe melhor vida. Só para isso existe. E estende a nós essa compreensão altruísta da vida. Altruísta? Até certo ponto, sim. Mas, a rigor, não: tudo não passa de um reflexo do seu egoísmo, da sua vontade de subordinar o mundo à sua pessoa, aos seus desígnios.

O almoço é servido ao meio-dia e trinta. Além de nós (eu e Emília) e o Hugo, senta-se à mesa o Lamartine. Conversa animada sobre vários assuntos. Lamartine, entretanto, não fala sobre nenhum. Aborrecimento? Complexo de superioridade? É difícil dizê-lo.

Findo o almoço, chega um uruguaio para consertar a porta da geladeira (cuja borracha se gastou). Só pela sua substituição pago 200,00! Está bem. Não discuto. Mas os hóspedes da pensão vão ter um pouco mais de cuidado, de agora em diante. Coloco, a pedido da Emília, um aviso: "Esta porta não se pode mais bater! Tem de ser fechada *docemente*. Quem não souber fazê-lo, chame quem saiba. Pena de multa de 200,00 (preço do conserto)".

Estou cansado de ver como a fecham. Principalmente o Lamartine, o Abelardo e Anita. Vão ter que moderar um pouquinho os seus hábitos.

A pintura (que Abelardo dissera custar 900,00) foi orçada em... 1600,00! Onde vou buscar isso? Estão doidos!

Houve exercício, hoje, de "tiro real" em Copacabana. Que barulheira! Não ponho em dúvida que isso seja necessário à vida militar. Mas que tem sua pontinha de intimidação, tem... É sempre um meio de lembrar que as nossas "forças armadas" existem, ativas, vigilantes!

Confirmaram-se (ao menos uma vez!) as minhas previsões. O Juscelino está sozinho no páreo da Sucessão. A UDN — força desmoralizada, antes enfraquecida do que reforçada pelo "golpe" de agosto de 1954, de que resultou o sacrifício impiedoso de Getúlio e o conseqüente assalto ao Governo — não encontrou quem lhe opor. Mesmo no poder, mesmo dispondo do que Rui Barbosa chamava "a cornucópia das graças", nada conseguiu. Quanto mais diz que o governador mineiro está sozinho, mais se convence de que o isolamento é seu, não dele.

Fico sabendo das últimas dificuldades que vem tendo a aprovação do nosso aumento. O Marcondes... bem, sua única preocupação é agradar ao Presidente. Resultado: acata, sem discussão, a política dos *cortes*. Depois de ter os pareceres todos favoráveis à "apostila" que tornaria o nosso aumento "automático", inventou ainda ouvir o Consultor-Geral da República — hoje, o Ivo de Aquino. Este foi sempre contra os aumentos da Justiça. Depois de muita resistência, soltou, sábado, o parecer favorável. Agora, não falta mais nada. Ninguém, contudo, ainda acredita que o aumento saia. Que governo!

Os vespertinos trazem a grande "novidade" política: o Juarez entrou no páreo da sucessão. Lançou-o o Partido Democrata Cristão, uma agremiaçãozinha de quarta ou quinta classe, que tem o seu símbolo no único deputado federal de projeção que conseguiu levar à Câmara — o famigerado Padre Arruda Câmara. Que força pode ter para fazer face ao Juscelino e ao PTB? Nem o PR do Bernardes aderiu... Até agora, só o Catete, com Café, já disposto a fazer do Munhoz (do Paraná) o vice-presidente. Saída de trampolineiros, sem a mínima possibilidade de êxito eleitoral. Poderão convulsionar o país com a crise militar (isto é, o "golpe"). Isso, sim. Mas penso ser difícil, se a fórmula pessedista for Juscelino-Jango. Esta galvaniza o getulismo, ávido de vingança. E o esmagamento de Juarez, com Eduardo Gomes, Lacerda & Cia., é um alvo que seduz!

A casa não se *recompõe* com facilidade. Ainda há embaraços sérios. A situação de Anita com Abelardo não é boa. Ela não se conforma com a "viuvez". E nós não estamos em situação de confortá-la, substituindo o marido na obrigação de assisti-la moral e afetivamente. Disse-o hoje, sem rodeios, ao Abelardo.

Quanto ao Lamartine, deu-se o que eu previa: a "república" de Botafogo vai sofrer o impacto da volta antecipada do Augusto Meyer. A mãe do Albino pensa em fazê-la continuar noutra casa. Emília se opõe, francamente. E o Lamartine não parece disposto à continuação. Já deu carta branca à mãe para procurar um "apartamentozinho" independente aqui por perto. Esse foi sempre o ideal de Emília. Não é, porém, o dele. Não é o da Cléo, pelo menos. Mas essas coisas mudam tanto...

À noite, pretendíamos, todos, ouvir o Carlos Lacerda, ansiosos por saber se a fórmula Juarez-Munhoz o reconcilia com o Café. Mas o Lacerda cedeu o microfone da Rádio Globo ao Plínio Salgado. *Arcades ambo...* Não consigo ouvir o frango velho, que não chegou a galo. Ouço-lhe só algumas das imprecações estertóricas de sempre. Emília, entretanto, ouve e gosta. Diz que ele tem talento! Que talento! Oratório? É possível. Lamartine revela que ele é o candidato da Cléo. Que lástima!

Nossa ida para Petrópolis ainda está muito incerta. Emília não deixará Anita na situação em que se encontra, com o Abelardo absorvido pelos estudos e os nervos fora do lugar. Só se tiver um contrapeso muito sério. Minha saúde ou meu prazer já não terão essa força. Só se o nosso afastamento determinar a volta do Lamartine a casa — primeiramente, para acompanhar a irmã; depois, por força do regresso do Augusto Meyer. Assim, sim, acredito. Mas até que essa hipótese se consolide, as minhas férias já se terão evaporado.

Eu ir sozinho é solução estúpida. Primeiro, porque não me habituo a viver só (por mais que Emília diga que esse é "o meu ideal"). Depois, porque, se eu preciso de repouso, ela não precisa menos. E seria um egoísmo torpe aliviar-me do calor e dos outros aborrecimentos, deixando-a só com eles.

Darei, portanto, tempo ao tempo.

São 9 horas da manhã. Ainda não sei aonde irei à tarde, depois do almoço, para evitar as visitas que virão hoje à nossa casa. Mas é certo que não ficarei para recebê-las. Nem passarei pelo constrangimento de poder ser chamado no meu esconderijo (a varandola-gabinete). Talvez vá à Biblioteca Nacional ver se encontro um livro por que se interessa o Lamartine.

Emília saiu com o Lamartine porque este quis lhe dar um tapete com o último ordenado que recebeu da Marinha (1400,00). Mas Copacabana não tem tapetes de preço inferior a três contos...

Empenham-se os dois, então, a procurar, no *Jornal do Brasil*, um "apartamentozinho" para ele, aqui por perto, onde possa ficar independente para dormir e estudar, comendo aqui com a mãe.

A solução não será fácil. O Leme é um bairro "comprometido". Quem vive em família, como nós, não tem problemas. Mas quem pretende *sair da família*, e dar toda a aparência de uma vida irregular, tem de se sujeitar à exploração que fazem os proprietários de imóveis com as *garçonnières*.

Enfim, já representa uma melhoria enorme o admitir ele a *reintegração*, se não na casa, pelo menos na família, com a aproximação do lar.

Nenhuma notícia do Danton! Se morrêssemos — eu ou ele — talvez nem o soubéssemos até a hora do enterro...

Passo a noite bem, mesmo sem calmante. Só de madrugada, me acontece ter um pesadelo. De conseqüências felizmente mínimas. Sonhei que tinha recebido grande soma de dinheiro para guardar. E, como não queria depositá-la em banco (não deveria ter procedência muito lícita...), preferi conservá-la em casa. A casa tinha porão (muito parecido com o da minha infância, na travessa Marquês do Paraná). Desci para guardar a bolada e, quando o havia feito já, notei que mexiam na porta. Engrossando a voz, gritei: "saia daí!". Mas, em vez de sair, o invasor forçou a porta e entrou. Então, não tive outro remédio e dei-lhe um soco. Emília acordou com o barulho da minha mão golpeando a mesinha de cabeceira. Deixou marca (na mão, evidentemente).

Acordo depois das 8 horas. Com sol aberto. Manhã linda! Proponho à Emília irmos ao Jardim Botânico, como já havíamos combinado. Recusa-se. A combinação, aliás, era fazermos, no Rio, a vida que fazíamos em São Paulo, de maior "camaradagem" entre nós, independentemente dos filhos e despreocupados da casa. Emília, entretanto, tem uma facilidade pasmosa de esquecer o que promete.

A casa lhe merece mais que eu. Os filhos estão em primeiro plano. Pois bem: se me der na veneta, irei sozinho para

Teresópolis, para a pensão em que esteve o Lamartine, na Várzea. Lá, passarei uns quinze dias, pelo menos. É o que pretendo fazer, se até o dia 31 não se resolver a ida de nós dois para Petrópolis.

O noticiário dos jornais é alarmante. O governo (muito embora o Café, figura totalmente inexpressiva, alegue conservar as suas preferências pelo Munhoz da Rocha) se inclina para o Carlos Luz, que, mineiro, enfraquecerá o Kubitschek no seu principal reduto. E as célebres "Forças Armadas" já se imiscuem aberta e descaradamente na disputa, seguindo o Eduardo Gomes para São Paulo a fim de coordenar a adesão do Jânio!

Gostando, embora, mais do Carlos Luz do que do Kubitschek, não vacilarei em ficar com este. Desinteresso-me de saber de suas qualidades próprias. Decido-me por força dos defeitos alheios. Se ele não é perfeito, pelo menos encarna um princípio perfeito — o direito de uma força político-partidária irrecusável, como é o PSD, ter um candidato à Sucessão Presidencial, sem precisar do beneplácito do Catete. Esse princípio está de pé. Foi o mesmo que me empolgou em 1930, com o Getúlio. Por ele, me baterei ainda e sempre.

Almoçamos, em paz e em família, à 1 hora. Logo depois do almoço, me entrego à arrumação projetada dos livros que me sobravam na varandola-gabinete. Descongestiono, totalmente, o vão próximo à janela, onde se acumulavam sobras das arrumações de Anita e do Lamartine. Com o material removido, "aterro" várias prateleiras da estante na entrada da sala de frente, de que desço coleções de revistas forenses e mesmo livros de direito em desuso total. Abelardo ainda acha possível aproveitá-los na biblioteca da Escola de Economia, que freqüenta agora. Eu já os considero mortos.

A arrumação cansou-me muito. Nisso é que sinto a idade. Antigamente, essas coisas constituíam um divertimento. Hoje, são tarefas duras, deploráveis.

153

Deliberamos — isto é, Emília deliberou e eu fiquei ciente, sem nada ter a opor — que esta semana será a última das férias que passamos no Rio. Sábado, dia 2, iremos para Petrópolis, para ficar em casa de Noemi, com quem nos entenderemos hoje mesmo ou amanhã à noite. Tenciono, aliás, ir antes com Emília para *ver* a casa e sindicarmos sobre a questão das refeições.

À noite, vamos, Emília e eu, bater à porta de Noemi, para combinar a locação de sua casa em Petrópolis e receber as respectivas chaves. Admirável, essa criatura! Que organização! Já tinha tudo escrito. As suas "instruções" são pitorescas e ficarão arquivadas aqui oportunamente.

Colo, na página fronteira, a capa de um livro (*O Pensamento Alemão* de Jean-Edouard Spenlé) que a arrumação me restituiu. Só pela coincidência de reunir, na sua alegoria, as efígies das duas grandes influências que ora norteiam (ou desnorteiam) os nossos filhos: Nietzsche (Lamartine) e Lutero (Anita).

Curioso como os pais, depois de velhos, perdem a autoridade e se fazem caudatários dos filhos. Quem foi que já pensou nos que "orientam" a mim e à Emília? Acho que Rénan e Lamartine (não este aqui de casa, mas o legítimo, o Lamartine propriamente dito) simbolizam bem...

Banho, só o tenho frio, hoje. É que o Abelardo, ontem, com a melhor das intenções, se meteu a bombeiro e acreditou podermos economizar o conserto do aquecedor. Foi um desastre integral! Não explodiu, ao acendermos. Mas... não acendeu!

Custo a me habituar com a temperatura da água, em contraste chocante com a do meio. Fora, um calor escaldante, mesmo aqui no Leme, mesmo na varandola-gabinete que é um recanto privilegiado. Pelo chuveiro, os fios d'água dir-se-iam de gelo derretido...

Enfrento a ducha com espírito esportivo e aprecio minha resolução. Também, sou eu só que a aprecio. Para o resto da família, tenho um aspecto cada vez mais deplorável de velhice. Emília já me vê até as pernas tortas, só porque ando com sapatos velhos, de saltos e de solas gastas, não me animando a substituí-los, com os preços astronômicos por que estão sendo vendidos.

Entretanto, não se cansam (Emília e Anita, pelo menos) de dizer que estou tomando "excitantes" a conselho de Danton. Vamos de uma vez por todas botar isso em pratos limpos.

O remédio que o Danton me aconselhou — e que, realmente, tomo há uns seis meses, sem prévio assentimento de qualquer médico (o que nada me adiantaria, servindo apenas para sangrar mais minha bolsa) — foi o Dexamil. Pelo fato de ser conselho do Danton, acharam logo que deveria ser *cantárida*, ou coisa ainda pior. No entanto, é apenas um antidepressivo, um encorajador, um estimulante do sistema nervoso em geral.

Colo, ao lado, a bula — exagerada, aliás, mas sem nada que denote revigoramento sexual ou mesmo glandular. Como, amanhã, posso ser vítima de situação tão crítica como a em que se viu o pobre Danton, uso desse legítimo cuidado prévio para afastar qualquer exploração futura.

A situação política vai de mal a pior. O Café viajará mesmo para Portugal. Partirá domingo. E ainda não se sabe quem o substituirá. No páreo da Sucessão, o Carlos Luz já está ameaçado de ser substituído pelo Etelvino Lins! E são esses que dizem ser instável a situação do Juscelino! Até agora, é o único candidato de verdade: os outros não passam de aspirantes, sem a menor chance de êxito. Nem para provocar um "golpe" servem.

Ninguém os levaria a sério. E foi para isso que se levou o Getúlio ao suicídio!

Às 6 da tarde, tomo, em frente ao Passeio Público, um bonde Leme. Vi perfeitamente o número 5 no letreiro. Entretanto, na praia de Botafogo, ao chegar à esquina de Voluntários, um homem me pergunta que bonde era o nosso; como eu respondesse logo: "Leme", o condutor, que passava no momento, corrigiu: "é Praia Vermelha". Arma-se a cena do costume. Só uma mulher de cor confirma que, quando tomou, era "Leme". Todos disseram que "não haviam reparado".

Salto, dizendo desaforos e o resultado é que só chego em casa perto das 8. Emília diz que "essa história de bonde já não pega".

....

....

Rio, 4 de abril de 1955.

Meus queridos Egoístas

Não sei que onda de egoísmo tomou conta de todos nós, isolando-nos em nossos problemas e fazendo-nos esquecer uns aos outros, mesmo quando se trata de uma filha inexperiente, deixada sozinha ardendo em febre numa cama, com telefones tocando, cobradores batendo à porta, água faltando — enfim, um verdadeiro pandemônio!

Agora me lembro que Papai nem teve coragem de se despedir.

Lamartine, o maior egoistão da família, ficou sinceramente penalizado e me acompanhou da melhor maneira possível, mas isso à tarde; a manhã, tive que enfrentá-la terrivelmente sozinha. Dona Clara apareceu, querendo me vender toda sorte de coisas; conversou comigo um tempão enorme. Você nem queira saber, minha mãe, as gentilezas com que eu a recebi:

— Oh! Dona Clara! Entra um pouquinho!

Ofereci-lhe café e conversa até Lamartine acordar. Sim, porque poderia ter acordado meu irmão, mas, quando todos são egoístas, eu gosto — nem que seja para contrariar — de ser altruísta!

Estava tudo muito mal, quando surgiu o pior. Seu Manuel, zelador zelosíssimo, bate furiosamente à porta, gritando:

— Sou eu! Sou eu!

Abri correndo.

— Doutor Espártaco deixou esta pasta lá embaixo.

Pronto. E agora? Pensei que vocês estivessem sem dinheiro. Abri logo e vi que, de importante mesmo, só tinha o processo. Diário, papel, remédios — isso seria facilmente reconstituído; mas reconstituir um processo... u-lá-lá!

Vocês devem estar notando que estou muito alegre, não acham?

E sinceramente estou mesmo. Passei um fim de semana delicioso com meu marido. Seria melhor ainda se tio Sócrates e o ex-colega de Lamartine, o Duarte, não tivessem vindo nos importunar. Tio Mário — outro egoistão — quando soube que aqui só tinha leite e "cuca" de Petrópolis, nem deu a cara. Foi muito solícito e encantador... pelo telefone.

Passei o sábado e o domingo na cama, porque tive uma recaída. Pode deixar que insultei vocês bastante, mas o frio daí deve estar bem desagradável para que eu não sinta pena de vocês.

Seu filho, dando prosseguimento à boa vida de sempre, foi passar a Semana Santa em Ouro Preto. Não o esperem para domingo. Lúcia deve vir hoje me visitar. Disse que também iria passear por aí. Deus queira que eu não tenha mais febre e possa trabalhar amanhã. Abelardo não estudou nada este fim de semana, coitado. Foi um amor. Também, só faltava isso, não é?

Até logo, meus queridos, aproveitem a estadia aí, porque está me custando bem caro. Digo isto unicamente por causa da doença. Caso contrário, tudo estaria correndo às mil maravilhas. Estou me saindo melhor do que eu pensava.

Um beijo de

ANITA

....

....

Sou grato a Petrópolis pelo descanso de um mês que me deu. Não sei o que seria de meus nervos, de toda a minha saúde, sem ele. Mas não me iludo quanto à subsistência desses mágicos efeitos.

Para uma primeira noite, sem calmantes, com o cansaço natural de uma viagem que, por mais cômoda que seja, é sempre uma viagem, dormimos bem. Não estranhamos a cama, como eu tanto receava.

Emília se sentiu naturalmente com dores musculares, pelo trabalho excessivo que teve com a arrumação da casa de Petrópolis (em que pouco ou nada a auxiliamos, eu, os filhos e o genro). Mas não mudou de posição, não se queixou da falta de ar, não reclamou nada. Isso já é um bom sinal.

Eu, por meu lado, nem calor senti. É claro que notei o ar mais pesado, a falta daquela atmosfera incomparável, que tornava o simples ato maquinal da respiração um prazer e dava um "elixir de vida" de que só me lembro de ter tido igual em São Paulo. Conheço-me bastante, todavia, para poder dizer que dormi bem.

Acordamos antes das 6 horas, pelo hábito. Levanto-me às 6, para ver os meus chinelos petropolitanos, feios, mas bons (dos outros, dos cariocas, Emília me privou, sob a alegação de estarem "indecentes", sem se lembrar do que há de *aconchegante* — quase escrevo: de *terno* — nuns chinelos velhos...).

Vou à varanda da sala de livros, olho pela janela, saúdo o mar (por enquanto só com os olhos) e — por mais firme que seja o meu propósito de guardar a mais estrita neutralidade com relação aos problemas de meus filhos — retiro da parede o retrato da formatura do Lamartine no CIORM (com a Cléo, como madrinha, trocando-lhe o espadim de aspirante pela espada de oficial). Virá para a minha varandola, substituindo os dois pequenos retratos de Wagner e Beethoven, que não têm nenhuma razão particular de estar aqui comigo, postos todos os dias na minha intimidade.

Acho que deixá-lo à vista de *todos*, para provocar comentários, não é justo. Aqui, seria um meio de eu e Emília termos, junto de nós, as criaturas da nossa estima.

Ainda não me desprendi de certas lembranças de Petrópolis. Na varandinha, que tínhamos, ao ar livre, com toda a chuva a cair incessante, o Lamartine lê em voz alta para nós a *Gaia Ciência* de Nietzsche. Que modelo terrível! Que influência desastrosa! O pior, porém, foi a confirmação que ele então me fez, a frio, de ter "rompido" com a Cléo. É inacreditável isso! Gostavam tanto um do outro! Entendiam-se tão bem! Ele me disse — como se isso justificasse o descalabro — que foi ela que teve a iniciativa. Será possível? Mas como? Quando? E por quê?

No dia seguinte, já não chovia e, depois de um bom banho quente, depois de ter feito a barba, vestido a calça e o suéter que Emília lhe comprara lá mesmo em Petrópolis (como ficou bonito, o meu filho! Não parecia o mesmo! E de um bonito tão simpático!), Lamartine não quis continuar a conversa da véspera, sobre Nietzsche, mas continuou a outra, sobre a Cléo. E, nesse dia, me pareceu diferente, mais triste (sem as veleidades sobre-humanas de Zaratustra...). Que terá havido em Ouro Preto? Eu gostaria de sabê-lo.

A carta que Cléo me mandou cortou-me o coração e eu não pude lê-la, em Petrópolis, sem chorar convulsamente. Mas, não quero amargurar mais a nossa vida. Limitar-me-ei a copiar o que a coitada conseguiu escrever (o original, tão expressivo, Emília o reclama). Ei-la, ou ei-las, que acabaram sendo três:

Rio, 17 de abril de 1955.

Meu bom amigo Dr. Espártaco.

Devo-lhe esta carta por vários motivos e, antes de mais nada, para acusar a chegada do seu cartão carinhoso, dessa meiguice que está sempre presente em qualquer gesto, em qualquer palavra sua.

Como a sua amizade — a sua e a de Dona Emília, fazem bem! Como eu *devo* àquele ambiente, àquela "comunhão do Leme", como diz o Senhor.

Já não falo nas gentilezas e nas bondades de Dona Emília e... discretamente, também *sempre* suas. Isso não tem mais conta, mas o *ar*, a atmosfera, que lá se respira, renovam a alma de quem vive nesta desconjuntada mansão lousadiana. Família estranha, a nossa! Individualmente, os Lousada, somos unidíssimos uns aos outros, creia, mas a ausência de Mamãe e o temperamento (mais do que a sua carreira de diplomata) de Papai deixaram um vácuo e a marca de falta de laços estreitos. Não temos "espírito de família" — decididamente não temos! E, no Leme, Rogério e eu respiramos justamente esse espírito; é a união forjada, é a Mãe presente... E... tiramos nossas "casquinhas" às custas dos cuidados maternos de Dona Emília e da sua atenção constante, Doutor Espártaco. Confesso que aprendi muito lá... É verdade!

Mas, devo-lhe esta carta também por outros motivos; ela iria, de qualquer jeito.

A situação entre Lamartine e eu, para os outros, e, sobretudo, para o Senhor, há de parecer estranha e incompreensível, se eu lhe disser que verbal e declaradamente *terminei* com ele. Somos, os dois, autênticos poços de complicações, cada qual mais que o outro.

A gente pode manter a pureza do próprio sentimento intacta, Doutor Espártaco, e, por outro lado, sentir-se impelida a assumir certas atitudes. E, depois, numa experiência que só *minha* pode ser, até que ponto posso ver-me objetivamente, ver-me até o fundo, ter bastante autocrítica e ao mesmo tempo liberdade *interior* de ação? Zelo demais pela minha liberdade, mas sou como todo mundo, com qualidades e defeitos inatos, e as circunstâncias da vida têm repercussão e reação determinadas sobre mim. Seja qual for o futuro que se prepara para mim, isso não importa, se, no momento, era forçoso terminar com uma situação insustentável.

(Aqui chegava ao fim a carta iniciada no dia 17. Agora, noutro papel, de outra cor)

24 de abril de 1955.

Doutor Espártaco.

Ia reiniciar uma carta para o Senhor. Mas resolvi enviar a já escrita na semana passada, inclusive para que visse que não o "abandonei" (como escreveu no cartão), que minha resposta ao Senhor não era o silêncio. Pensei em ir a Petrópolis, nem que fosse apenas por duas horas, só para conversarmos, mas soube que sábado e domingo a casa estaria cheia e, sendo-me impossível durante a semana... Falta pouco para que o Querido Casal volte, não falta?

Quando a situação íntima de uma pessoa é dura, difícil e angustiosa, o tempo se encarrega de agir e dar rumo às coisas, de fazer com que o que tem de ser, seja! E, no momento, eu preciso ficar só, absolutamente só! Meu ato não foi um ato de veleidade e não me arrependo do que fiz e... há muito tempo fora pressentido.

Entre outras coisas, precisamos amadurecer, e a fase que precede esse amadurecimento é cheia de conflitos e de desproporções (desproporção entre o que na gente já é definido e o que ainda não é).

Antes de mais nada, senti a necessidade de uma longa trégua, de liberdade total.

Eu estou calma (bem mais calma do que antes, Doutor Espártaco!) e confiante em mim e na vida.

Confiança em si a gente conquista junto com o que lhe faz ter sua razão de ser!... E toco para diante, de cabeça erguida.

Algum dia, Doutor Espártaco, ainda levarei na cabeça pela minha *excessiva* falta de medo. Não me importa e não me preocupa que o futuro não seja definido e certo etc.

Creio e espero ser assim a vida toda...

Logo que voltarem para o Rio, gostaria de estar com o Senhor e com Dona Emília; possivelmente não tocarei mais no assunto.

Estejamos sempre juntos *tout court.*

Trouxe para Dona Emília uma lembrancinha de Ouro Preto, em pedra-sabão.

Estou com saudades dos dois!

(Nova interrupção. Depois, no mesmo papel:)

25 de abril. Ontem, à noite, estava tão cansada que não terminei ainda a carta. Hoje, relendo, achei o modo pelo qual comentei o que foi dito muito indelicado. Não interprete assim, Doutor Espártaco. Não leve a mal *nenhuma* das palavras escritas: "trégua", "liberdade" e "não me arrependo do que fiz" — como serão lidas pelo Senhor? Na realidade, a rudeza da expressão é aparente. Por dentro, há muita confusão e muito desejo de ver este período pelas costas...

E, com relação a *todos*, mantenho — e sempre será assim — o mesmo espírito de ternura, de muita afeição e de incalculável *gratidão*!

Repito o que disse ontem: estou com saudades. E, como possivelmente esta semana estarão de volta, *até qualquer dia*!

Para os dois bons amigos, o meu beijo cheio de espírito filial.

CLÉO

Ainda é cedo para qualquer comentário. Vamos dar tempo ao tempo. Oportunamente me externarei. Minha tristeza, entretanto, independe do que pense ou venha a pensar. É enorme! Sinto que perdi um dos maiores esteios que me prendiam à vida.

Tenho a idéia de modificar diversas coisas em casa. Na primeira oportunidade, que se me oferecer, vou dar uma baixa em vários livros de que me desinteressei definitivamente e que não têm razão de atravancar à toa as minhas estantes.

Emília, por outro lado, revogou o meu ato de trazer para a varandola a fotografia da troca do espadim. Achou que era *dela* e impôs sua conservação onde havia sido colocada de início, na varanda da sala.

Mais uma vez, paciência.

Não noto modificações maiores na casa. Por enquanto, pelo menos, o Lamartine ainda está aqui conosco. Já anunciou que vai sair. Não mais para a "república". Para maior isolamento, num apartamento só seu. Aproveitará, assim, o que lhe resta do contrato com o Instituto de Documentação.

Durante a nossa ausência, ele e Anita — pondo de lado as divergências religiosas... — encontraram um interesse em comum: todas as manhãs estão acordando cedo para acompanhar, vestidos a caráter, as aulas de ginástica pelo rádio, do Professor Osvaldo Diniz Magalhães!

Às 5:30 da tarde, corro para o ponto dos bondes em frente ao Passeio Público; Lamartine me anunciara que, depois das 5, o grosso da população que mora na Zona Sul, fugindo das filas intermináveis para os "lotações" e para os ônibus, estava superlotando os bondes.

Mas acho que não é bem isso. O que está havendo é maior demora, porque a safada da Light diminuiu o número dos bondes do Leme e do Túnel Novo.

Consegui tomar o meu às 6:10. Em vez de 2,00 pago, é bem verdade, 3,00. E venho com oito pessoas em pé, na minha frente, impossibilitando a leitura dos jornais.

Encontro, na rua México, o + + +, um dos homens melhores do mundo. Pois o coitado estava com os olhos reduzidos a duas postas de sangue, de tanto chorar! A filha, de vinte anos, formada pelo Instituto de Música, e que se vai diplomar em medicina, por se haver desavindo com o namorado (um oficial de Marinha), fugiu de casa dizendo que se ia matar. Ofereci-me para acompanhá-lo ao Chefe de Polícia, mas ele não tinha cabeça para refletir — soluçava em plena rua.

Mas houve mais: contou-me que o + + + +, juiz, está quase louco pelos aborrecimentos que tem tido com a filha. Quem diria? Aquele encanto de declamadora!

Para maior azar, venho no bonde com o + + + + +. O que me conta de "misérias" do Foro é de arrepiar o cabelo. Mas não ficou no Foro só. Fala dos desgostos que tem tido com os irmãos: um, atacado da cabeça, e o outro, desvairado pelo espiritismo.

Que diazinho duro!

Vamos dormir à meia-noite, eu e Emília. Emília sentiu, enquanto conversávamos, o "fogacho", que tanto a impressiona. Os franceses chamam a isso *flamme au visage*. É, realmente, um incêndio no rosto. Acredito que seja pressão alta. Acho que já se faz necessário ouvir um médico.

A noite foi uma delícia. De um calorzinho frio — ou um friozinho quente, como queiram. Até que, às 7 horas, uma chuva fortíssima desabou. Levanto-me. Tomo o meu café, depois de fechar todas as janelas da casa, pois a cabeça da Augusta já não funciona: a *batista* entrou, agora, em franca fase de "recuperação" amorosa e o tempo lhe é pouco para desforrar os anos de abstinência afetiva...

Ontem, antes de sairmos para o cinema, houve outra discussão entre Emília e Lamartine (em presença do próprio Rogério, irmão de Cléo) por causa da insistência dele em procurar outro apartamento. Emília não se conforma com isso. "Já errou uma vez! Não é justo que insista no erro!" Exato. Exatíssimo. Mas de nada adianta insistir na censura, pois ele está obstinado. O resultado são essas discussões que aniquilam a coitada. Eu evito de intervir para não agravar a situação. Anita, também. Mas receio que isso chegue a um ponto intolerável.

São 11 horas da manhã. Os Azevedo estão fora. Lamartine saiu para levar as fezes a exame. Outro "pega" com Emília, que acondicionou os excrementos como se fossem um netinho... O filho não se faz mais sensível a esses desvelos. Dir-se-ia possuído de um "espírito mau". A gente acaba acreditando nessas bobagens.

Ontem, ele perdeu definitivamente a bolsa da CAPES para estudar Filosofia. Ainda tentou salvá-la, com explicações e tais, mas nada conseguiu. A repetição do ano, para cursar uma única cadeira, se afigurou madraçaria incompatível com o estímulo de uma bolsa. E, neste ano, ele continua pelo mesmo caminho. Não sei o que pretende! Esgotará o segundo ano de contrato

165

com o Instituto de Documentação sem procurar um sucedâneo à altura. Perguntei-lhe, outro dia, se não pretendia lecionar. Respondeu-me que não. Vai procurar escrever para um jornal ou uma revista!

Ainda deve ser influência dos malditos companheiros da "república"! Já lhe tiraram tudo! Toda a roupa que tinha e que levou. Todo o dinheiro que ganhou no primeiro ano do contrato. A Cléo, que era o nosso encanto. Tudo os canalhas o fizeram perder! Não os quero mais ver, nem pintados!

Na mesa do almoço, Lamartine conversa sobre o filme de ontem, a que fomos assistir por recomendação sua: *Cruel Desengano* — com artistas de que ignoro os nomes. Um filme diferente, sem dúvida. E de intensa dramaticidade, levada às vezes a um paroxismo de verdadeira loucura! Admite que eu não tenha gostado porque entrei no meio. É uma resolução *definitiva* que vou tomar: nunca mais entrarei num filme senão no início! Ou Emília indaga, pelo telefone, a hora certa da sessão, ou nunca mais irei ao cinema com ela.

Na sua conversa, ouço uma confidência do meu filho: a sua admiração pela Pier Angeli e pela Silvana Mangano (dois tipos tão diversos!), só superada por uma sueca de nome arrevesado — Ula Jacobson, ou algo parecido — de quem ele assistiu uma fita, quase por acaso, aqui no cineminha do Leme: "Ela só dançou um verão".

Que relação haverá entre as três artistas e o *ideal* que ele procura com tanto empenho, a ponto de sacrificar a *realidade* esplêndida da Cléo?

Não me conformo com a situação que se criou entre a Cléo e o Lamartine. Acho que eu e Emília deveríamos tomar uma parte mais ativa no caso, pois não admito que uma afeição que resistiu a tantos anos de separação, e que depois se fez tão íntima, possa desaparecer de um dia para outro, por deliberação de uma das partes só! De Lamartine não conseguimos arrancar explicação alguma. A da Cléo, prometida quando ainda estávamos em Petrópolis, está demorando muito. Não haverá um jeito de apressá-la? Sei que Emília tem o mesmo desejo. Teme, apenas, que o Lamartine se irrite e se valha disso como pretexto para apressar sua segunda saída de casa. Mas, isso é quase uma chantagem!

Hoje é o Dia das Mães. Convenção social, que a Igreja Católica só adotou depois, muito depois, que a Protestante instituiu. Não há de ser por tais decretos que eu vou pensar na minha Mãe mais que nos outros dias.

Despacho processos até 1 hora. À 1 e meia, almoçamos: um tutu excelente, que eu rego com *frisante tinto*, comprado *expressly for* por mim, minutos antes.

Os Azevedos presenteiam Emília com um colar de pérolas, em bela fantasia. Como convidado de honra, o Rogério Lousada. Penso muito na Cléo. Mas foi Emília que ergueu o brinde à "querida amiguinha de Marquês de Olinda".

Às 2 e meia saímos, eu, Emília e Anita. Vamos ao cinema Astória ver o filme que está fazendo mais sucesso na semana — *A Princesa e o Plebeu*. Ia chegando à bilheteria quando vem ao meu encontro, para cumprimentar-me, o Carlos Lacerda. Anita e Emília se escandalizam.

Mas não há por quê. Nunca deixei de me dar com ele. Tenho, mesmo, admiração confessada por muitas de suas atitudes e pelo seu talento irrecusável de jornalista. Além disso, ele é de uma profunda simpatia física.

Ontem, Anita saiu com o Lamartine, depois do jantar, para um cinema. O Abelardo, ao chegar, não acreditou quando lhe dissemos que ela não estava. Seu desapontamento foi indisfarçável (o que Anita precisa saber e ponderar).

Relacionado, certamente, com isso, foi o pesadelo que me atormentou esta noite. Sonhei com a morte de Anita, em todos os detalhes (não vindo para casa à hora, desespero conseqüente de Abelardo, procura nossa, um inferno!). Material insignificante — mas os sonhos não precisam de mais para a tessitura misteriosa de suas tramas.

Lamartine cortou a zero o seu cabelo, para prevenir a ameaça de calvície. Fica bem desfigurado, mas não tanto como supúnhamos. Ainda assim, resolve não sair de casa, para melhor "acomodação".

A política ferve, de novo. Hoje, o Clube da Lanterna faz a "convenção dos sem-partido". Já se sabe que é para a homologação do Etelvino. Falará o Carlos Lacerda. O Juarez vai ser crucificado.

A pintura na geladeira — orçada em 1100,00 — foi motivo para nova briga minha com Emília, apesar de ser hoje o nosso trigésimo aniversário de noivado. É que Emília não se capacita de que eu não tenho de onde tirar para extraordinários. Anita, espontaneamente, se prontifica a concorrer para um rateio. Concordo, não na base que ela propõe (nós dois, só, a 550,00 cada), mas dando eu 400,00, Emília 400,00 e ela 300,00. Assim é que me parece justo.

Acordo irritado por ver os telefones funcionando. Que diabo de greve é essa, que, decretada à meia-noite de ontem, só faz sentir os seus efeitos entre 9:30 e 10:00 da manhã? Não compreendo isso!

Não compreendo, também, que um simples boato maldoso tenha quase levado à falência um banco tido por forte, como o Delamare. Então, só porque os depositantes, assustados, façam filas, e, nestas, se imiscuam desocupados, querendo apenas "fazer onda", um estabelecimento idôneo se toma de crise nervosa, de ataques de histerismo e cerra suas portas? Isso é de loucos!

Não compreendo, ainda, que espécie de controle tem o elemento religioso sobre a UDN — e que sinceridade há no seu compromisso com a candidatura Etelvino — para permitir que o Partido Democrata Cristão, com um padre à frente (o Sr. Arru-

168

da Câmara, politiqueiro conhecido), se desgarre e lance a candidatura Juarez, aceitando este o lançamento!

E ainda compreendo menos porque, em face dessa indisciplina lamentável, que deixa de tanga o Etelvino, se diga que quem vai sofrer com isso é o... Kubitschek! Por quê? Ele é a única força que se mantém coesa em meio a essa dispersão!

Que seja *clima* para outras aventuras, como a de Adhemar de Barros, sim, isso eu compreendo. Mas o divisionismo — a menos que justifique, como "salvação nacional", o golpe militar (e esta parece ser a grande esperança do Carlos Lacerda e dos golpistas mais inveterados) — não pode prejudicar o Kubitschek, que dispõe dos eleitorados mais fortes do país.

Enquanto isso, ficam os Comunistas a sonhar com "outro candidato"— mais imbecis, portanto, que os próprios Integralistas, que, afinal, se agrupam em torno do seu chefe, o qual, por mais desprestigiado que seja, é sempre um homem de carne e osso, que pensa, que age, que é elegível e que ainda tem o seu grupinho irredutível de fiéis. Os comunistas, nem isso!

Gostei do terno que escolhi, de meia confecção, na José Silva. Um cinza-azulado, para contrastar com o azul-escuro do Vale alfaiate. Ficarei, assim, com nove roupas, ao todo: um terno de linho cinza; um terno de linho branco; um terno de tropical marrom (que é o que uso atualmente); um terno cinza já amarelado; um terno cinza-escuro com listas brancas (já surradíssimo em Petrópolis); um terno marrom pesado (só para os dias de muito frio e muita chuva); um terno de jaquetão, quase novo, para casamentos e outras cerimônias; um terno cinza-claro (amarelado e estafadíssimo); um terno cinza-escuro, liso, que só uso quando chove — sem falar de dois casacos novos, um de fustão (presente de Emília) e outro de mescla (presente meu mesmo) de Petrópolis.

169

No seu quarto, o Lamartine toca piano. Ouço, do nosso, os acordes do que eu dizia, em outros tempos, ser a "mensagem dele à Cléo" quando ela estava ausente, na Europa. Agora, a ausência terminou. Mas começou outra muito pior, que tudo faz acreditar seja definitiva, e não apenas temporária como eu ousei supor!

Ontem, ela telefonou para Emília. Quer nos ver, a mim e à Emília, mas fora daqui de casa. Está claro que iremos. Emília falou num lanche na Colombo, por exemplo. Mas como isso vai ser triste! Como é que se transforma um sonho tão lindo, tão intensamente vivido, numa perversidade dessas?

Há uma "novidade" que eu nem ouso registrar... Parece que Anita, desta vez, está grávida! Ela não quer que se fale, e tem razão. Mas, que diabo! Deixem que, ao menos, eu alimente uma esperançazinha...

Começo o meu dia, acordando cedo, às 7 horas, muito embora me constranja acordar também Emília, que ressonava a meu lado. Mas... são os imperativos do Dever!

A vida não parece corresponder a esses meus bons impulsos. Embora tivesse a satisfação de ver andando normalmente o relógio da parede da cozinha — o que considero obra exclusiva da minha tenacidade e da minha confiança, depois que o Abelardo desistiu — sou, logo depois, surpreendido com o rompimento do assento plástico da latrina sob meu peso, que não aumentou. Deve ter diminuído a sua resistência, por alguma causa a que fui estranho. Mas... paciência! Já autorizei a substituição, que deverá custar perto de 300,00.

O Governo publica, à última hora, numa evidenciação da fraqueza de que se sente possuído, que já autorizou o aumento de 40% nos vencimentos dos médicos-funcionários. Vence, assim, em toda a sua extensão, a greve que havia sido dada por perdida.

Sossego no meu campo doméstico, com a melhoria que isso representa para o Hugo. E boas perspectivas para o nosso aumento substancial em curso no Congresso. Magnífico!

Almoço, calmamente, ao meio-dia e trinta, em casa, com a família (o Hugo, inclusive). Meu ilustre cunhado está irreconhecível, hoje, tal a sua alegria com a notícia de que, além da promoção já assegurada pelo seu Diretor, vai ter os 40% prometidos pelo Governo. Promete à irmã nunca mais incomodá-la com pedidos de empréstimos. E faz projetos gigantescos para as "sobras"... Digno tio de meu filho! Ambos não têm a mínima noção do que seja dinheiro!

Jantar com Danton e Albertina. Não querendo chegar *cedo demais* à casa deles — para não ficar em *tête-à-tête* com Albertina (nunca se sabe ao que pode conduzir uma conversa "desimpedida" com ela, por mais que as aparências autorizem a julgar superada a *crise* entre eles), só tomo o bonde no Tabuleiro da Baiana às 7 horas.

Chego a casa às 7 e 20. Quase com o Danton. Emília já estava. Muito bom, o jantar. Muito calma, a conversa. Só nos últimos instantes, quando o Danton conta a má vontade que está tendo da parte do seu diretor, que se está deixando dominar por uma professora católica-integralista, Albertina — sempre razoabilíssima e inteiramente solidária com ele — diz que ele deve exigir uma providência que acabe com as "intrigas". Tanto bastou para que ele a culpasse da principal dessas intrigas, que era dizer que ele era "amante de ex-alunas".

Vimos, aí, aterrados, eu e Emília, a renovação do "clima" de meses atrás. Mas, felizmente, ambos se dominaram.

E pudemos chegar às 9 e meia em paz. A essa hora, saímos. E ainda fomos ver, no São Luís, um filme francês — *Amor de*

Outono — com a Edwige Feuillère, que, apesar de madura, ainda é uma mulher sedutora.

Inicio os registros de hoje, colando a minha fotografia mais recente. Não me troco por muito brotinho de vinte (a começar pelo meu jovem herdeiro, mesmo ainda antes do corte de cabelo com máquina zero).

Está claro que não me posso comparar com a "sereia" que colo abaixo: a minha cara-metade, apesar da menopausa, se apresenta em plena forma! Se não fosse a maldita operação que sofreu, ainda seria capaz de mostrar que podia ser mãe antes de Anita...

Não tomo banho, nem faço a barba. Visto-me logo e vou à cidade para experimentar a roupa nova (azul) no Vale. Está, de fato, linda! Por menos que eu me queira convencer, a roupa sob medida não se compara à roupa feita ou mesmo à meia-confecção. O azul da fazenda é diferente dos comuns. É rajado. E tem listas brancas discretas. Além disso — obedecendo ao que o alfaiate diz estar na moda — ficou ligeiramente "cintada". Tem, inegavelmente, um *it*, que falta à da José Silva — apesar de ótima, também, a Renner.

De volta ao Tabuleiro da Baiana, para tomar o bonde, encontro-me com a Nair Távora, senhora do Juarez. Sem insinceridade felicito-a pela candidatura do marido. A única coisa que me ocorreu dizer para salvaguarda da minha sinceridade foi isto: "Por enquanto, abraço só você; depois abraçarei o general". Ela parece compreender, porque agradece com o riso franco e bom de sempre. Depois, me diz:

— Ainda hoje, de manhã, falamos de você, eu e o Juarez, repreendendo o nosso filho pelo exagero esportivo a que se está entregando. "Há mais de trinta anos", lhe dissemos, "o Espártaco M. escreveu um livro para demonstrar que o esporte estava deseducando a mocidade brasileira. Era a puríssima verdade! Era e é! Se vocês lessem essas coisas, não seriam o que são. Mas não há tempo para ler, não é?"

Que diabo! Isso me lisonjeia! Afinal, é a primeira vez que me aproximo de uma primeira-dama...

Jantamos às 8. Emília conta o que foi sua acolhida pela Cléo. O carinho que ela pôs em tudo quanto fez e em tudo quanto disse. *Os olhinhos rasos d'água* que lhe observou! Contenho-me a custo. Principalmente quando vejo Lamartine dizer que "foi melhor que acabasse, pois em verdade não se sentia capaz de alimentar um amor eterno".

— Que conheço da vida, ainda, para conceber sequer um compromisso desses?

Nada disso é sincero, nada disso pode ser sincero em quem se identificou como ele a essa menina, por quem esperou dois anos e meio, a quem falava até por música... Não! Não concebo, não admito, não suporto isso!

Depois do jantar, o Abelardo tem a infeliz idéia de tocar os discos do *Príncipe Estudante*. Como as suas melodias ingênuas me falam à alma. Não resisti! Chorei. Pensei que nunca mais desse esse espetáculo!

Vida! Por que destróis num dia, num momento, o que levas tanto tempo a permitir que se construa? Tantos sonhos eu pus nesse sonho, nesse projeto de ver o Lamartine casado, conosco, realizando ao nosso lado o que ao nosso lado idealizara e construíra pouco a pouco!

A noite termina calmamente. Depois de ler os jornais, venho para a minha varandola-gabinete. Emília se deita com Anita na nossa cama de casal. O Abelardo fica estudando na sala de jantar.

Acho graça na conversa das duas. Quantas bobagens dizem! Proponho-me a dar-lhes os livros que possuo sobre "higiene da gravidez". Ambas debocham de mim: "O que você poderia fazer de melhor com seus livros era jogá-los na latrina e puxar a válvula". E, depois disso, riem, riem, como duas palermas.

Antes assim.

Agora é o engraçadinho do Dutra que acha que "nenhum dos candidatos serve, devendo-se procurar outro". E já se fala que o outro será ele... Não é de crer, no entanto, que essa palhaçada vingue. A luta terá de continuar entre os que já estão na arena. Quando muito, virá ainda o Adhemar de Barros. Mais nada. O Exército, querendo, que fique com Juarez. Tudo faz crer, portanto, que a vitória seja do Kubitschek, *por enquanto ainda meu candidato.*

Curioso: hoje sonhei com a morte do seu Gastão, sogro da minha tia Hilde! Por que haveria de me lembrar do velho cônsul da Rússia, em quem nunca mais pensei? Que teia de fios misteriosos se tece à custa do nosso sono, tão em desacordo (pelo menos aparente) com as nossas vigílias!

Almoçamos em ambiente alegre. Diverte-nos, ainda mais, o esquecimento de Anita, de que resultou inundar-se a casa (que a pobre Augusta encerara toda a manhã). Rimo-nos todos (menos Emília e a empregada).

Lamartine me *visita* na varandola-gabinete para dizer que amanhã vai precisar de mais 100,00 (já lhe emprestei 500,00 este mês) para comprar uma biografia documentada de Van Gogh.

— Essa é a vida dele contada sem romancear.

Como eu proponho lermos em comum o livro, ele protesta logo:

— Não! O que você vai ler primeiro é o Guy de Pourtalès sobre *Nietzsche na Itália.* Desse é que eu faço questão!

Quanta alegria me dá a "recuperação" deste filho, que eu e Emília já julgávamos perdido para o nosso amor!

Não sei se já consignei aqui que ele disse outro dia à mãe que, "a continuarmos *controlados* como estamos, eu e ela, ele não se mudará mais". Era a única compensação com que eu poderia sonhar para a perda da Cléo. E não será também um meio de guardá-lo para ela?

Pelo resto da tarde, ataco violentamente os processos. Liquido a pilha dos doze que me faltavam. Foi um esforço excessivo que me pôs os olhos em chagas, de tão injetados. Mas, antes das 6 horas, estava inteiramente livre.

Desgraçadamente, quando ia descansar um pouco, chega o Sócrates. Emília o entretém sozinha durante meia hora. Depois, me chama, porque entende que *é um dever eu estar em casa aos domingos*. Vou e me aborreço. Não pela duração da visita, que foi curta, mas pelas emoções a que Sócrates dá curso sempre que fala da sua moléstia do coração (que o impede de operar a hérnia crônica que tem). Hoje, aliás, foi a primeira vez que me contou o drama (a que antes apenas aludia) da mudança da menina a que tanto se afeiçoou quando morava em sua casa.

Era uma pirralhinha de quatro ou cinco anos, que "quase nasceu com eles". Enchia-lhe a vida. Ocupava-lhe a velhice. Um dia, soube que os pais se iam mudar. Teve tal desgosto que nem apurou a causa; veio a saber depois: é que a gananciosa Rose (que, em família, tratamos — muito apropriadamente — de "Xantipa"), à revelia dele, aumentara o aluguel do quarto que os três ocupavam (o casal e a filhinha), de 1200,00 para 1500,00. "Hoje eles estão pagando, por cômodo, bem menor, 2400,00. E se mostram profundamente arrependidos. Mas, se eu tivesse sabido que essa era a razão, pagaria até a diferença do meu bolso!" Conta, então, que, tendo se mudado para perto, na própria rua Visconde de Pirajá, às vezes a menina o chama quando passa, e faz questão de que ele suba para vê-la. Coitado! Ainda agora, ele chora, lembrando-se da companhia que ela lhe fazia, doido que sempre foi por crianças!

Ora, isso escangalha a sensibilidade mais embotada deste mundo.

Como se não bastassem os dramas a que me exponho pelo simples dever profissional de examinar processos. Ainda hoje, lidei com um em que a menor (dezessete para dezoito anos) teve de matar o noivo (de vinte) por se ter recusado a casar depois de havê-la deflorado. Passados cinco meses, ela ainda não pode prestar declarações, pelo abalo que sofreu. Que profissão infame fui escolher!

Durmo bem. Bobagem parar com o Quietex. A duração da vida é necessariamente limitada. Que os calmantes deprimem, é um fato. Que essa depressão encurta a existência — outro fato. Mas, já que a gente ignora de quanto será a sua permanência no mundo, que mal faz que nos roubem na contagem?

O Dutra faz setenta anos hoje. Fará oitenta e cem. É crosta que não envelhece. E nada tem por dentro para sofrer a ação do tempo.

O Juarez concedeu entrevista coletiva à imprensa: deu murros na mesa e fez afirmações impressionantes sobre sua candidatura e as razões por que a aceitou.

Vou arquivar a entrevista e o artigo que, a respeito, escreveu o Carlos Lacerda.

A noite de ontem foi das mais tumultuosas dos últimos tempos. Não me lembro de ter tido outra igual — ou mesmo, parecida — há muitos anos. Tudo porque Anita teve um *panarício*. Nunca tive panarícios e há quem diga que, de fato, doem muito. Mas quero acentuar minhas apreensões em torno da nenhuma capacidade de sofrimento físico por parte de Anita. Ela não se domina; não pensa no marido, que precisa estudar;

não pensa em nossa velhice, nem na mocidade bombardeada do irmão. Só pensa nela e na dor dela. Vizinhança, então, é coisa que nem lhe passa pela cabeça...

A casa inteira atravessou insone a noite.

"A confissão de Juarez": Lacerda debocha do ex-ídolo da sua mocidade e ex-deus da sua infância. No momento, falta-me tempo para uma reflexão mais demorada sobre o documento.

Escuto, de todos os lados, os comentários mais veementes à entrevista coletiva de ontem. Investem contra o candidato gregos e troianos, pessedistas e udenistas, comunistas e integralistas. Só falta que o insultem os católicos!

Tenho pelo Juarez gratidão de ter sido ele, em 1930, o padrinho da minha entrada para a função pública que exerço até hoje. Fiz concurso, é certo. Fui classificado em primeiro lugar. Mas, se não fosse o empenho dele junto ao Aranha, teria sido *bigodeado*.

Além disso, respeito-o como revolucionário de 22 e 24, antes de o ser em 30.

Divergimos quanto ao catolicismo, à religiosidade em geral, a que sou e serei sempre contrário. Mas reconheço que é um puro e um sincero. Não posso admitir que se venda à Standard Oil ou a qualquer corruptor *concreto*. Seu único corruptor é a Santa Madre com todas as suas safadezas terrenas. Fora daí, porém, nada.

Não creio que sua campanha política — "não quero solucionar a crise com baionetas mas com votos"— dê resultado. Eleitoralmente, mesmo que o apóie o Jânio Quadros, será inferior ao Brigadeiro. Mas sempre é respeitável o sacrifício que se impõe — a menos que seja um simples preparativo para o "golpe", de que os militares não desistem contra o Kubitschek. Aí, passarei a combatê-lo e a odiá-lo.

À noite, antes de nos deitarmos, Anita nos fala, pela primeira vez *oficialmente* na sua gravidez. Quero crer que agora *seja mesmo a sério.* A ser verdade, o garoto (ou garota) nascerá em fevereiro — o meu mês! Será muita felicidade...

Imitando o Juarez, o Kubitschek deu também, na ABI, uma entrevista coletiva. Pelo que diz o Carlos Lacerda, teve "dez" em leitura e "zero" nas interpelações. Senti não o ter ouvido para formar juízo próprio. Houve, entretanto, mais uma razão para ficar do seu lado: o chefe da propaganda do Juarez é o Gudin! Ao mesmo tempo, se divulga que a chefia do escritório eleitoral do Etelvino caberá ao João Neves ao lado do Carlos Lacerda.

Que dois!

Outra notícia de hoje: o Jânio Quadros vai deixar o governo de São Paulo para fazer propaganda do Juarez. Bonito gesto, sem dúvida. Mas para o Juarez seria infinitamente mais interessante que ele continuasse no governo...

Mais outra: o Adhemar de Barros vai, também, candidatar-se.

Portanto, temos, já na pista, cinco concorrentes: Juscelino Kubitschek (PSD), Etelvino Lins (UDN), Juarez Távora (PDC), Plínio Salgado (PRP) e Adhemar de Barros (PSP). Com quem estarão os Comunistas? Terão candidato próprio?

Colo, ao lado, um recorte interessante. Costuma-se dizer que o Governo nada gastou, nem gastará, com o Congresso Eucarístico. Aqui está o desmentido: como se já não bastasse aos cofres municipais o desmonte, acelerado a toque de caixa, do morro de Santo Antônio, a Prefeitura ainda mandou levar, pessoalmente, ao cardeal Dom Jaime Câmara, a bolada de... dez mil contos de réis, como subvenção sua ao Congresso!

As noites estão esfriando sensivelmente. Não posso defender-me com agasalhos (pijama e cobertor de lã) porque Emília é *alérgica*. E a sua alergia vai mais longe: odeia os ambientes abafados, obrigando-me a abrir a janela, por onde entra livremente o ar gelado das madrugadas outonais. A nossa cama é igual a um banco da avenida Atlântica.

Leio que, na Argentina, o presidente da CGT disse que, se Perón lho permitisse, em quinze minutos ele arrasaria todas as igrejas de Buenos Aires. Ato contínuo, um general pediu a palavra e disse que, se tivesse permissão de Perón, em quinze minutos arrasaria a CGT.

Confirmado: o João Agripino, deputado udenista da Paraíba, facilitou tudo para o aumento dos Ministros e Desembargadores, mas pôs entraves na parte dos Juízes (conseqüentemente na nossa, do Ministério Público). Ainda há esperança de que a Comissão de Finanças repila o voto do deputado. Mas, sendo udenista, é Governo. E, sendo Governo, vai ser difícil repelir.

Curiosa, a minha esposa! Trago para casa, pensando nela, o livro de Faguet, *Etudes Littéraires du XIXᵉ Siècle* (Chateaubriand, Lamartine, Hugo, Musset, Gautier, Balzac, George Sand). Não gostou. Razão: não é "moderno". Decididamente, não conheço caso mais triste de influência dos filhos sobre as próprias preferências — mesmo as mais profundas.

Hoje, afligiu-me muito o saber que Lamartine *estaria* inclinado a voltar para a "república", mesmo sem a casa do Augusto Meyer. Não sei até que ponto isso será verdade. Só sei que, a ser verdade, sofreremos mais um coice sério.

Para mim, não será muito, pois pouco espero já da vida, e, sobretudo, do Lamartine, que nunca mais mostrou o mínimo interesse por mim.

Para Emília, entretanto, será uma barbaridade! Ela já se vinha refazendo, a custo, do golpe da primeira separação. Não pela ingratidão, apenas. Mas, mesmo, pelas conseqüências deploráveis que o fato trouxe para o próprio Lamartine, desorganizando-o de uma vez, prejudicando-lhe a saúde, os estudos e as finanças, sem o mínimo proveito. Até a afetividade, que equacionou com tanta inteligência, com tanta felicidade, saiu de todo destroçada pelo rompimento com a Cléo.

Mas não pensemos mais em tantas coisas tristes.

Depois do jantar, como ainda me sinta febril, continuo no quarto, a ver se me poupo de maiores esforços. Ouço as conversas na sala, nos corredores, nos outros quartos. Fico lendo Rénan (a correspondência com Berthelot). Só amanhã, pela manhã, voltarei aos meus processos, alguns dos quais já li. Oxalá cure, de vez, a gripe, que tanto me deprime.

Às 9 horas, Emília sai, com Anita e Lamartine. Vão dar uma volta para cumprir o regímen de Anita. Já agora parece que não há mais dúvida: é a gravidez mesmo...

Animo-me em pensar que, afinal, vou ser avô!

Fico só com o Abelardo em casa. Ele me conta uma história que o pai lhe contava em criança e que é nada mais nada menos que o "Frei Genebro" do Eça de Queirós. Vou à estante buscar o volume dos *Contos* do grande escritor. E sinto a alegria que ele experimenta com a identificação da velha página de sua infância.

Para registrar essa impressão, sento-me, um pouco (por dez minutos, só) na varandola-gabinete. Mesmo com a janela fechada — e pijama de lã — sinto frio, enquanto escrevo.

Agora, repintada de branco, esta varandola está perfeita uma sepultura... Sete palmos! Terá pouco mais. O frio, todavia, já é uma antecipação!

Suportei melhor o "arejamento" do quarto com a porta aberta exigida por Emília para compensar a janela fechada. Só às 5 e meia é que não pude mais. Tossi, na cama. Mudei várias vezes de posição. Afinal, levantei-me.

Aqui estou, às 6 horas, sentado na minha varandola-gabinete, mais limpa, mais alegre, depois de repintada.

Já fiz o que pude, lá por dentro. Dei corda em todos os relógios, acertando-os. Enchi o filtro e a moringa. Tomei Benzomel, para a garganta. E vim para cá, disposto a começar meu dia sem atropelo. Resolvo, comigo mesmo, inaugurar aqui, dentro do menor prazo possível, o retrato de Emília. Ela faz falta aqui, muito embora eu a saiba dormindo a poucos passos, no nosso quarto ao lado. Anita já está na mesa. Virá também o Lamartine. Mas o dela é uma homenagem que se impõe. Sem ela, a casa não se remodelaria, como se remodelou. À custa dela exclusivamente (Emília ficou de fora no rateio da pintura da geladeira, mas pagou sozinha a pintura da casa toda), das suas economias, do seu esforço, do seu empenho admirável de melhorar.

À noite, não me lembro mais a propósito de quê, resolvemos, em conversa, ir, sábado pela manhã, ou logo depois do almoço, ao Jardim Botânico, buscar o "centro de mesa". Faremos isso sempre que pudermos, como um hábito. Os sábados serão o nosso dia. Quando pudermos ir a Petrópolis, a Jacarepaguá, a Del Castilho (para comprar tecidos na fábrica), ao Grajaú, aonde quer que eu tenha de acompanhar Emília, já está resolvido: fá-lo-emos aos sábados.

Os domingos serão para a família. Para receber Mário e Lili. Para ver se aparecem, à noite, Danton e Albertina, Lúcia, Zizinho, Martinha. Os Azevedos virão para o fim da noite, em vez de irem ao cinema. Há de faltar, sempre, alguém, a *nossa* Cléo. Mas, essa mesma, temos a esperança de que voltará, quando o Lamartine se restabelecer de seus transtornos físicos e psíquicos.

Espero comprar, ainda hoje, outro caderno igual a este, para que fique aguardando a vez, quando, "arquivado" este, eu passar ao outro, que já está à espera... Dou-me, com isso, a ilusão de que não pararei nunca. É o Diário a *comandar* a vida, e não apenas a refleti-la e registrá-la, passivamente.

Superstição? Talvez. Que mal há nisso?

Venho para casa cedo, para evitar o sereno. Entretenho-me, no bonde, com a conversa do F. C. Conta-me uma anedota esplêndida do + + +. Este ainda era Presidente do Tribunal quando foi a uma festa oficial do Dia da Criança. Presentes todos os ministros, o presidente (Getúlio), o Corpo Diplomático, Forças Armadas, nobreza e clero. Saudando Dona Darcy pela sua obra benemérita de dedicação à infância, lembra o + + + que grandes homens foram crianças desvalidas. Para ilustrar sua tese, fala de Portugal. Numa festa realizada ainda ao tempo da monarquia, um cavalheiro milionário se adianta, disposto a adotar uma criança. Ofereceram-lhe um lindo menino de cachos louros. Ele logo o aceita. Mas o garoto choraminga que só irá com o companheiro. O milionário acede: "Com isso, você dá mostra de bons sentimentos!". E sai com os dois. "Sabeis quem eram", conclui o + + +, "quem se tornaram os dois enjeitadinhos? Imaginem! Oliveira Salazar e o Cardeal Cerejeira!" No dia seguinte, o embaixador de Portugal, muito delicadamente embora, protestou. Disse o + + + que lera a história em um almanaque português. "Obra de inimigos! Intriga da Oposição!"

O Partido Socialista Brasileiro realizou, ontem, a sua convenção para indicar seu candidato à Sucessão. Foi adotado o Juarez. Vale a pena fixar a "comunicação" do fato feita pelo Domingos Velasco:

NOSSO CANDIDATO

Um dos jornalistas que assistiam pela primeira vez às convenções do Partido Socialista não escondeu sua surpresa diante do espetáculo que no sábado presenciou, quando os socialistas decidiram apoiar a candidatura Juarez Távora. O calor dos debates que atingiram, por vezes, ao tumulto, exigindo a intervenção enérgica do Presidente João Mangabeira, a franqueza com que cada qual expôs o seu pensamento, a análise brilhante com que alguns convencionais justificavam o seu voto — tudo lhe dava a impressão de vida e vigor, em contraste com as convenções mornas e formalistas de outras organizações partidárias.

Mas sempre foi assim. O Partido Socialista reúne homens que nele foram parar levados pelas próprias convicções. O partido nada tem a dar e muito tem que pedir a seus filiados, sobretudo que sejam fiéis a si mesmos. E daí a dureza das críticas que precedem as decisões. Uma vez, porém, traçado o rumo pela maioria dos delegados, surge a unidade e esquecem-se as mágoas dos debates apaixonados. E foi precisamente o que mais impressionou o colega de imprensa. Proclamada a vitória da candidatura Juarez Távora por 104 votos num total de 151 convencionais, os líderes da corrente contrária, figuras do maior prestígio no partido, desfilaram na tribuna para proclamar a sua decisão de lutar pela vitória do candidato escolhido. É o que os socialistas chamamos de democracia interna, sem cuja prática não podemos ter autoridade de pregar a democracia ao povo.

Mas, durante quatro horas, Juarez foi analisado em suas idéias e atitudes. Tudo foi pesado e medido. E os socialistas concluíram que, tendo aceitado o programa mínimo que lhe fora apresentado, ele merecia o apoio do partido. Não é um candidato socialista, evidentemente; mas os socialistas estão certos de que podem recomendar o seu

183

nome ao sufrágio do povo brasileiro, como cidadão capaz de exercer a Presidência da República. Desde sábado, Juarez é o nosso candidato. É o melhor dos candidatos apresentados.

São 10 horas da noite. Preparo-me para ouvir o Carlos Lacerda. Vamos ver o que o patusco tem hoje para dizer. Talvez trate da Convenção Socialista. Talvez prefira a sua "ronda" pelos fatos da semana em geral. De qualquer modo, há de ser interessante.

Encerro, aqui, mais este caderno do "Diário", o 66º. Não espero a irradiação para consignar minha impressão. Dá-la-ei amanhã, iniciando o caderno novo. A tinta da pintura recente da varandola dá-me uma formidável dor de cabeça. Belo fim de caderno!

Saio de casa ao meio-dia. Almoçado. Fico esperando pelo ônibus, a princípio em frente de casa, depois na avenida Princesa Isabel, até 1:30. Só quando vi que não conseguiria nem ônibus nem lotação, foi que me decidi a recorrer ao bonde.

E tive a grata surpresa de me sentar ao lado de Lamartine.

Foi ótimo esse encontro. Com calma, durante mais de quarenta e cinco minutos, conversamos livremente — não como pai e filho, mas como dois amigos de verdade — sobre o assunto que mais nos preocupa no momento, o da sua nova saída de casa para se reunir, mais uma vez, aos companheiros da praia de Botafogo (o Irineu, o Albino e o Bruno Olímpio). Ele me faz sentir que é um exagero falar em "abandono". Nós — eu, Emília e os Azevedo — o teremos com a mesma assiduidade de agora, nas horas em que poderemos vê-lo e com ele conversar, pela manhã, à tarde e à noite, principalmente durante as refeições. Ele só não estará em casa para dormir, mas para nós tanto faz que ele se tranque aqui no quarto, como que durma fora de casa, saindo depois do jantar e chegando no dia seguinte antes

184

do almoço. Além disso, sempre que ele precisar de isolamento para qualquer estudo, ou leitura mais séria, virá para o "seu quarto".

Em linhas gerais, acho razoável.

Hoje à noite, veio à nossa casa a Alice, amiga da Cléo. O Lamartine estava aqui, quando ela chegou para jantar. Conversaram muito. Ela fez festa na cabeça dele. E saíram juntos...

Será que o senhor meu filho acha mais feminilidade nessa criatura do que na Cléo? Custo a crer...

No banheiro (são 9 e meia da manhã), por onde já passei pelo chuveiro e onde já fiz a barba e me quitei com a descarga digestiva, Anita agora paga o seu tributo à maternidade. Enjoa. Engulha. Possivelmente, vomita. Uma injustiça, que esse ônus recaia todo sobre a mulher! Já o Abelardo saiu lampeiro, alegre, descuidado. Depois do parto, os dois serão "os pais"...

Acordo às 7 e meia com o barulho do chuveiro. Emília colocara cartazes avisando que os banhos, hoje, só poderiam ser tomados à noite, pois a tinta da janela do banheiro ainda estava fresca. Levanto-me. Era o Abelardo. Tranqüiliza-me logo: "Eu li o aviso mas só estou tomando com umas gotinhas que não chegam à janela...". Logo que ele saiu, verifiquei que estava certo e fiz o mesmo.

Só hoje fiquei sabendo que o apelido do Mário, no serviço, é *Sherlock*. Perfeito. O meu querido cunhado tem, mesmo, verdadeira obsessão em apurar detalhes a que ninguém dá a menor importância. Em uma das audiências de hoje (de que ele participa, mais por abelhudo do que por autêntica atribuição funcional) houve uma tentativa de suicídio: uma menor quis se atirar pela janela do quarto andar. Foi preciso que o Gastão

185

Queirós (médico) lhe aplicasse uma injeção sedativa. No pior da *festa*, o Mário chega-se para o Gastão e lhe pergunta "de que era a injeção"... O Gastão, que é o nervosismo personificado, não se agüenta e berra para o Mário: "Mas o que é que o senhor tem com isso?".

Neste registro de impressões diárias — que acaba de sofrer mais um impacto de Emília, insistente em dizer que gasto todos os meus dias com ele (o que, mesmo que fosse verdade, em nada a afetaria, pois não sou seu escravo, mas apenas seu marido) — quero deixar tão-somente dito, quanto aos meus planos de vida em futuro imediato, que vou passar por cima de uns tantos escrúpulos que até aqui manietavam a minha vida pública e vou "fazer política" às escâncaras.

Por enquanto, não posso dizer mais.

Depois do jantar, às 8 e meia, quando recomeçava a minha luta com os processos, chegam o Lamartine e *uma voz feminina*. Por vezes, pareceu-me que essa voz era da Cléo. Mas acabei percebendo, claramente, insofismavelmente, a da Alice. Já me irritava com isso, quando me entra pelo quarto Emília perguntando se eu tinha algum remédio de dor de estômago para a Cléo, de quem estava acompanhada. Experimento uma emoção enorme. Beijo-a, na testa. Acho-a muito abatida. Depois, saímos do quarto e eu falo com a Alice (o oposto da Cléo), corada, sadia, irradiando vida. Vou à farmácia defronte comprar comprimidos de "Leite de Magnésia Philips" para a Cléo. Converso um pouco com as duas. E me recolho à varandola-gabinete.

Não compreendo as intenções do meu filho. Nem muito menos as da Cléo. Já há dias ela chamou Lamartine ao telefone. Ele atendeu e, pouco depois, saiu. Teria ido ao seu encontro? É lá possível que duas pessoas que se namoraram como eles possam restabelecer convívio como indiferentes, como estranhos, como simples "conhecidos"? Oponho as minhas dúvidas...

O "encontro político", que esperava ter amanhã, foi adiado. Não tive qualquer aviso. É verdade que desliguei a tarde toda o telefone. Mas, se tivesse de ser, conseguiriam me falar, nem que fosse à noite. Provavelmente ficou para a semana que amanhã se inicia, do meio para o fim.

Acordo mal-humorado. É que Emília me pede, pela centésima vez neste mês, para lhe trocar dinheiro. Não sei onde ela bota os miúdos que lhe forneço, em todos os dias de pagamento, trocando as *abóboras* indesejáveis com que o Tesouro nos imobiliza os vencimentos!

Tinha prometido a mim mesmo poupá-la, pois vejo que ela está chegando à última lona da resistência moral — meio passo para a destruição física. Fazer feiras no estado em que está (a bexiga voltou a incomodar) não deve ser muito agradável. Com o sumiço que a Augusta deu, de três dias, Emília se matou de trabalhar. Hoje temos a cozinheira de volta, mas voltou "de útero atravessado". E Anita grávida vale 90% menos do que a Anita sã. Lamartine, mesmo quando não peça nada, é um pedido constante para a mãe que não se contenta de lhe cumprir à risca as ordens, mas lhe adivinha os pensamentos. Vai ser um caso sério a quadra que, assim, iniciamos. Esqueci-me de dizer que o Abelardo, mesmo o Abelardo — que era um símbolo de solicitude e dedicação — com os estudos, que arranjou, vive agora exclusivamente para si mesmo, pouco podendo desviar para a própria mulherzinha. Uma casa de loucos, pois.

187

Tendo me aborrecido com Emília, por achar ela que eu perdia muito tempo com este "Diário", deliberei abandoná-lo para sempre. Não por covardia. Foi — pelo menos até certo ponto — porque eu me convenci da procedência do reparo. Portanto, paciência!

Hoje, já noite, Lamartine me procura nos meus "sete palmos". Comunico-lhe a minha deliberação.

— Foi pena — diz-me a imprevisível criatura — porque, justamente, eu vinha entregar esta nota para você pôr no Diário.

A "nota" vem a ser o seguinte:

No dia 7 de junho de 1955 às 4 horas da tarde Lamartine o Filho saturado de leituras e sentindo-se cada vez menos capaz de assumir qualquer papel na vida quer no plano das relações afetivas quer no das obrigações profissionais voltou-se para o mar azul que se descortina da janela na varanda da sala e seguindo-o até onde estava acostumado a supor que fossem os seus limites com o céu deixou de perceber tais limites não porque o horizonte se mostrasse enevoado nem porque houvesse ali excesso ou falta de luz mas porque de repente Lamartine o Filho tornara-se para sempre insensível à noção mesma de horizontes

Nasceu do seu espanto frente a essa perda queira Deus irreparável de um ponto de referência no mundo a breve exclamação que muitas horas depois trouxe ao conhecimento de Espártaco o Pai solicitando-lhe fosse perpetuada no Diário da Varandola-Gabinete em testemunho do seu arrebatamento

Esta a exclamação

CLARA LUZ QUE SE ACENDE SEM ADEUS NEM CARINHO

"Espártaco o Pai" não estava na melhor das disposições para apreender o possível significado da comunicação. Que meu filho está fora dos eixos é coisa que não precisa dar-se ao trabalho de comunicar-me por escrito. Não me canso de repetir isso aqui todos os dias. Vale, pois, como uma confirmação. Mas por que o tom solene? Por que o artifício da ausência de pontuação (tão ao gosto dos Prévert e outros pândegos que fazem o encanto de meu filho)? Alguma está ele nos preparando.

Mas nada lhe manifesto que possa contrariá-lo. Afinal, quem me diz que não usou disso como um pretexto para forçar-me a seguir com estes registros? (Ele estava perto e deve ter ouvido quando Emília chamou o Diário de "pinóia".)

— Curioso, sem dúvida (foi a fórmula diplomática que encontrei).

Por ora, é tudo que posso dizer. Prometo meditar sobre a nota e a "exclamação".

A "nota" entregue pelo Lamartine não conseguiu me dar o impulso necessário ao restabelecimento do Diário. Isto é: não foi bastante para que ele retomasse o seu ritmo normal.

De qualquer modo, vou continuar e — até que me sobrevenha um desânimo mais forte — "revogo as disposições em contrário", como se diz nos textos de lei.

Apesar de feriado (Corpus Christi), acordo cedo. Antes das 7 e meia. Tomo, logo, banho e viro o meu café. Depois, me entrego à elaboração de um "relatório político", que me consumirá o dia inteiro (só o termino às 6:40 da tarde!).

Não posso entrar em muitas minudências a respeito desse trabalho. Só quero dizer que não me satisfez, mas, mesmo assim, vou levá-lo amanhã para Juiz de Fora.

Se tiver bom resultado, não é impossível que consiga uma recompensa "funcional". É mais provável, todavia, que *apenas me coloque no páreo*. Para Procurador? Para Desembargador pelo Ministério Público? É difícil dizê-lo, por ora. Vamos dar tempo ao tempo.

Às 10 e meia da noite, Lamartine sai com o Rogério (irmão de Cléo). Vão dar uma "voltinha". Dez minutos depois, a Cléo e a Alice telefonam... Que coisa absurda! Desencontram-se os casais, mas continua, de parte a parte, o interesse recíproco.

Estou com tudo preparado para sair amanhã cedo. Mesmo sem despertador, levantar-me-ei às 6. Farei a barba. Tomarei banho. Vestir-me-ei logo. E estarei na rua, ao mais tardar, às 7. O café será tomado fora, não sei se aqui, se na cidade.

Vou me deitar às 11 e meia. Não parece que amanhã chova. Mas a temperatura cairá na certa.

Durmo pouco. Antes das 5 horas, já estou de pé, andando pela casa. Às 5 e meia, tomo banho, faço a barba e começo a me vestir. Não irei com a roupa nova da Casa José Silva. Não teria coragem de expô-la ao tempo "incerto" que anuncia o Observatório. Visto, pois, a minha velha roupa cinzenta-escura de listas brancas. Também, não me atrevo a vestir qualquer das duas camisas listadas novas (de 220,00). Visto a riscadinha azul, que comprei em São Paulo (79,00).

Às 7 horas, saio. Só Emília está acordada, mas prefere não me falar, imaginando talvez que eu vá a alguma "aventura". Chega a falar em "receber alguém na estação"...

Tomo café, portanto, no boteco fronteiro. E vou no ônibus de Triagem-Leme.

Eu poderia limitar-me a escrever uma linha pontilhada. De futuro, porém, pareceria misterioso. E eu não quero mais mistérios na minha vida.

Direi, portanto, apenas, que não fui a Juiz de Fora, como pensei. Nem me avistei com o Kubitschek, como estava certo de que o faria. Fomos a uma fazenda em local que me pareceu do Estado do Rio, mas que *me asseveraram* ser já na divisa de Minas. Eis tudo o que a "censura" me deixa revelar.

Tudo, não. Poderei dizer, mais, que, entre os convidados estava a irmã de Prestes (Dona Heloísa), que foi candidata a Vereadora e com quem trabalhei, na imprensa, em 1927 (há vinte e oito anos!). Está velha e mais feia do que nunca. Tem, entretanto, tanto carinho, tanta ternura por mim — por haver conhecido e falado com Dona Leocádia, sua mãe — que não lhe sinto a fealdade, nem a velhice.

Direi, também, que a fazenda se me afigura encantadora. Desde que a gente penetra nela, por vastas estradas de pinheiros, até que se chega à "casa-grande", com suas varandas espetaculares, verdadeiramente cinematográficas, e suas grandes e inúmeras salas.

A anfitriã — senhora + + + — me cumulou de gentilezas, dando-me o lugar da cabeceira.

O *menu* — um assombro! Feijão mulatinho com lombo de porco assado; *dobradinha*; *mayonnaise* completa, com todos os frios, mussarela e um presunto do outro mundo; bifes com batatas fritas; ovos fritos (mas... na banha!); miolos à milanesa; peixe defumado e uma multidão de doces (nenhuma fruta), sobretudo cocada e rocambole com recheio de goiabada. Cerveja, em grandes copos. Ótimo pão (fabricado na própria fazenda) com manteiga fresquíssima. Depois, já na sala de visitas, café torrado em casa com bijus e biscoitos de polvilho. Nunca vi mistura tamanha! Mas, na hora, gostei. Só depois me pesou. E eu, tão imbecil, que nem me lembrei de que havia levado Enteroviofórmio!

Uma espiga foi o automóvel — que nos levou — ter enguiçado nas proximidades de Itaipava. Tivemos de baldear para um ônibus (felizmente quase vazio).

Em Petrópolis, o frio não foi muito. Não precisei, por isso, vestir o paletó cinza-claro que levei na pasta. Pus, apenas, o suéter e o *cache-col*.

191

Chego, de volta, à cidade, às 6 horas da tarde. E não consigo outra condução senão o bonde — e em pé!

À noite, como o Abelardo estivesse estudando com um colega, e Anita precisasse sair para dar uma volta a pé, acompanhei-a. Compramos um "livro do bebê", mas em inglês (sempre Anita com a mania dos norte-americanos!). Nele, pus esta dedicatória: "Para a adorada Anita, certeza viva de uma renovação em nossas vidas — os bestíssimos Avós".

Hoje, Emília decretou a mobilização doméstica concentrada nas "salas de livros" (não chamo de biblioteca, nem de gabinete, pois que esses nomes respeitáveis pressupõem *portas* que as ditas salas não têm, a não ser para a rua). A casa está um caso sério com a arrumação das estantes pelo Otávio (o mesmo que pintou as paredes), esse "prodígio" que faz em um dia o que os outros faziam em três ou quatro! É verdade que teve auxiliares, e muitos: Emília, Lamartine e Augusta foram os principais. Eu não pude ajudar. Emília não deixou. Reserva-me a *revisão*, depois do trabalho feito. E o pagamento...

Lamartine está de aspecto melhor, com o cabelo "recrescido". Não sei se já deixei consignado que ele abandonou de vez o curso na Faculdade de Filosofia. Era o epílogo natural dos relaxamentos progressivos que vinha tendo. Agora, tem a vida que queria: limita-se a ler o que lhe agrada, trabalhando apenas para fazer jus ao que recebe no Instituto de Documentação. Enquanto o contrato durar, ainda bem. Quando acabar, não sei.

O discurso do Adhemar de Barros, na convenção do PSP que o apontou candidato, foi de baixa demagogia. Propõe-se à união nacional, não pelos partidos, mas *acima* deles. E, depois do elogio a todos os outros candidatos, exorta-os a que suspendam a propaganda eleitoral durante a semana do Congresso Eucarístico. Sem comentários!

Como fala mal! Procura afetar uma linguagem que todo o mundo entenda. Mas não ilude. Não é simples — é indigente. De idéias e palavras.

Amanhã, Abelardo e Anita completam o seu primeiro aniversário de casamento. Sairei cedo. Comprarei margaridas para o quarto dela.

Durmo bem, mas pouco. Às 5 horas, já me mexo demais na cama, agitado por pulgas de realidade duvidosa. Incomodo Emília, que desperta. Tento, ainda, reconciliar o sono. Depois, vou até a cozinha, beber água. Vejo várias baratas na parede, o que há muito não via. A limpeza das estantes assanhou-as. Volto, então, para o quarto. Mas já não me deito. Não adiantaria mais.

Às 5 e meia, venho para a minha varandola-gabinete.

Hoje é dia de aniversário do casamento dos Azevedos. Uma coisa que deu certo na nossa vida. Ontem, Anita teve oportunidade de o dizer a Emília, com convicção, quando a minha cara esposa se permitiu o direito de lembrar que ela fez mal de não continuar os estudos "até sair professora".

— Não adianta você vir pra cima de mim, Mamãe. Eu não me sinto fracassada. Se alguém falhou, foi Lamartine, mas esse mesmo se realiza a seu modo. Perca essa idéia de querer que os outros sejam aquilo que queria ser. Meu filho já está feito. Se Deus quiser, nascerá dentro de oito ou sete meses. E nascerá sadio e feliz. Por que eu hei de pensar que estaria melhor se tivesse sido professora, e continuado a escrever contos na *Revista da Semana*, ou críticas de teatro no *Correio da Manhã*? A intelectual, que você diz que gostaria que eu fosse, continua a existir em mim. A qualquer hora que eu deseje, ela estará a postos. Não no emprego, realmente, embora esse não seja o lugar que você pensa — de "carregar papéis de uma mesa para outra", que isso é função de contínuos e serventes, coisa muito diversa de oficiais administrativos. A intelectual viverá para mim em casa, nas minhas leituras, ou na rua, em meus divertimentos, em meus teatros, em meus cinemas. Perca essa idéia de pensar em destinos ideais. Aceite o fato de que a felicidade é o que se pode ser, não o que querem que a gente seja!

Se pudesse falar, se eu quisesse falar, se eu sentisse necessidade de falar sobre o assunto, diria com a máxima franqueza:

— Nenhuma de vocês está inteiramente certa, nem inteiramente errada. Anita tem razão de não se acreditar fracassada, só porque não concluiu o curso de preparação para o magistério ou não continuou publicando contos e críticas de teatro. O seu destino se realizou de outra maneira. Conseguiu um emprego que lhe proporciona relativo desafogo. Casou-se com um homem que lhe retribui o afeto, que tem sonhos de futuro e os está encaminhando. E vai ter, agora, um filho, que é a melhor coisa que lhe poderia dar a vida no casamento. Fora disso, tem fé, pratica a religião que escolheu, que lhe pareceu a melhor. Ainda não tem casa? Mas se está apenas começando a vida! Poderá tê-la depois. Enquanto não a tem, viverá conosco, que somos a sua família, na nossa casa, que é também sua, com o nosso ambiente, que, se não é perfeito, não é também uma desgraça. Para que há de querer mais?

— Por outro lado, entretanto, Emília também tem razão. A vida necessita de uma parcela maior de intelectualidade. Não pelo que esteja sendo hoje. Mas pelo que pode vir a ser amanhã. A mulher que não luta por alguma coisa acaba sem destino, aceitando, só, a vida — e não, edificando-a. Depois, a realidade interior, afiada pela leitura, é também um refúgio, se a felicidade faltar. Foi o que sucedeu a ela. Ela não diz, mas pensa e eu lhe penetro bem o pensamento. Eu não fui para ela o marido ideal. Longe disso. Não lhe dei o que outros maridos dão a suas mulheres. O que o Tenório (para citar um exemplo dentro da família) dá para a Célia, uma bronca que não se pode comparar absolutamente com ela. Ou o que o Lafayette (que foi o seu primeiro namorado, em 1925) dá à Norinha, uma fútil,

194

uma mundana, que já fez viagens à Europa e aos Estados Unidos, coisa que eu nunca lhe proporcionei. Além disso, ambos se realizaram plenamente, um como médico, outro como professor. Eu fiquei na metade do caminho em tudo o que tentei na vida. Foi isso que desencorajou meus filhos. É isso o que ela tem toda a razão de querer evitar que os filhos repitam...

E tudo por que, meu Deus? Porque estou consentindo que ela pague, sozinha, de suas magérrimas economias — que já são um milagre de sobrarem do que ela modestissimamente tira para o seu gozo pessoal (e "gozo pessoal" é uma coisa que chega a ser até um insulto dizer dela) — para dar ao irmão mais necessitado. Isso é verdade. Mas também não vê que eu não tenho nenhum luxo para mim, que eu nunca mais comprei um livro "novo" (os que trago são sempre de *sebos*, de segunda mão), que eu não vou a teatro, que até mesmo com roupas só gasto quando ela reclama e consegue em melhores condições?

Pois, hoje mesmo, vou lhe dar o dinheiro das minhas estantes (limpeza dos livros e pintura). Que outras coisas esperem! Esta tem preferência, para que a minha Casa tenha o seu ambiente melhorado e para que a minha Esposa não se julgue tão "desassistida" assim...

São 6 e meia da manhã. O dia já está despontando, inverniço, frio, de céu um pouco carregado, mas com bastante claridade para que se perceba a iluminação indireta do sol.

Mais aborrecido que do costume, o resultado foi me decidir ir a um cinema à tarde — o que não fazia há anos. Fui ver a fita que Emília viu sem mim (com Anita): *A Janela Indiscreta*, de Hitchcock. Gostei. Gostei muito, mesmo. Principalmente pelo descanso que me proporcionou. Pela primeira vez, concordei com o crítico sofisticado do *Correio da Manhã*, o Moniz Viana: o filme é excelente, de técnica, de desempenho, de tudo.

195

De volta a casa, durante o jantar, o meu filho me diz — quando brinco que talvez chegue aos oitenta — que "se você viver mais quatro aninhos deve se considerar feliz". Não disse brincando, disse sério. Deve ser esse, realmente, o seu desejo. Aliás, não sei se não será também o de Emília.

À noite, Mário e Lili não conseguem melhorar o ambiente. Jogo víspora com eles e Anita. Emília assiste ao jogo e à conversa com um ar de sono absoluto. Quando caio, então, na asneira de dizer que fui ao cinema à tarde, ela — que ontem ainda me mandou várias vezes ir a um, em Copacabana — fuzilou-me de ódio.

Vida invejável, sem dúvida.

Dormimos relativamente bem. O relativo vai por conta das preocupações que nos assoberbam (a mim e a Emília). Aborreço-me demais com a mediocridade e o primarismo político dos meus companheiros de trabalho. Emília, com o que ocorre aqui em casa (situação desorganizada do Lamartine, em face da influência nefasta dos amigos).

A situação na Argentina se agrava, de dia para dia. A Igreja está perdendo a cabeça. E a de Perón não se recomenda muito. Prevejo complicações com a aproximação do Congresso Eucarístico, que é *internacional*. Vamos ter provocações e lacerdices sérias.

À noite, uma nova notícia má: o Sócrates não se vai operar mais, porque o estado do seu coração se agravou muito. A pedido de Emília, telefono-lhe, avisando que iríamos visitá-lo. Atende-me, porém a Rose (*Xantipa*), que entorna o caldo, dizendo que "não precisávamos ter tamanho incômodo", pois fora "mais um exagero" do Sócrates. Paciência.

Os jornais da tarde publicam as primeiras fotografias dos acontecimentos político-religiosos na Argentina. A multidão, em Buenos Aires, enfurecida pela substituição da bandeira argentina pela do Vaticano em um edifício público, comparece, com faixas, diante da Catedral, ameaçando-a de destruição. A crise está seguindo o seu curso normal. Já estão sendo feitas prisões até de magistrados católicos. De sacerdotes, não. Apenas ameaçam-nos. E o Vaticano diz que, quando for preso o primeiro padre, Perón será excomungado.

Às 8 da noite, saio com Anita. Vamos dar a nossa volta habitual, pelo bairro. Mas a "mãezinha" já se cansa. E enjoa. Fica cuspindo o tempo todo! Abreviamos, assim, nosso passeio, em que compro para mim pão preto (não resisti!) e uma revista norte-americana para Anita. Às 9, já estou na minha mesa, trabalhando.

Estou sem jeito de dizer a Danton o estado do Sócrates. Anita ouviu, hoje, do Zizinho, mais uma vez, no consultório, que é gravíssimo, pois se conjugaram as lesões numa síndrome cardiorrenal que é a última etapa.

Pobre Sócrates! Afinal, não é tão velho assim: setenta anos incompletos... Ainda poderia viver tanto!

Passo o resto da noite lendo. Primeiro, os jornais. Depois, livros, ao acaso.

Fico esperando que o Abelardo chegue. Acho que ele está exagerando o estudo de Economia. A mulher, por enquanto, suporta o seu afastamento. Quando a gravidez atingir a uma fase mais avançada, dificilmente transigirá com a sua ausência, afinal quase permanente...

O nosso pensamento, meu e de Emília, se fixa com insistência no Sócrates. Ainda não ouso acreditar que seja o seu fim. Pode ser mais uma crise, que ainda consiga vencer. Ele hoje esteve aqui, de visita a Emília, com a Rose. Fico pensando, com remorso, nas inúmeras vezes que o evitei, conservando-me egoisticamente aqui, na minha varandola, enquanto Emília o entretinha sozinha. Mais de uma vez ela me fez sentir que era um procedimento imperdoável. Poderei ainda resgatá-lo, de alguma forma?

Às 5 horas, os vespertinos publicam uma edição "extra" anunciando revolução na Argentina com deposição de Perón! *O Globo* deu, apenas, *a mancada*, não se expondo a maiores conseqüências. A *Tribuna*, porém, com a lacerdice habitual, se meteu a entrevistar os "príncipes" da Igreja do Brasil — Dom Jaime, Dom Hélder e Dom Távora. Os três falastrões se enterraram até o pescoço!

Confesso que, na rua, me assustei. Essa reviravolta, agora, não seria nada agradável, no momento em que o Brasil está completamente clericalizado com a aproximação do Congresso Eucarístico. Nós, os anticlericais, seríamos logo massacrados. Felizmente, ao chegar a casa, às 7 e meia, o rádio já noticiava que o Governo dominara a situação: o movimento se circunscrevia a uma base naval. Sempre a Marinha!

A Providência não chegou "na hora exata". Deus faltou, ainda desta vez...

Janta conosco o Rogério. Desanimado ao extremo. Comunica que vai "desaparecer" por dois meses, mergulhando na "fazenda". Conseqüência de haver deixado o emprego que lhe arranjou a Emília e onde estava tão bem! E o pior é que está tendo seguidores: a irmã, a Cléo, que conseguira um emprego de oito contos, na segunda-feira desta semana, já hoje (quinta) resolveu abandoná-lo...

Magnífico, sem dúvida. E tudo isso tortura horrivelmente a pobre da Emília! Ela não se conforma com a instabilidade dessa gente!

Passo a noite ouvindo rádio. A confirmação da vitória do Governo sobre os "revolucionários" de meia-tigela da Argentina, no momento em que se faz conhecida a excomunhão de Perón (o que mostra que também o Vaticano foi "na onda" dos boatos), me enche de satisfação.

Consigo me comunicar com o Danton, já tarde. Abala-se muito com o que lhe digo sobre o Sócrates. Assentamos visitá-lo no domingo.

Os jornais da amanhã confirmam, felizmente, as boas notícias de ontem sobre a vitória do Governo na Argentina. Pouco importa que esse Governo tenha tudo o que se reconhece de mau em Perón. Tem a virtude, contudo, de simbolizar o último reduto que ainda se mantém indene ao cancro clerical, à nefasta influência da Santa Madre Igreja Católica Apostólica Romana, tão poderosa ainda no Brasil.

Telefonou-me a Cléo para pedir licença de incluir o meu nome entre as pessoas que podem atestar a sua idoneidade no emprego em que ora está. Sempre é um sintoma bom de que não vai deixá-lo, como anunciou ontem o Rogério, e de que ainda não desapareci de todo da sua vida, como tanto temia.

Tive, hoje, uma acareação proveitosa com um casalzinho de crianças (ele, quinze; ela, treze). Caso de defloramento. O *macho*, como todos os da "classe", confessou a cópula, mas alegou que foi a ofendida que a quis, tendo ele aquiescido porque ela dizia que "o caminho já estava aberto". A princípio, a coisa esteve feia. Porque era a briga entre os dois pais. Depois, porém, ficou adorável, porque os filhos reagiram. E quando lhes falei na possibilidade do casamento, cada qual começou a "prelibar" as delícias do castigo... O pai do menor lutou heroicamente contra a solução. Mas quando viu que o filho *aderia*, e que o pai da menina se prontificava a admiti-los *imediatamente* em casa, só faltou pedir perdão... A menina era realmente uma belezinha! Mas eu não quis ter a responsabilidade sozinho e fui chamar o juiz. Foi dado a eles o prazo de três meses para se habilitarem, mesmo que, depois de casados, tenham de coabitar em... leitos separados, até que ela complete dezesseis anos! Só imagino a farra a que se vão entregar nesses três meses!

Jantamos às 7. Logo depois, Emília sai com os filhos. Vão, todos, ao Municipal, onde estréia a companhia do Teatro Belga de Comédia. A Cléo, que me foi procurar à tarde no Juízo, para agradecer as "referências" que aceitei endossar, me havia convidado para o espetáculo. Vendo, porém, a minha má vontade (tanto maior quanto o lugar que ela me oferecia era de balcão e eu teria que morrer com 150,00) inventou, à última hora, que tinha conseguido vendê-lo.

Almoçamos em paz, com toda a família reunida e sem visitas.

Emília, Anita e Lamartine não tiveram uma única palavra para comentar o espetáculo a que foram ontem, no Municipal. Só fiquei sabendo que o meu filho fez questão de comprar um balcão *nobre* (180,00). Por que teria feito isso? Para machucar a Cléo, de quem não terá aceitado o balcão simples que ela me ofereceu (e que, portanto, deve ter oferecido também a ele)? Para arranjar "casamento rico", talvez?...

À tarde, Emília e Anita saíram. Foram ver Lúcia. Eu fiquei com o Lamartine e o Abelardo.

Lamartine me pôs a par dos seus *planos mais imediatos* de trabalho. Não os registro aqui, porque ele me pediu reserva. Prometo-lhe a ajuda que me for possível.

Jantamos às 7 horas. Sem visitas, também. Muito embora me vestisse todo, da cabeça aos pés, não fomos ao cinema, como havíamos projetado. Nem sequer Anita quis sair para dar a volta a pé, de que tanto necessita.

Noite besta, portanto.

Anita trancou-se no quarto com o Abelardo. Eu me fecho na varandola-gabinete a despachar processos. Emília fica na sala dos livros ouvindo discos que o Lamartine toca.

Nem sequer o rádio nos dá o prazer de uma notícia segura da Argentina. As suas estações continuam caladas. Toda a faixa da Argentina é um enorme lúgubre silêncio! Francamente, chega a me assustar. Será que ainda há perigo de que a "revolução" triunfe? Custo a crer.

Minha situação doméstica está chegando a um ponto deplorável. Emília já me considera morto. Mal me fala. Quando lhe pergunto qualquer coisa, responde-me com quatro pedras na mão. Será justo, isso? Ela não vê que, assim, me impele ao desespero e que acabarei fazendo o que não quero — que é deixar nossa casa em busca de qualquer outra coisa que me proporcione mais sossego!

Levanto-me às 7. Tenho por companhia o Abelardo, tão inquieto como eu pela falta de notícias da Argentina. Ele compreende, como eu, o que representará a vitória da "revolução" de lá, com o seu falso messianismo "católico-liberal". Isso pegaria no Brasil, de rastilho, fortalecendo o regímen clerical em que vivemos e tornando uma burla eucarística as eleições de outubro.

Mando Augusta comprar todos os jornais, como faço sempre aos domingos. Ela volta sem nenhum! Deve ter havido qualquer coisa de muito sério para isso!

Meia hora depois, o Abelardo chega com o *Correio da Manhã*. Logo na primeira página se dá Perón como preso. "Teria sido preso." Mas, quem o diz? Alguma emissora argentina? Alguma agência de informação acreditada do Estrangeiro? Não! A Rádio Farroupilha, de Porto Alegre! Ora, merda!

E, assim, vivemos.

Ofereço a Emília acompanhá-la a Jacarepaguá para visitarmos o sobrinho que está em crise asmática. Ela, que ontem à noite havia concordado, hoje já amanhece com outras disposições.

São 9 e meia da manhã. Tudo o que consegui fazer até agora, sem rádio e sem jornais, foi arrumar *um pouco mais* os livros da primeira sala, a saleta de entrada. Mas, não querendo incomodar Emília — e não dispondo dos bancos em que trepava para as arrumações antigas —, valho-me de uma escada velha que quase me faz cair!

Imagino que Emília vai querer ir a Jacarepaguá depois do almoço. Trato, pois, de despachar os processos que faltam. A situação internacional me deixa muito apreensivo. Por outro lado, escapar da continuação do udenismo para cair também no trabalhismo de Jango ou de Adhemar, não é negócio. E para o comunismo, ainda é muito cedo...

Durante o resto da manhã (escrevo, agora, ao meio-dia e vinte) despachei todos os processos. Estaria, portanto, perfeitamente em condições de ir a Jacarepaguá com Emília. Mas a minha esposa está positivamente descontrolada: muito embora recusasse a minha oferta, logo que me levantei, depois vestiu-se e saiu sem almoçar para a casa do irmão!

Assim, já passa da medida!

Eu poderia ir, sozinho, ao encontro dela, para evitar que voltasse desacompanhada. Mas acho desaforo! Afinal, Emília não é mais uma criança para fazer dessas tolices!

Resolvo ir a Jacarepaguá. De que me adianta ficar em casa, hoje, se infalivelmente alguém há de aparecer para me tirar o sossego?

À 1:40, saio do Leme. De ônibus. Tudo bem até o Méier. Entre o Méier e Cascadura, o carro enguiça. Saltamos em lugar absolutamente inóspito, onde não havia nenhum café. Telefono de um engraxate para casa. Ao Lamartine, que me atende, conto o ocorrido. E peço-lhe que, se a mãe telefonar, diga-lhe que demorarei mas que espero chegar. Faltava $\frac{1}{4}$ para as 3, quando consegui encontrar um café e tomar um guaraná gelado. Não me lembro de ter tido nunca uma tarde mais quente! Incrível! Afinal, às 3 e meia, sento-me num lotação de Cascadura. E, vinte minutos depois, noutro, "Cascadura-Taquara". Cansado, passo pela esquina da casa deles e não me dou conta. Salto alguns quarteirões adiante.

Custo a reconhecer a casa do cunhado, de tão maltratada que está. O jardim da frente desapareceu. A varanda está sem portas. Grandes buracos nas paredes. O chão é um monturo! Toda a casa fede a mijo de gato e cocô de cachorro. Na cozinha, pavoroso o cheiro de azeite ordinário com que fritavam peixe. Gatos e cachorros em todas as cadeiras!

Dos meninos, o Marcos está de fazer pena (a asma deixou-o magríssimo e abatidíssimo). Em compensação, o Aluísio está excelente, e o último, o Plínio, uma revelação! Gordo e bonito! O olhar é uma maravilha!

Experimentei, contudo, uma grande decepção com Emília. Pelo sacrifício, que fiz, do meu domingo, esperava que ela correspondesse com alguma gentileza. Pois só fez trancar-me a cara, durante todo o percurso de volta. E, quando aqui chegamos, a canjica, que me deu, foi um grude intolerável. Que a lição me aproveite para o futuro!

Deitei-me, ontem, antes das 10 e meia! A tanto me obrigou o cansaço em que fiquei com o "passeio" a Jacarepaguá tão mal recompensado pela minha esposa a quem fui buscar. O resultado dessa antecipação, no recolher, foi que à uma hora da manhã, estava de pé, sem sono, já dormido, espantando-me de ver a hora no relógio... Só imagino o suplício que deve representar esse percurso *diário* para o pobre do Hugo, assoberbado ainda de preocupações financeiras, de que a sua casa é um espelho fiel!

Aqui, o único recorte que pude tirar ontem dos jornais alentados do domingo. Ei-lo:

CONSTITUI VERDADEIRO SUPLÍCIO
CONSEGUIR UM LUGAR NUM BONDE

Atropelo no Tabuleiro da Baiana

Tecendo reparos em torno do alheamento das autoridades em face do problema da condução pelos bondes que trafegam no Tabuleiro da Baiana, com destino aos bairros da Zona Sul, recebemos do Sr. Gabriel Soares Filho uma carta da qual extraímos o seguinte:

"Quem lhe escreve ainda não perdeu a paciência, porque, afinal de contas, faz parte, embora apenas há quatro anos, deste povo cordeiro que não reclama nem protesta contra. O senhor já experimentou ficar no Tabuleiro da Baiana, aí pelas 6 da tarde, para ver como chegam e saem os bondes? Não é preciso ir vários dias para tirar uma média aritmética. Não. Basta ir numa tarde. Pode ficar na certeza de que assim é todo santo dia. É um verdadeiro drama tomar-se um bonde àquela hora. A aglomeração começa na parada que fica em frente ao Passeio Público. Quando chega em frente à Câmara dos Vereadores, o bonde já está superlotado. De fato, nada menos que dez pessoas já ocupam os lugares destinados, em bons tempos, a apenas cinco... E a luta pela conquista de um "lugar" torna-se mais intensa e cruel no Tabuleiro da Baiana. É a chamada luta pela conquista do 'espaço vital'... E quando chove? Agora, o senhor sabe qual é a minha queixa. Quero bonde nas linhas, principalmente nos horários em que os trabalhadores têm que se deslocar do lar para os serviços e vice-versa. Sei que a Light não quer nos ajudar, a nós que só dispomos de 2,00 diários para a despesa de transporte. Ela gosta de recolher os bondes, ou fazer linhas curtas, como, por exemplo, só até o largo do Machado. Mas, não é isso que nós queremos. Queremos, isto sim, conservar bons os nossos nervos, para que não venhamos mais tarde a perder a paciência e desesperar".

É bom que Emília leia o que se sofre quando não se tem automóvel à espera na porta, nem se tem pernas para tomar ônibus ou lotações em frente da Central... Essa espera diária do bonde purifica todos os pecados que eu carregue. Faltou ao missivista do *Diário de Notícias* dizer, porém, que o atropelo não é só no Tabuleiro; já começa da "parada que fica em frente ao Passeio Público". E, aí, já não se pode falar mais nos que "só dispõem de 2,00", pois custa 3,00 — que os condutores depenam logo o desgraçado que se senta para garantir o seu lugar e dar a volta pelo Tabuleiro.

À noite, saio com Emília e Anita. Fomos ao cinema Astória. Filme: o franco-italiano *Esta Noite é Minha*. Com Gérard Philippe. Com Martine Carol. E com a Gina Lollobrigida *nua*, infelizmente só de costas e rapidamente entrando no banho. Bundinha insignificante, aliás. Muito mais bonito, o umbigo...

Chove torrencialmente, desde cedo. Hoje é que começa oficialmente o inverno. No Sul, já estão abaixo de zero.

Sobre Perón, a imprensa carioca — o *Correio da Manhã*, pelo menos — continua a estabelecer confusão dizendo-o "superado" no governo. Mas são forçados a confessar que a "revolução" foi, pelo menos, *tecnicamente vencida*. É o que se quer, por ora. O resto virá depois.

À noite, visita-nos o Rogério. Foi para a fazenda, mas não agüentou: voltou em vinte e quatro horas. Fica conversando com Emília o eterno tema dela: a ingratidão do Lamartine.

Os jornais continuam pregando as mentiras que querem sobre a Argentina. Sob o pretexto de que está havendo "censura oficial", não publicam os telegramas de Buenos Aires; preferem fazer "interpretações condensadas", em que nada afirmam de positivo, esboçando apenas nebulosamente a versão, aventurada desde o primeiro dia, de que "Perón não foi deposto, mas já não governa", substituído pelo general

Lutero, que é o "homem forte da situação". Ontem, *O Globo* teve o descaramento de dizer que publicava uma fotografia de Perón "chorando" ao se abraçar com o dito Lutero. Não se lhe via, entretanto, no rosto, nenhuma lágrima, apenas a emoção naturalíssima de quem abraça um general que o salva da mazorca, assegurando a vitória do Exército sobre a Marinha amotinada.

Compro para o Lamartine, no sebão do Carlinhos Ribeiro, um livro com o título de *L'effondrement de Nietzsche* (não me diz nada o nome do autor: Dr. E. F. Podach). *Effondrement* é derrocada, desabamento. Mas, aí, não deve ser no sentido de destruição moral ou intelectual, mas físico mesmo. Foi o arrasamento orgânico. Acho que deve interessar ao Lamartine. A menos que seja tendencioso, o que o irrita, e com razão.

Os vespertinos dão muito destaque à desistência do Etelvino. Ele vai deitar manifesto hoje. Para quê? Caiu de pé, sem dúvida. Mas não há como encobrir a "queda". Tudo faz crer que a UDN vá para o Juarez. Mas ainda há dúvidas.

O Carlos Lacerda reassumiu, hoje, a sua coluna na quarta página da *Tribuna*. Louva a desistência do Etelvino. Mas se diz "sem candidato". Com Juarez, não ficará. Não supus que fosse tão inábil. Agora, se a UDN adotar, mesmo, o Juarez, que vai ele fazer? Pensar num outro candidato? Dividir mais?

Lamartine está gostando do livro, que lhe dei, sobre Niezstche. Veio me dizer, hoje, que vai aprender alemão e russo... Ao par dessas aparentes "maluquices", mostra-se interessado em fazer o curso de Serviço Social. Vou me informar com as assistentes sociais do Juízo, para saber como é. Procurei na estante o livro do Amaral Fontoura sobre o assunto, que havia comprado na Agir há tempos por 160,00, mas, com a arrumação recente, não sei mais onde está. Procurarei com mais calma, amanhã.

Emília e Anita custam a chegar do teatro (ainda os belgas, no Municipal). Vou esperá-las, na portaria, para lhes abrir a porta. E convencer Emília de que deve agasalhar-se para fazer face à madrugada, em que se operará a queda de cinco graus na temperatura.

Saí, ao meio-dia, para comprar uma sobremesa melhor que agradasse ao paladar da minha filha. Uns triângulos de chocolate, que a Kopenhagen vendia a 3,00 cada um, estão custando, agora, 6,00. É o roubo generalizado, porque impune! Resolvi, então, comprar, de preferência, umas laranjas-pêra. Com uma dúzia consegui que Augusta fizesse uma jarra de laranjada suave para o nosso almoço.

Anita reproduz uma conversa que teve com Lamartine, ontem:

L.: — Digamos que eu estivesse me tornando transparente. Incrível, mas que fosse verdade.

A.: — ?

L.: — Você não notaria a diferença, é claro. Ninguém aqui em casa. Nem os amigos. Vocês têm de mim uma imagem já feita e consolidada, que há de persistir mesmo depois de eu me haver tornado inteiramente invisível.

No fim, Lamartine citou o exemplo das estrelas:

— São distâncias tão grandes! Uma estrela desaparece e a gente leva milhões de anos para perceber. Tudo por culpa das distâncias tão grandes.

Anita, no estado que se encontra, impressiona-se bastante com essas coisas. Diz que o irmão "não está bem". Eu, nem sei o que pensar. As peraltices do senhor meu filho venceram-me pelo cansaço. Que se imagine uma estrela, que se imagine uma nuvem, que se imagine o que quiser.

207

Há tempos, descobriu que tinha perdido qualquer ponto de referência no mundo, tornando-se "insensível à noção mesma de horizontes". Isso foi quando me entregou a "nota" para que eu incluísse no Diário (com a "exclamação": Clara luz que se acende sem adeus nem carinho!). Agora, verifica que está ficando transparente. Amanhã, brincará de Homem Invisível. Especulações gratuitas de uma mente que não tem coisa melhor em que se ocupar?

Está fazendo um friozinho adorável (para quem está em casa, agasalhado — lá fora, na rua, deve estar abominável).

Os telegramas internacionais dão conta de mais um avião norte-americano derrubado pelos russos. E insistem em dizer que Perón não foi deposto mas já não governa, prisioneiro do Exército. Dizem, mais, que o novo governo argentino já se está aproximando da Igreja — mas os prelados expulsos continuam em Roma, não voltaram a Buenos Aires, e as igrejas queimadas não foram reconstruídas pelas "lágrimas da multidão que não cansa de chorar sobre as ruínas".

Deixei de registrar que, ontem, o Sócrates me telefonou. Mesmo doente, como está, ainda se atormenta com os inquilinos que a ganância da sua *Xantipa* amontoa dentro de casa, querendo despejá-los a todo transe. Mandei dizer, por Emília, que, em menos de três meses, por falta de pagamento, ele não conseguirá de juiz algum que os inquilinos se mudem. Não me admira que ele apareça por aqui, em busca de instruções mais positivas.

Emília me faz saber que o Lamartine vai nos deixar definitivamente em julho. Será difícil que ela suporte mais esse golpe, impunemente. E o que vai fazer esse menino? O contrato com o Instituto de Documentação já entrou no seu segundo ano, o último. O seu trabalho (ao contrário do que ele assoalhava) não "engrenou": no Instituto, a classificação dos verbetes que vem fazendo é chamada de "classificação *dele*", não do Instituto, pois não se adapta às normas padronizadas. De uma hora para outra, portanto, será dispensado. E que fará na vida? Já é levar muito longe o "direito de ser livre"!

À 1 hora, me vesti para almoçar (pois Emília já censurou o meu hábito de ir para a mesa de pijama), quando o Lamartine chega, inesperadamente, trazendo de reboque a Alice e mais a mãe desta.

É evidente que não fui à mesa.

Não conheço essa mulher. Mesmo com a filha não tenho intimidade para sentar-me à mesa, à vontade, sem gravata, como costumo ficar em casa, aos domingos. Reputo o fato um desaforo, só justificável pela histeria menopáusica de Emília, para quem o filho passou a representar tudo na vida. Foi a última vez, entretanto, que eu me sujeitei a ser desconsiderado. De outra vez, serei eu que deixarei a casa.

Às 2 ¼, a fome apertou. Saí do quarto. Fui, pé ante pé, até a entrada. E, de lá, acenei para a Augusta, pedindo-lhe, por gestos, que providenciasse meu almoço. Meia hora depois, a visita (a mãe da Alice) foi, com Emília, para a varanda da frente, e eu pude almoçar na própria sala de jantar.

À noite, a minha cara esposa conta que foi ver "a nova casa do Lamartine" (de que é proprietária a mãe da Alice — as peças desse absurdo quebra-cabeça começam a se encaixar!). Fica aqui mesmo em Copacabana e Emília elogiou-a muito. Acha melhor do que o próprio apartamento do Augusto Meyer. Mesmo assim — ou, talvez, por isso mesmo — a ciumada aumentou...

Quero consignar uma nota especialíssima de ontem:

Já me havia recolhido para dormir, quando Emília perguntou se a porta da rua estava fechada. Levantei-me para ver. E, na sala de livros, encontro o Lamartine a exercitar-se numa estranha ginástica: o corpo verdadeiramente petrificado, equilibrava-se sobre um ponto cuja realidade parecia ser apenas geométrica — a porçãozinha infinitésima da nádega que tocava o braço de uma das poltronas (difícil até dizer se estava sentado ou deitado sobre essa porçãozinha infinitésima); entre o tronco inclinado para trás e as pernas esticadas para cima ocorriam movimentos oscilatórios quase imperceptíveis mas que não cessavam nunca, ora numa ora noutra direção, de uma regularidade automática, perfeita.

É uma proeza que só deve ser possível pelo estado de magreza anormal em que ele se encontra. Na poltrona ao lado, outro espetáculo de "moto-perpétuo" se realizava como uma espécie de acompanhamento: o mesmo equilíbrio precário e instável tinha sido provocado num álbum de discos de 78 rotações, o ballet *Orfeu* de Stravinski, com quatro discos, aberto de modo que, sobre o eixo formado pela lombada, o álbum oscilava, ora para o lado dos dois primeiros discos, ora para o lado dos dois últimos!...

Quando deu pela minha presença, ele se levantou, com uma fisionomia radiante que há muito não lhe via e disse-me, beijando-me:

— Nunca me senti tão bem! Como tudo está claro no meu espírito! Que maravilha!

Fiquei impressionado. Pedi que ele viesse comunicar à Emília, na cama, aquela alegria tão rara. Ele o fez, cobrindo-a de beijos. E continuou a rir e a falar as mesmas coisas. Quis saber que dia era. Verdadeiramente outro. E o que mais o preocupava era saber se poderia ser efeito de algum remédio dos que vem tomando. Não acreditava. Não podia acreditar!

Durmo debaixo dessa impressão. Isso explica uns sonhos loucos que tive. De um me lembro bem. Morávamos em Santa Teresa, numa daquelas casas que dão para o abismo. Estávamos na varanda quando vimos um empregado, que limpava janelas, cair pelo despenhadeiro...

A Cléo me havia pedido que a acompanhasse até a sede do PRP, onde queria tratar da inscrição para o título eleitoral. À 1 hora, eu estava à sua espera, no Juízo. Antes dela, chega o Lamartine. Digo-lhe *quem* estou esperando. Ele, não obstante, diz que vai procurar exatamente a Cléo — e sai. Acho esquisito, mas do meu filho tudo é lícito esperar.

À 1 ¼ chega a Cléo. Desculpa-se do pequeno atraso. Pergunto-lhe se encontrou o Lamartine. Responde-me que não. "Como, se ele saiu há pouco daqui, dizendo que ia ver você!"

— Naturalmente foi ver a Alice...

Não vi ironia, vi tristeza na sua voz e no seu olhar. Não quis, contudo, aprofundar o caso. A palavra está com ela, ainda, para me contar o que houve entre eles. Não me cabia a iniciativa.

Foi fácil conseguir um ônibus Aeroporto-Mauá que nos deixou na esquina de Beneditinos com a avenida Rio Branco. Trapalhão contumaz, eu, entretanto, embrulhei tudo. E, em vez de seguir Beneditinos, segui Mayrink Veiga. Chegado ao 17, entramos. O elevador nos levou ao terceiro andar. Mas não havia sala 34. Só então dei pelo equívoco. Descemos. E retomamos a rua certa.

A sede do Partido de Representação Popular é modesta, mas decente. Fomos (eu e a Cléo) recebidos muito gentilmente por um rapaz ultra-simpático. A Cléo teve todas as indicações de que necessitava. Ganhou, ainda, uma folha de papel almaço. E foi informada de que a 4ª Zona Eleitoral funcionava na rua dos Voluntários da Pátria — perto, portanto, da casa dela (Marquês de Olinda).

Para voltar, andamos quase até o largo da Carioca. Aí, tomamos um ônibus 12. Saltei na esquina de Santa Luzia. Ela continuou.

Não falamos do Lamartine. Contei só a efusão de ontem, que ela ouviu interessada, mas discreta. Depois, falou-me do trabalho em que está, da ansiedade com que espera o pai (que deve vir em julho) e outros "assuntos gerais".

À noite, proponho-me a ouvir o Carlos Lacerda na Rádio Globo. Mas o pândego só se ocupa por alguns minutos do Juarez, para dizê-lo monopolizado por meia dúzia de politiqueiros "que o estão passeando pelo Norte como bicho de feira". Deu conta da derrota que sofreram, hoje, os udenistas na Câmara com a rejeição da "célula-oficial" que era o principal objetivo da reforma eleitoral do Edgard Costa. "A eleição de 3 de outubro já se anuncia, assim, morta de nascença, pela corrupção e pela fraude. Os patifes derrubados em agosto de 54 voltarão ao poder para acabar de dilapidar o país." Preparação sórdida do golpe. Mas o golpe não virá.

Já desde ontem Marta Rocha não é mais *Miss* Brasil. Foi eleita, para substituí-la, outra nortista, desta vez cearense, não baiana. Não será tão bonita, tão vistosa como a outra. Mas é mais *brasileira*. Esse olhar e esse riso são tipicamente nacionais. Marta Rocha era um tipo mais universal! Esta, não — é genuinamente nossa.

Emília teve de ir sozinha ao Municipal, porque Anita deu parte de doente. À última hora, Lamartine acompanhou-a.

Uma novidade, que me dá Anita: o Lamartine vai se batizar.

Não me admiro, nem desaprovo. Naturalmente, foi isso o que ele sentiu, ontem, na sua "euforia". Que Deus — se existe — o faça feliz. Nada mais justo!

Durmo bem. Acordo às 6 e meia, com o despertador que pus. Levanto-me às 7. Já encontro o Abelardo no banheiro e o quarto do Lamartine de porta aberta. Como Emília me dissesse, ontem, que ele tinha saído tarde, depois que veio do teatro com ela (meia-noite e trinta), assusto-me. E espio. Mas ele estava na cama e me chamou. Ouço-lhe, então, que tinha duas boas notícias para me dar: 1) que já não se mudaria mais daqui; 2) que iria se casar com a Cléo.

Minha emoção deve ter sido grande e indisfarçável, porque ele chorou!

Quero, apenas, deixar consignado que, hoje, o eufórico sou eu. Inscreverei este dia entre os mais felizes da minha vida.

De volta a casa, antes de entrar no edifício vou buscar flores. Poucas. Pobres. Não que eu não me dispusesse a gastar mais. Mas porque só havia mesmo margaridas. Sempre deram um aspecto festivo à Casa. Esqueci-me de dizer que, depois do almoço e da ida à cidade, ainda vim a Casa para trazer o presente dos "noivos" — um disco *long-playing* de 350,00: a *Rapsódia em Blue* de Gershwin. Lamartine me agradece dizendo que nada poderia ser melhor.

O jantar transcorre animado. Além de nós, e dos Azevedos, a Cléo e o irmão, só. Nada de mais. Comida simples, de todo dia. Só acrescento pães e brioches. E o ponche, feito com frisante claro que compro para o ato, misturando com um suco de abacaxi feito por Emília. Ficou tudo bom.

À noite, vem ainda o Albino.

Não houve brindes nem alardes. Disse-me Emília (quando saímos para dar uma pequena volta a pé) que o Lamartine e a Cléo se entenderam durante mais de uma hora, tendo se mostrado muito ternos um para com o outro. Ela (Cléo), porém, não quis "publicidade" antes da chegada do pai (ao que parece, em julho, quando ela faz anos). Emília acha que tudo foi "muito precipitado" e que o Lamartine lhe parecia "mais nervoso do que nunca".

Às 11 horas, eu e Emília pedimos licença e nos recolhemos ao quarto. Antes, o Lamartine toca o disco recebido (de ótima gravação, aliás, nacional).

Deito-me à meia-noite. Lamartine (não sei por quê) quis dormir na rede, na varanda.

Dormimos bem. Embora preocupados com Lamartine, que cismou de dormir na rede, com todo o frio da varanda — inovação que não podia dar certo, como não deu. Ele acordou indisposto, vomitando, para o que concorreram a emoção de ontem, o frio da madrugada de hoje, a prova da Fundação Getúlio Vargas que teria de fazer e que afinal não fez e o tratamento de colite a que se está submetendo, com as dietas exageradas que lhe prescreve o especialista.

Apesar de doente, ele se mostra muito animado com os seus novos planos de vida. Está um pouco assustado com a perspectiva do pedido oficial ao Lousada, o pai da Cléo. Mas se animou quando eu lhe disse que o consentimento já havia sido dado... na Espanha. "Como você sabe disso?" "Ah! Meu velho! A história secreta dos seus entendimentos com a Cléo vem de muito longe e é mais minha do que sua..." Ele acha graça e concorda.

Os jornais noticiam que houve uma ofensiva contra os cabelos compridos de *Miss* Brasil — mas que ela resistiu, consentindo apenas em penteá-los à moderna. Ainda bem!

O nosso almoço, meu e de Emília, foi torturado pelo estado de espírito em que se mostrou o Lamartine, dizendo-nos que resolvera abrir mão do tempo que lhe resta do contrato com o Instituto de Documentação, pois se sentia em condições de escrever "grandes coisas" e haveria de ter graça que se fosse escravizar às "fichinhas" dos verbetes. Foi uma luta para a pobre da Emília convencê-lo de que não estávamos em condições financeiras que nos permitissem substituir tão grande auxílio (cinco contos mensais) sem graves prejuízos para o nosso debilitadíssimo orçamento.

Depois de haver prometido à mãe que, *pensando melhor*, continuaria, trancou-se no quarto para sair, ao fim de meia hora, com uma poesia que chamou de "Balada do Crucificado" ("revelação ao meio-dia de 29 de junho de 1955").

Inegavelmente os versos tinham musicalidade. Mas ele no-los dizia "a melhor coisa que já se havia feito nos últimos anos", pois era a "reabilitação de Nietzsche" com escalas por Van Gogh e outros.

Emília, coitada, se assustou muito. Nem ela, nem eu, nos apercebemos da "excepcionalidade" da produção, que ele se mostrava disposto a mandar para o Tristão de Ataíde "que se haveria de entusiasmar", falando depois até em enviá-la para o Congresso Eucarístico!

Saio de casa muito apreensivo. Emília já havia chamado o Zizinho. Telefonei para Anita perguntando-lhe se ela não poderia vir mais cedo para casa. Mas a pobre não entendeu nada do que eu lhe dizia.

Do Juízo ainda telefonei por duas vezes para casa. De uma falei com o próprio Lamartine que me anunciou ter feito mais uma "balada". De outra, falei com Emília, mas com dificuldade de lhe dizer o que queria.

Passo a tarde agoniadíssimo. Reduzo ao mínimo o trabalho, para não dar alguma cabeçada. Ainda assim, não me livrei de uma audiência e de uma acareação.

Chego ao Leme às 6 e pouco. Sei por Emília que o Zizinho veio e não achou nada. Consentiu em ser o padrinho de batismo.

Para o jantar, temos a Cléo. Lamartine se veste, se barbeia e se alimenta melhor do que no almoço. Mostra-me *uma terceira balada*! Essa, aliás, bem mais compreensível. Longe, porém, de representar o que só ele vê.

Acordo às 6 e meia, com o despertador. Aliás, não era necessário: o Abelardo, por si só, é um despertador (pigarros, bater de portas etc.). Bom sujeito, mas que barulhento!

Desde cedo na cidade, empenhadíssimo em não demorar, só consigo vir para casa às 5 e meia. Antes, já, às 4, telefono para Emília em busca de novidades. Não me dá nenhuma. Tranqüiliza-me, entretanto, assegurando que o Lamartine está bem, embora lhe pareça ainda "muito excitado". Continua a escrever versos — "baladas", como ele os chama. Já agora (ao que diz Emília) bem mais compreensíveis. Mas ainda exclusivamente religiosos.

Jantamos, com tranqüilidade. À noite, a Cléo aparece, novamente. E os dois vão juntos a um cinema. Diz Emília que eles falam em se "casar". Mas, não dizem com que meios.

Vou me deitar pouco antes da meia-noite. E o faço contrariado — diria melhor: apreensivo. O estado de Lamartine não me agrada. E vou dizer por quê, sem as reservas que não tenho para este Diário.

Como constantemente estou deixando assinalado aqui, desde 27 de junho ele vem passando por uma transformação radical. Hoje, porém, passou um pouco da medida. Quando chegou o Irineu (companheiro da "república"), deu de gritar pela casa toda: "Vejam quem está aqui! É o meu amigo!". E (diz Emília) beijou o rapaz e os desenhos que ele trazia. Ao ouvi-lo, nessas expansões, julguei que fosse o Mário, com quem ele estivesse brincando. Mas, quando vi o Irineu aqui, dentro do quarto, se encaminhando com ele e a Cléo para a minha varandola, espantei-me. E notei o embaraço do próprio rapaz, pois ele nunca foi recebido assim.

Não vi quando saíram os três. Só sei que o fizeram depois da meia-noite, declarando o Lamartine que iriam todos ao cinema, o que logo emendou.

Tornei a me deitar quase à 1 hora.

Às 5 e meia da manhã, como Emília tivesse a impressão de que batiam à máquina, levantei-me para ver o que era. Só então verifiquei que o Lamartine ainda não havia chegado. A sua cama estava intacta. Apaguei a lâmpada do banheiro, que eu mesmo deixara acesa quando fui me deitar, e entrei no quarto dele.

A primeira coisa que me impressionou foi o aspecto de desordem dos papéis sobre a mesa, indicando que as gavetas haviam sido remexidas. Entre os papéis, apareceu até a declaração de idoneidade exigida pelo Centro de Instrução da Marinha. Depois, vi as poesias — as "baladas" que ele tem escrito neste últimos dias. Gostei de todas, mesmo da primeira (a "do meio-dia de 29 de junho de 1955") que achara apenas um mistifório incompreensível de que só se salvava a musicalidade inegável. Mas, não: tem mais do que isso, tem idéias, a meu ver erradas, erradíssimas, mas coerentes com tudo o que ele tem lido e pensado de uns tempos para cá:

BALADA DO CRUCIFICADO

Está o Cristo descido da cruz
Sua mãe o toma pelos extremos
e o balança suavemente

Dionisos menino Jesus
oceano aberto, segue viagem
Náufrago em frágil jangada
brinca com as vagas
desce aos abismos
Os peixes mastigam no fundo do mar
sua carne dourada

Tremendo e rangendo os dentes
irmãos, celebremos
o ventre úmido em que ele se introduz
e de que sai
As águas que levantam a Terra, irresistíveis
e o espírito de Deus levado por cima das águas
balança que pesa e balança suavemente

suavemente oscila em seu eterno equilíbrio

e de que sai
As águas que levantam a Terra, irresistíveis
e o espírito de Deus levado por cima das águas
balança que pesa e balança suavemente

suavemente oscila em seu eterno equilíbrio

As outras são variantes que giram em torno do mesmo tema central (morte e ressurreição), dando-se às vezes a contrastes de palavras e de idéias, como a oposição e a conciliação entre Deus e o Diabo; através de protestos de humildade e queixas de humilhações imaginárias, desfila o repertório clássico das imagens religiosas — mas de que tremendos desvarios a religião se torna capaz no espírito conturbado de meu filho! Escolho, ao acaso:

BALADA DO CEGO VIZINHO

O vizinho que inveja o vizinho
o vizinho, cego vizinho
quer destruir o vizinho
e sua criação

as flores infestam as narinas
do cego vizinho
um prego de angústia
veneno e aflição

tamanho prego
o cego vizinho
quer enterrar
na criação
tamanho prego
em seu coração

vejam o prego entrar fundo:

como um louco
arranca do chão
fumo e fogo

da terra nascem as raízes
fogo de amor e perdão
nascem e crescem na terra
fogo de amor e perdão

o vizinho, cego vizinho
doido de inveja e aflição
vê subir para os céus
a flor da criação

cego, cego vizinho
enterra os mil cravos
no seu coração

Não é injustiça, não é má vontade, mas o meu desejo sincero é vociferar contra todo esse nefasto estelionato, que já não é só *clerical*, mas *cristão* mesmo. Só me contenho em respeito ao que possa ser a convicção sincera de meu filho.

Mas isso tem que ter um termo!

Num livro lindo de reproduções de Fra Angelico, comprado agora, e que deve ter custado uma fortuna, encontro uma declaração escrita pela Cléo e assinada por ele, Lamartine, e pelo Irineu, dizendo que o livro é propriedade dos dois, não podendo ser vendido por nenhum, nem dado a terceiros. Só por morte *de ambos*, reverteria à Cléo.

Tudo isso é estranho, absurdo!

Se ele estivesse apenas preocupado com o batismo, ainda vá lá. Mas, noivo, também, a que vem essa idéia torturante da morte, quando a sua poesia deveria refletir — se não *sobretudo* — pelo menos *também* amor?

Emília se vestiu toda, foi à casa de Lúcia e pretende ir ao especialista que tratou da colite do Lamartine (e lhe aplicou um vermífugo violento há alguns dias), para "aclarar a situação". Deixou-o, porém, no quarto, convencida de que ele iria dormir até o meio-dia.

Antes das nove, ele já estava de pé, pigarreando no banheiro. Bati à porta, perguntei-lhe se estava sentindo alguma coisa. Respondeu-me que não, que não sentia absolutamente nada. Mas quando esperei que se deitasse de novo, vejo que ele embarafusta pela casa, até a cozinha, e sai pelos fundos, sem dizer aonde ia.

Pergunto por ele à Augusta, ela diz que ainda deveria estar esperando o elevador. Mas, naturalmente prevendo que eu o buscaria, desceu pelas escadas. Certifiquei-me, apenas, de que, desta vez, levou a carteira com dinheiro (ontem à noite deixou-a em casa). É mais normal, sem dúvida. O que pretenderá, no entanto, fazer, a esta hora da manhã, depois de uma noite em claro? Hesito em telefonar para Emília, com receio de importuná-la e à Lúcia.

Francamente, não sei o que faça!

(Até aqui, o que escrevi, sob a pressão dos acontecimentos que se sucediam vertiginosamente. Depois, não foi possível acompanhá-los porque passamos todos a vivê-los como participantes e não mais como simples espectadores.)

Não foi verdade que Lamartine tivesse saído levando, dessa vez, dinheiro. Ele — estou agora convencido disso — apenas fingiu que se recolhia ao quarto para dormir. O que ele queria, quando tomou a meia xícara de café com leite ao nosso lado (meu e de Emília), era se libertar de nós, de quem quer que lhe obstasse a execução do seu desígnio de voltar à rua.

Sei que fiz mal de não o ter seguido, logo que a Augusta me disse que ele saíra e deveria estar à espera do elevador. Certifiquei-me apenas de que ele não estava, supus (pelo ruído dos passos na escada) que havia descido para esperar o elevador em outro andar, mas não agi em conseqüência dessa suposição, seguindo-o. Tudo o que fiz foi telefonar para Emília, que Augusta me informara ter ido para a casa de Lúcia. Avisei-a do que se passava e fiquei de me encontrar com ela em casa de Lúcia. E foi o que fiz.

Enquanto isso, enquanto eu fui para a casa de Lúcia, foi que se deu o desfecho da crise em que se debatia o nosso filho há tanto tempo.

Ainda é cedo para ter certeza sobre o que *de fato* ocorreu. Mas a coordenação, que a emoção permite, desses momentos decisivos para a nossa vida, autoriza-me a crer que o que houve foi isto:

Ao ganhar a rua, apenas de calça e camisa (possivelmente com o suéter comprado por Emília em Petrópolis), Lamartine se dirigiu para a praia, onde já estivera com o Irineu, ao amanhecer, antes de vir tomar o café conosco.

Soubemos, depois, que ele, tendo saído daqui, de nossa casa, com o Irineu e a Cléo (eu e Emília ficamos no quarto, deixando-o com os amigos, como o fazíamos sempre), não *depois de meia-noite*, como supus e escrevi neste Diário, mas antes das dez horas (o nosso isolamento, meu e de Emília, não nos permitiu avaliar a hora), foram ao cinema ver o filme sueco que ele me recomendara muito (*Noites de Circo*, creio que se chama). Depois de ver esse filme, em que o *clímax* é uma artista, para se libertar do palhaço, de quem não gostava, *ir para a praia e se despir inteiramente* diante de todo um exército, ali acampado, foram, o Irineu e ele, levar a Cléo em casa, e depois foram dormir no apartamento para onde se mudou, sozinho, o Bruno Olímpio. Aí — segundo informa o Irineu — ele dormiu perfeitamente, mas levantou-se cedo, às cinco horas, querendo possivelmente vir para a nossa casa, para que não percebêssemos que dormira fora, mas encontrou o portão fechado (do edifício do Bruno Olímpio) e teve de voltar

221

ao apartamento, só saindo para aqui à hora em que veio tomar o café conosco.

Conseguindo sair sem que eu o visse, foi para a praia (não aqui defronte, mas no Posto 1, junto à Pedra do Leme) e lá, *depois de ficar inteiramente nu* — quando foi censurado pelos que estavam na praia (entre 8:00 e 8:30 da manhã) com bolas de areia molhada jogadas à distância — atirou-se n'água.

Da água foi retirado pela Radiopatrulha e levado para a Delegacia do 2º Distrito Policial. Daí é que telefonaram para cá, avisando. O Abelardo foi quem atendeu e imediatamente se vestiu, indo apanhá-lo, com Anita, no Distrito. Saíram, os três, de táxi, para a casa de Lúcia, onde estávamos, eu e Emília.

Uma vez chegado lá, com a cabeça suja de areia e água salgada, de calças mas sem cuecas (que ficaram na praia) e com o suéter do Abelardo (que ele dizia lhe ter sido dado por um "guarda-vidas" na praia), foi que desencadeou a crise. Com uma expressão que nunca poderá sair da nossa retina enquanto vivermos, expressão *abobalhada*, profundamente abatida e triste, com um sorriso estúpido indescritível, só me pareceu ver, à minha frente, um psicopata inteiramente desligado da realidade. Deve ter sido esse o momento mais agudo da crise mental por que passou.

Lúcia deu-lhe um suco de laranjas, que ele apreciou muito, levou-o da copa para a sala de visitas, e, daí, para a varanda da frente, com vista para o mar, onde eu estava. Já, então, entre gracejos e entonações sérias, repetindo que "havia morrido", que estava felicíssimo, que isso "não lhe custara nada" e que "poderia proporcionar o mesmo a todos", passou a se dizer "Cristo", "eu sou o Cristo!", e andou atrás de Anita, querendo atirar-lhe coisas (deteve-se, entretanto, quando chegou a vez de uma jarra mais pesada e mais custosa).

Consegui, não sem custo, que se sentasse a meu lado, no sofá da varanda. Tinha a expressão aparvalhada. Tomei-lhe as mãos entre as minhas. Ficou me dizendo: "Papai! Eu não sabia que custava tão pouco morrer! Eu nem senti! E hei de fazer com

222

que todos vocês venham comigo! Eu posso isso porque sou o Cristo!".

Pouco a pouco a agitação foi passando, quando o Zizinho lhe deu duas pílulas que ele engoliu em seco. Só depois bebeu água, e o fez sofregamente, esvaziando o copo todo. Não relutou, porém, quando o Zizinho lhe aplicou uma injeção no braço.

Aí, ainda me mostrou as marcas de antigas vacinas, dizendo-me: "Está vendo? Pegaram!".

Já sonolento, pedi-lhe que se deitasse no meu ombro. Aquiesceu. Em certo instante, todavia, ao notar minha tristeza, já indisfarçável, disse, olhando-me com um olhar inesquecível, misto de dor e de ironia: "Remédio contra a tristeza, hein?" (era como eu sempre me referia a ele, em menino).

Meu pobre filho! Foi a última coisa que lhe ouvi.

Daí a pouco, chegou o Hugo. Fui ao encontro dele, deixando o Lamartine sentado, com Zizinho. Fui para o quarto de Lúcia, onde já estava Emília. Só então, dei expansão ao choro refreado.

Mais algum tempo e chegava o Jorge Philips, psiquiatra (amigo pessoal do Hugo). Mal lhe pude falar. Vi que ele animava Emília, convencendo-a da necessidade de remover o Lamartine, sem demora, para o Sanatório onde trabalha (Sanatório Três Cruzes, em Botafogo).

Não assisti à saída. Indaguei, só, depois, se ele havia perguntado por mim. A resposta foi que não.

Todo o resto da manhã e todo o começo da tarde, passamos lá, na avenida Atlântica, em casa de Lúcia, até que o Zizinho voltou às 3 e tanto. Disse que ele se mostrava conformado, não oferecendo qualquer resistência à entrada no Sanatório (obra dos entorpecentes que tomou, por certo). Ao Zizinho só disse: "Poxa! Como vocês me doparam!".

Pouco antes das 4, viemos para casa. De lotação. Eu, Abelardo, Anita e creio que Emília (não tenho certeza). Todo o resto do dia, passamo-lo em sofrimento e ansiedade.

À noite, o Philips telefonou dando notícias. Boas, essas notícias. A "impressão", que tinha, era favorável. A dele e a dos outros médicos.

Depois do jantar, que consistiu apenas de uma sopa — não pudemos tomar a sopa de ervilhas, pois era a sopa predileta *dele*; tomamos outra, de massas —, tivemos visitas. De Zizinho, Lúcia e Martinha. Mário e Lili. Danton.

Cada qual tinha um caso a contar, de desfecho fácil e feliz. Fomos dormir depois das 11 e meia, arrasados.

3

Dormimos, como e quanto foi possível. Acordamos, às 7, com a telefonada de Philips. Disse que "a noite fora bem passada", que "o doente se apresentava tranqüilo, chamando apenas por Zizinho" e que todos estavam de acordo quanto ao "prognóstico favorável".

O dia inteiro, passamo-lo debaixo dessa impressão agradável.

Compro todos os jornais da manhã e da tarde, a ver se noticiam a ocorrência com o Lamartine na praia. Nenhum o faz. N'*A Notícia* havia uma reportagem com título "Como no Paraíso". Assustou-me muito. Mas foi apenas um caso parecido, passado na praia de Ramos.

A noite de ontem para hoje já foi melhor. O Zizinho, por um lado, o Philips e o Barreto (também médico do Sanatório e igualmente amigo pessoal do Hugo), por outro, nos animaram muito com as notícias que deram do *nosso doente* e as informações acerca da *doença* e dos *doentes em geral.*

Esqueci-me de registrar, também, que Mário e Abelardo foram levar ao Sanatório a primeira remessa de *objetos* (roupa, frutas, doces etc.). Trouxeram boa impressão, também.

Hoje, infelizmente, o Philips não nos telefonou, conforme prometera. Esperamos até 9 e meia, quando o Mário ligou para casa, "para saber". Nada pudemos informar. Ele virá com Lili à tarde. Danton também prometeu vir com Albertina. O mesmo hão de fazer, ainda, Zizinho e Lúcia, com ou sem Martinha.

Lúcia nos conta o que ocorreu com o + + +. Crise de *surmenage*, também. Dando para idéias de perseguição e receio de deixar a família na miséria. Curou-se com "choques". Hoje está completamente bom, tendo reassumido as funções que exercia no Banco do Brasil.

Danton detalha o caso da Rosália, prima de Albertina. Crise séria, seriíssima também. Com idéia obstinada de suicídio. E já com duas irmãs suicidas. Além de estar com arteriosclerose generalizada. Pois está boa, inteiramente boa e otimista quanto ao futuro, apesar dos seus sessenta e tantos anos.

Tudo isso anima, evidentemente. E compensa a falta de notícias, hoje; falta essa tanto mais desagradável quanto ontem o Lamartine apresentava reação febril (de 38 e meio), o que agrava a nossa expectativa, estando distantes, sem contato com ele.

Emília, bem mais forte, bem mais corajosa do que eu, iniciou hoje a arrumação dos papéis de Lamartine. Achou uma porção de coisas elucidativas do seu estado de espírito, algumas datadas de fins de maio. A "exclamação" que ele me deu para incorporar ao Diário, no dia 7 de junho, figura como pórtico de um trabalho que pretendia escrever, "A Barca de Dionisos" (exatamente como teve oportunidade de comentar comigo).

Encontramos uma folha com estas anotações:

Estou com idéia (ainda bastante vaga) de escrever uma peça para teatro. Naturalmente desanima pensar em Atos etc. História de um sujeito que, para ter o amor de uma jovem nem um pouco sentimental, usa do recurso de descrever para ela o ridículo personagem que ele é.

Ou melhor: *imagina* que será um bom recurso, mas durante toda a peça ele não vai além do projeto. Acontece que eu não saberia como fazê-lo agir, já que minha especialidade são os fazedores de projetos.

A lenta elaboração do projeto pode tornar-se dramática. Lá para o fim da peça, o herói poderia enlouquecer um pouco, imaginar (ou descobrir realmente) um rival, e impor a ele as condições que idealizou para a conquista da amada. Ela escolheria aquele dos dois que com mais inteligência pintasse o seu próprio ridículo... A suspeita de que o rival talvez não obedeça às regras do jogo pode resultar numa inquietação cômica.

O Albino reconhece nessas indicações a peça que Lamartine terminou de escrever depois do seu regresso da viagem de estágio na Marinha. Segundo ele nos conta agora, o texto teria sido destruído pelo nosso filho quando começou a produzir as "revelações" religiosas.

Outro registro que me escapou ontem: o Bruno Olímpio telefonou para Lamartine. Informado por Emília do que acontecera, mostrou-se muito surpreendido, ignorando-o inteiramente. Hoje, o Albino confirmou essa ignorância, justificando-a com o receio de que, "se ele soubesse, desse com a língua nos dentes".

Conta, ainda, o Albino que, no Teatro Municipal, na última noite em que foram juntos, Lamartine se sentou (estavam no andar dos balcões simples) na balaustrada que dá para o *foyer* do teatro e se pôs a balançar com o corpo, obrigando ele, Albino, a adverti-lo do risco que corria. E nada ele nos disse! Eu não sei a vantagem que haveria de evitar a crise — ou melhor, a eclosão exterior, espetacular, da crise — mas, de qualquer maneira, é uma tristeza que nada nos tenham dito!

As visitas se revezaram, muitas, ao longo do dia. Lanchamos ajantaradamente e, à noite, conversamos até 11 horas. Emília telefonou durante mais de meia hora para o Philips. O tratamento já foi iniciado e as esperanças se acentuam.

Até agora (10 horas da manhã) ainda não tivemos nenhuma notícia do Lamartine. Emília vai à feira com Augusta. Antes, estivemos conversando muito. Nossas cabeças estão como se as houvessem esvaziado.

O Hugo deve vir, pela manhã, de Jacarepaguá. Vai ao Sanatório. Por ele (na sua qualidade de colega e amigo pessoal do Philips) é que regularizaremos a questão do pagamento.

Hei de fazer o possível para não me demorar na rua. Mas acho difícil entrar logo na nova vida, no novo horário, no novo sistema (que visa sobretudo amparar Emília, protegendo-a da sensação de isolamento que a falta de Lamartine há de lhe trazer em casa). Hoje, ainda não será possível resolver tudo. Mas vou, pelo menos, encaminhar as soluções.

De volta a casa às 7 e meia da noite; não consegui regularizar, nem encaminhar, coisa alguma.

O Hugo veio de Jacarepaguá, foi ao Sanatório, esteve depois aqui em casa com Emília, quando eu já havia saído, mas não trouxe nenhum elemento novo de tranqüilidade ou persuasão.

Continuamos *no escuro*, tateando.

Para amanhã, o Zizinho prometeu, ao menos, regularizar a situação financeira da internação, pagando a quinzena inicial, de que o reembolsarei imediatamente, logo que saiba a importância, pois já disponho dela.

Danton, também, ficou de inteirar a diretoria do Instituto de Documentação do impedimento temporário de Lamartine, por doença, sem entrar em maiores detalhes, dizendo-me depois o que é preciso fazer em tal sentido.

Em casa, tivemos, pela manhã, uma surpresa dolorosa: morreu, aqui, no edifício, um condômino gordo, verdadeiramente obeso, cujo só aspecto era uma lástima. Creio que cheguei a registrar, neste Diário, a conversa que uma vez tive com ele, no elevador, quando falou com muito carinho do Sócrates, seu colega de banco em tempos idos.

228

Durante o dia, Emília teve as visitas habituais, de que necessita para se distrair. À noite, depois de jantarmos com o possível sossego, vieram Mário e Lili (dedicadíssimos sempre) e ouvimos a irradiação dos trabalhos da Câmara dos Deputados (onde o Carlos Lacerda foi *arrasado* pela oposição petebista, muito bem articulada, agora, com auxílio fraco, mas, ainda assim, eficiente dos "juscelinistas").

Penso que iremos ter o "golpe" mais dia, menos dia. E não me quero expor à toa por interesses suspeitos de que não participo.

Como o Philips não tivesse telefonado, e uma conversa em fila de ônibus com o + + + me deixasse apreensivo quanto ao emprego da insulina, comunico à pobre da Emília um desassossego injusto que ela conseguiu atenuar apenas com uma telefonada do Zizinho, depois das 11 horas, quando Mário e Lili já haviam saído, dizendo que estivera com o Philips em casa do Henrique Roxo e que "tudo ia bem".

Decididamente, teremos de nos contentar com esses dados imprecisos, que mais do que isso a situação não comporta.

Pela manhã, despachei todos os processos atrasados que tinha do Juízo. Mas foram tantos que a minha pasta quebrou... Tenho de reformá-la, pois substituí-la, no momento, é impossível: custa mais de dois contos!

Almoço cedo, com Anita. Até a hora de sair (11:30) não temos notícias do Sanatório. Acredito que, agora, não as teremos senão quando solicitadas. Cinco dias os psiquiatras já consideram bastante para que passe a angústia dos pais.

Emília toca para o Barreto (o outro colega do Hugo que trabalha no Sanatório). Sua resposta é um boletim que poderia ser impresso: continua bem, está tudo bem, o doente está em boas mãos.

À noite, houve *sarau*. Com Mário, Lili, Albino, Irineu, Abelardo, Anita e Emília. Só eu me abstive. Mas Emília cansou-se muito. Não admito mais isso aqui!

Não nego que seja um conforto receber visitas, nesta hora. Mas visitas que não falem do Lamartine, pelo menos que não o façam com a "febre policial" que se apossou do boníssimo Mário. Venham para conversar, passear um pouco, jogar cartas, distrair Emília.

Não dormimos bem. Já agora, a idéia de que o Lamartine não está cooperando com o tratamento, por falta de confiança no médico, se apoderou de mim. E, involuntariamente, eu a comunico, se não à Emília, pelo menos à Anita. E reconheço quanto isso é desastroso.

Todos são testemunhas de como eu quis colaborar. Quis até me aproximar da religião (e não apenas deixar de hostilizá-la, como, de há muito já, vinha fazendo). Passei a rezar, todas as noites, pelo meu filho. Dispus-me a mais, se fosse preciso. Mas vejo que isso não dá resultado. A religião de meu filho foi sempre exclusivista. Eu me lembro de lhe ter dado, uma vez, a tradução francesa do *Brand* de Ibsen, com um ensaio muito bem-feito explicando os propósitos do drama; ora, o Brand concebe o *sacrifício total* à religião, a ponto de não deixar que a mãe, que perde o filho, conserve mesmo um sapatinho dele com ela — tem que ser "ou tudo, ou nada"! E o Lamartine achou pouco: porque Brand conservava alguma coisa de sua mente para ele, sem dá-la *toda* à religião, ao serviço de Deus, mesmo sem as exterioridades do culto!

Amanheço, por isso, discutindo com Anita acerca de religião — erro que nunca mais cometerei. E inutilizo-me para mim mesmo, pois não estudo, não escrevo, não trabalho, não consigo fazer nada!

230

As notícias do Lamartine ainda não vieram (11 horas). Emília saiu, com Augusta, para a feira. Fico sozinho em casa, com as minhas grandes preocupações. Ninguém saberá nunca quanto me custa vencê-las, aparentando uma serenidade que não tenho, que nunca foi do meu feitio. Mas, de que me adianta mudar? Só posso agravar a situação, tirando à Casa, à Emília e à Anita o pouco de serenidade que conservam.

Queixo-me do Hugo, que poderia ser o único elemento de ligação entre nós e o Sanatório — já que entre nós e o doente só há mesmo o Philips (pois nem Zizinho, nem o próprio Barreto, estão em condições de dizer do *verdadeiro estado* do nosso filho). O Hugo, entretanto, sempre poderia conseguir alguma coisa, interessando-se junto aos colegas. Vamos ver se ele aparece hoje.

Telefona-me o Zizinho, que se desencontrou de Anita, a quem deveria acompanhar hoje ao ginecologista. O contratempo, aparentemente pequeno, foi grande no íntimo. Porque a bichinha está nervosa. E eu, sem querer, ainda a pus pior.

Às 11 e meia, Emília fala com o Barreto, que a anima muito. Pelo Zizinho soubéramos que, no Sanatório, iam realizar hoje uma mesa-redonda para discutir os casos mais sérios "em comum" (parece-me ótimo ter a opinião de outros médicos). O Barreto confirmou. E insiste em dizer que o caso é simples (a ponto de afastar a necessidade do exame de sangue, como Emília aventou, pois o caso dele é puramente psíquico, sem nada de "orgânico").

Já pedi ao Mário que viesse hoje à noite. Não poderemos dispensá-lo e à Lili, e a todos os outros que nos distraiam, que nos melhorem o ambiente, sem sobrecarregá-lo de *sherlockices* inúteis.

Em casa, para jantar, às 7 e meia.

Melhora muito o ambiente acerca do Lamartine. O Philips dá boas notícias. E o Zizinho, melhores ainda. Esteve com o nosso filho. Achou-o mais gordo (lucrou três quilos) e até corado. Está aceitando como "repouso" necessário a internação. Apenas perguntou ao Zizinho: "Mas papai sabe que a diária aqui é de 200,00?". Zizinho tranqüilizou-o. Ele perguntou, também, quais as providências que tínhamos tomado "para defender o seu emprego". E — o que mais me animou — mandou lembrar à Emília que tinha consulta marcada com o especialista do aparelho digestivo (com quem tomou o vermífugo) para o dia 12, convindo avisar-lhe de que ele não poderá ir. Isso me pareceu esplêndido.

Jantamos com mais calma por essas notícias.

Devo registrar que hoje, à tarde, tive uma tonteira forte no Juízo. Ia perdendo os sentidos. Vi tudo rodar em redor de mim. Se não estivesse sentado, cairia redondamente no chão. Em casa, só o Abelardo se assustou e mostrou interesse pelo caso. É natural: há preocupações maiores, no momento.

Dormimos bem. As notícias tranqüilizadoras que tivemos do Lamartine *lavaram-nos* o espírito. Subsiste, sem dúvida, a apreensão. E, sobretudo, a saudade, que ninguém avalia até quanto chega! Mas já não é pouco o saber que ele está recuperando a tranqüilidade e se beneficiando, não só do repouso (que desconhecia no turbilhão da vida que levava), como no afastamento dos companheiros que, sem injustiça alguma, poderemos tachar de maus.

Almoço ao meio-dia, com Emília (um tanto atordoado ainda, mas acredito que já livre da tonteira que ontem tanto me afligiu). Vamos, depois, ao Sanatório. De bonde. Agora, Emília ficou conhecendo o caminho em todos os seus detalhes.

Deixamos na Tesouraria objetos de uso pessoal para serem entregues ao Lamartine. Não nos avistamos com o nosso filho (o Philips acha cedo demais para isso) mas travamos conhecimento no jardim com um doente que se diz "muito amigo" seu e que — imagine-se a minha surpresa e a de Emília! —

tudo sabe a meu respeito, a respeito da nossa Casa, dos nossos hábitos, tudo.

Contou-nos uma história incrível sobre as atividades inventadas por Lamartine para passar o tempo nos dias em que não lhe permitem descer ao jardim.

Há um vastíssimo salão localizado na parte mais alta do Sanatório (que o pessoal chama de "Castelo"), onde os doentes passam horas intermináveis sem mais distração que a de fumarem enquanto ficam olhando uns para os outros. Assim que chegou, Lamartine deu um jeito nisso. Resolveu entreter os companheiros de duas maneiras: com solos de assobio (tocando música de consolação, como, por exemplo, "O Cisne" — do *Carnaval dos Animais* — de Saint-Saëns, ou *Apenas um Coração Solitário* de Tchaikowski), que eles ouvem sempre no maior silêncio, e, alguns, até — o "Diplomata", sobretudo (um autêntico diplomata de carreira, afastado do Itamarati há uns vinte anos) — com lágrimas nos olhos (daí o apelido de "Toscanini" que arranjaram para o nosso filho); ou, então, conversando com eles sobre... o meu Diário! Virou, inclusive, uma espécie de praxe, depois do jantar, Lamartine contar-lhes como é o Diário. O número de volumes já escritos, o número de prateleiras que ocupam nas estantes, quantas vezes por dia eu me sento para escrever, as dimensões da varandola-gabinete (1,15 m × 1,60 m, segundo ele; dei-me ao trabalho de conferir e era isso mesmo!).

No "Castelo" não gostaram de saber que os meus cadernos ficam guardados junto com o resto da biblioteca, ao alcance de quem quiser bisbilhotar. E, um pouco para diminuir a aflição deles, foi que Lamartine começou a inventar uma história de que eu estou mandando fazer um armário especial, de que só eu terei a chave etc. No início, também, meu filho fazia de conta que estava captando por telepatia certas coisas que "naquele momento mesmo" eu estava escrevendo sobre ele, sobre o Sanatório e inclusive sobre eles próprios, os "Vigiados" (que assim se chamam entre si os prisioneiros do "Castelo", mais

233

tolhidos em seus movimentos que os "Tranqüilos", ocupantes dos pavimentos baixos onde tem lugar a recuperação propriamente dita); mas a idéia de estar invadindo assim minha intimidade foi deixando o pessoal com remorsos, até que um dia Lamartine teve que dizer que era tudo invenção sua — e aí um deles, cognominado "Jornalista", pediu a Lamartine que passasse a colaborar no seu jornal, *O Ataque*, escrevendo todos os dias uma página "inventada" do meu Diário.

O Ataque é um jornal de quatro folhas de papel almaço, todo manuscrito. Chama-se assim porque tem por finalidade atacar os médicos, mas o "Jornalista" parece se esquecer disso e acaba enchendo as quatro folhas com poemas e letras de canções, principalmente de canções que estavam em moda na época em que ele trabalhou como *croupier* no Cassino Atlântico. Além de contribuir com algumas páginas "inventadas" do meu Diário, Lamartine teve lugar de honra, certa vez, com a "Balada da suave cavalgada" (poema que ele fez para a Cléo e que o "Jornalista" adorou) e, de outra, com o "Adeus, Amor, Eu Vou Partir" do repertório de Francisco Alves, cuja evocação (sem faltar nada) causou uma alegria tão grande àquele seu companheiro que o arrebatado ex-*croupier* resolveu comemorar com uma edição extraordinária. Ficaram todos, num sábado, cantarolando e registrando o maior número possível de letras para uma homenagem de arromba ao Rei da Voz. Redatores, calígrafos e ilustradores trabalharam a noite inteirinha, até as 5 da manhã, na maior animação de que já se teve notícia em toda a história do "Castelo". Ao dia seguinte, os médicos mandaram acabar com o jornal.

Aqui, o nosso informante (que se chama Ricardinho e que — ficamos sabendo também — era o ilustrador do *O Ataque*) chega à seguinte conclusão, que esgotou completamente a paciência da minha cara-metade:

— Acabaram com o jornal por causa do clima de alegria. Eles não admitem alegria durante o tratamento.

Emília (por momentos esquecida de que falava a um alienado) achou de lhe dizer que os médicos é que estavam certos, porque, afinal, os doentes haviam sido internados para se tratarem e, desde que um passatempo fosse além dos limites razoáveis, tornava-se contra-indicado; que a disciplina fazia parte...

Resposta adorável de Ricardinho, sem perder a calma, um primor de ironia — algo mais ou menos assim:

— Aí é que está. No "Castelo" a disciplina nunca fez parte, as regras para o pessoal trancado lá em cima são outras. Dorme na hora que quiser, se não tem vontade de comer não come, quer gritar grita, não quer responder não responde, quer morrer... bem, aparentemente eles quase que deixam, porque a intenção dos terapeutas, nessa primeira etapa do tratamento, é fazer o freguês gastar a corda toda, ir ao fim das forças e reduzir-se a zero por sua própria iniciativa e fantasia (de parte da Casa, somente a ajudazinha do eletrochoque, que é para acelerar o processo).

Mais tarde, Emília me censurou por "ter passado da conta" quando, por uma questão de delicadeza, dei a entender a esse Ricardinho que havíamos apreciado muito tudo o que ele nos comunicara e que faríamos dele o nosso "informante extra-oficial". Voltamos para casa sem falar de outra coisa durante a viagem de bonde, ela o tempo todo preocupada com o que poderia pensar o Philips se viesse a saber que eu aproveitava as minhas visitas ao Sanatório para "inquirir os doentes".

Jantamos às 7 e pouco. Chove, à noite. Hoje, quem fala com o Philips sou eu. E lhe ouço notícias muito boas. Disse-me ele que a "mesa-redonda" de ontem concluiu pela *benignidade* do caso do Lamartine.

— Nós acreditamos que ele está melhorando francamente. Não obstante, o diretor foi de parecer que, para consolidar a cura, deveremos submetê-lo a choques, como uma precaução, a fim de que os efeitos do tratamento sejam mais profundos. Digo-lhe, todavia, com a máxima sinceridade, que estou muito contente com o desenvolvimento do caso. E as nossas conversas continuam. Ainda ontem, ao fim da tarde, passeamos por quase uma hora no jardim!

Apesar disso, Emília ainda chora muito. E se cansa enormemente na leitura de tudo o que há sobre a especialidade.

Vou dormir, com o pensamento no jornalzinho *O Ataque* e no salão vastíssimo do "Castelo", cenário dos concertos de assobio do meu filho...

Chego a casa ao meio-dia e meia. Boas notícias me esperam, felizmente. O Hugo traz um bilhetinho de Lamartine! Escrito a lápis, com letra firme, sem um tremor, e nestes termos:

Pessoal.

Aqui estou sendo tão bem tratado quanto em casa (mesmo que mamãe não acredite, é a pura verdade). Até engordei. Recebi tudo que vocês mandaram. Os suspiros de açúcar, as limas. Tudo ótimo. Anita já está sentindo os pontapezinhos tão esperados? Comuniquem-me quando isso acontecer.

Lembranças à minha "noiva".

Até breve.

Não poderia haver nada melhor!

À tarde, Emília, o irmão e o genro vão levar sobremesa e roupa para o "ausente". Não os acompanho porque me sinto muito combalido. O moral levantou, mas o físico se acha muito deprimido. Tanto que não agüento trabalhar. Não tenho coragem de despachar um só processo. E os trouxe, em grande número.

Acho que só amanhã poderei fazer um esforço maior. Hoje, não. Hoje descansarei.

À tarde, muitas visitas. Jantamos cedo. Antes de nos levantarmos da mesa, Emília anuncia que amanhã a Augusta faz

236

anos. Em regozijo proponho uma subscrição que abro com 100,00. O Abelardo me acompanha com a mesma importância. E Emília mantém a nota em nome do Lamartine.

À noite, Mário e Lili. O cunhado se sente satisfeito com as notícias do Lamartine. Mas, como nós, acha que ainda é muito cedo para pensá-lo bom.

Amanhã, o Philips quer que Emília vá ver o filho. Será um meio de experimentar o "choque emocional". Já sei que Emília não dormirá hoje. Ela acaba aceitando que eu a acompanhe até a porta do Sanatório, só.

Não quero terminar os registros de hoje sem consignar meu agradecimento *total* pela cura do meu filho. Não sei *a quem* dirija esse agradecimento. Mas, a quem quer que seja, ele aqui fica feito.

Levanto-me às 8 horas. Leio, por alto, os jornais. Sem me deter em qualquer particularidade. Vendo apenas títulos. Só uma coisa me interessa: a comunicação de Bertrand Russel (já com 83 anos) sobre as conversas que teve com Einstein, pouco antes deste falecer, quanto à condenação da "guerra atômica" e o apelo que ambos, com outros grandes cientistas, firmaram em abril deste ano e dirigiram aos homens de ciência de todo o mundo, para que impeçam a deflagração da guerra, em que esses inventos necessariamente acabarão por ser utilizados, mesmo que no começo os beligerantes convencionem bani-los...

Que profunda verdade há nisso!

Às 2 e pouco — enquanto eu lia versos de Bilac para Anita e Abelardo — Emília vai ao encontro de Lamartine.

Às 3 horas, ela telefona, dizendo da excelente impressão que teve dele. "Está perfeito! Podemos comemorar com champanha!"

Às 3 ¼, é ele que vem ao telefone. E me fala com a voz querida de sempre, de que já andava morto de saudade. Fico sem saber o que lhe diga... Por fim, tudo o que sai é um "folgo muito", de que ele se deve ter espantado. Para corrigir o burocratismo da expressão, acrescentei apenas "Então, até *brevíssimo*, não?". Ele ainda se riu.

Vou aguardar a vinda de Emília para telefonar à Cléo. Não concebo que estejamos de posse dessas notícias tão boas e não nos apressemos logo em lhas comunicar! Pode ser muito prático, muito terapêutico, isso. Mas me parece profundamente desumano e desonesto. Nem o anelzinho de couro (tirado do cinto) que ele enviou para ela — nem isso nós mandamos ou dissemos que estava conosco!

Retorno aos meus processos, a fim de que o nosso júbilo não prejudique o cumprimento dos meus deveres, que não podem sofrer solução de continuidade.

De qualquer modo, reafirmo a minha promessa: renuncio a qualquer crítica ostensiva à religião. Não quero contribuir com o que quer que seja para que amanhã se creia em um "conflito" entre as minhas idéias e as de meus filhos, as do Lamartine sobretudo — que já pagou tão caro pelo direito de ter as crenças que quiser.

Estudo até 5 e meia, que é quando chega Emília. Confirma a impressão (que comunicou pelo telefone) de que o filho está "o mesmo". Um pouco abatido, talvez. Ainda magro, sem ter recuperado os quilos que perdeu. Não gosto, entretanto, de saber que ele ainda não iniciou os choques, porque os médicos temem que lhe tirem a memória, modificando-lhe muito a personalidade. Deve haver um equívoco nisso. A personalidade tem de ser modificada. O tratamento o exige. Tudo está em saber controlar as modificações, orientando-as.

Não gosto, também, de que ele não esteja contente com o Sanatório e desejando voltar quanto antes. Pode ser *mais natural* isso do que a conformidade em que se achava. Mas receio que lhe venha, agora, o desejo de fugir, facilitado pela confiança que já ganhou no meio, através dos médicos e das enfermeiras.

Jantamos tranqüilos. Com a Cléo, a quem Emília falou francamente sobre o passado, o presente e o futuro. O grande problema vai ser o da *preservação* do ambiente, em casa e na rua. Vamos nos empenhar nisso, com o compromisso formal dos amigos e da própria Cléo.

Ela nos mostra um poema do Lamartine que ainda não conhecíamos e que eu lhe peço emprestado, para copiar aqui no Diário. Conta-nos como foi feito: num daqueles dias de produção febril, em que Lamartine, para não perder o fio da inspiração, pedia ao Albino que fosse escrevendo o que ele lhe ditava. Diz a Cléo que a fonte do poema é uma ilustração do belíssimo livro que ele deu ao Albino — uma espécie de "tratado" sobre os anjos, uma raridade (imagino a fortuna que não terá custado!) — e que, justamente, estavam os três a olhar, quando Lamartine deu o sinal de partida: "Escreve, Albino!" e foi em frente, sem qualquer hesitação, até a última linha.

O poema tem um valor documentário especial, segundo nos esclarece, ainda, a Cléo; é que, pela primeira vez, Lamartine se dá conta do ar perplexo do Albino, enquanto lhe registra os versos que jorram aos borbotões ("...pobre amigo do sorriso atarantado..."):

QUEIXA-SE O DEMÔNIO (VESTIDO DE ANJO):
O AMOR LHE É INCOMPREENSÍVEL

Ao Diabo diz Jesus
o que digo eu a teu lado
(pega o lápis, pobre amigo
do sorriso atarantado):
não compreender, que mal há?
tão pior não ser compreendido

de humilhações ando cheio
e não me tenho queixado
o rosto sangrando de dores
e não me vês espantado
os cravos se enterram nas mãos

e não me sinto apertado
o pé virado pro ar
lhe digo que está apoiado
o ventre despedaçado
está no entanto acalorado
e o meu pescoço curvado
está assim de enamorado
tenho amor fel e vinagre
e me sinto saciado

nada é desperdiçado

quando chegar o dia
me encontrará orvalhado

Sou sensível aos esforços da "noivinha" para fazer-nos crer que o Lamartine nunca esteve doente — que ele, apenas, se move numa esfera que não nos é acessível...

Mas não acredito que essa interpretação faça bem a ela, nem ao Lamartine. O Albino — em quem, apesar de todos os erros, vejo um amigo sincero e devotado do nosso filho — também não parece estar sob o encantamento do "círculo mágico" em que ficaram presos o Lamartine e a Cléo (ela, por enquanto, sem sair dos eixos — mas, até quando?).

Não poderia o meu filho, se estivesse em bom estado, canalizar nessa veia poética a expressão de emoções mais "humanas"? Veja-se, por exemplo, a simplicidade de que ele é capaz, quando não está pensando em pregos, em sangue ou em "humilhações":

BALADA DA SUAVE CAVALGADA

Moço,
me arranje o cavalo mais bravio

que tiver. Quero-o assim.
Para minha noiva, que seja
montaria mansa, dócil até o fim.

Com a mão esquerda
ponho o cavalo a caminho
de onde o Não encontra o Sim.

E com a direita
eu, que não marcho sozinho,
seguro a mão de minha noiva
com o mais extremado carinho.

A resposta da lourinha, ao lhe mostrarmos estes versos — que ela não conhecia e com que se emocionou visivelmente — foi que eu "'não me iludisse', que a *chave* do poema está na exigência inicial do 'cavalo mais bravio'".

— É sempre o sobrenatural, explica ela. — Como acertar o passo do cavalo furioso com o da montaria tranqüila, em "suave cavalgada"? É, outra vez, o tema dos *extremos*, do equilíbrio milagroso entre os extremos. E o senhor vê como está tudo com vírgulas e pontos (os outros poemas dele não têm), numa arrumação impecável, para acentuar ainda mais o contraste com o cavalo bravio? Tudo está na imagem que se faça desse cavalo. Receio que, para o senhor, não passe de um cavalo... *irrequieto.*

Sem comentários!

Vamos dormir cedo, às 11 horas, logo depois de ouvir a pregação vesânica do Carlos Lacerda, em pleno misticismo ditatorial demagógico!

Sonhei que, tendo morrido, o meu corpo foi levado para uma das capelas da rua Real Grandeza. E *eu me senti* lá. Vi, perfeitamente, que me cercavam a família, os colegas, o pessoal do

Juízo. Ouvi os discursos. Vi tudo o que fizeram durante a noite, no velório, e, de manhã, antes do enterro. Lembro-me perfeitamente de que uma idéia me dominava: a de que não se perde a consciência depois da morte. E isso me horrorizava, pois sempre me tranqüilizou o saber que, morrendo, pouco se me dava até que cremassem o meu corpo, pois eu já nada sentiria. Vendo aproximar-se a hora do enterro, apavorei-me com a idéia do "buraco", lá embaixo, sob a terra! De dentro do caixão, quando o fecharam, quis gritar, mas a voz não me veio (isso eu já tenho sentido muitas vezes, em momentos de perigo, mas geralmente acordo antes do perigo vir...). Pois veio o enterro. Veio a hora de cair a terra sobre o caixão (e eu não me asfixiava!). Quando *tudo* acabou e eu esperava, ansioso, a hora de saber o que seria feito de mim, senti que começava a descer pela terra adentro, como se a sepultura fosse um poço. Dir-se-ia um elevador. Mas o movimento não era acelerado, era lentíssimo. E eu via perfeitamente a terra lamacenta dos dois lados, uniforme, invariável... Ao fim de algum tempo, quando me veio outro receio — o de cair no Inferno e me queimar — passei a observar que nas paredes de terra lamacenta havia uns patamares com gente viva, esquálida, maltrapilha, que me gritava: "Pamonha! Segure-se, senão você não se salva!". Mas eu não via onde me segurar. E, estupidamente, nada fazia por isso! Até que, quando, pelo tempo, imaginei que a descida já deveria terminar, noto, de novo, a presença da luz. E o "elevador" pára, num lugar que me parecia outro cemitério, mas muito diferente do São João Batista, onde havia pessoas com camisolões brancos (como os da Academia de jiu-jitsu do Hélio Gracie), falando uma língua absolutamente INCOMPREENSÍVEL para mim. Lembro-me perfeitamente de que fiz uma reflexão: "passei de um lado a outro da Terra e não encontrei fogo; logo, não há inferno". Mas onde seria aquele outro cemitério? Pelas caras das pessoas, pareciam mongóis. Seria a Rússia?

Saio de casa, almoçado, às 11. Vou tomar as providências prementes para conseguir o dinheiro da segunda prestação do Sanatório (quinzena de 16 a 31 do mês corrente, afora os medicamentos). Dou os passos que penso eficientes, o que só depois poderei saber.

Encontro com a Cléo, na rua. Deixou definitivamente o emprego. Acha que poderá conseguir, não a mesma remuneração, mas melhor trabalho, ensinando piano simplesmente. Tomara que assim seja. Considero-a muito necessária ao reajustamento definitivo do Lamartine, embora me convença da impossibilidade de casá-los já (e esse *já* compreende anos!) ou mesmo de firmar o "noivado" oficial com a chegada do sogro, contratempo a que não sujeitarei meu filho tão cedo, o que a Cléo compreenderá.

Venho para casa às 5. A Cidade está ficando intransitável de forasteiros. Não direi que não tenha o seu encanto. Tem. Há figurinhas deliciosas de nortistas e mineiras, a indagar de ruas e igrejas. Mas há, também, muito marmanjo burro. E alguns ladrões, batedores de carteiras. Só se pode andar com o dinheiro exato das despesas do dia.

Acordamos às 8. Fico conversando com Emília, na cama. Ela se animou, ontem, com um telefonema do Philips, que explicou por que estão retardando o tratamento (é que julgam desnecessários os choques profundos e a própria narcoanálise). Ela teve, pela primeira vez, palavras de louvor para este Diário, reconhecendo-lhe a *necessidade* como descarga psíquica, a ponto de querer que eu leve o Lamartine a imitá-lo...

Não resisto a arquivar, aqui, o pronunciamento do *Osservatore Romano* sobre o apelo de Einstein. A Igreja tinha que dar um ar de sua graça. Ei-lo:

CIDADE DO VATICANO, 12(UP) — Ao comentar a advertência póstuma de Albert Einstein, de que uma guerra atômica destruiria a humanidade, o *Osservatore Romano*, órgão do

Vaticano, se pergunta por que as palavras do destacado homem de ciência determinaram uma impressão mais profunda que a similar advertência do Papa.

Disse o jornal que "isto se deve possivelmente ao fato de que a consciência humana foi tão distraída dos ensinamentos e pensamentos morais, ainda quando se refiram aos resultados de experimentos e duros fatos, que só pode pensar nas coisas materiais, expressas na linguagem mais materialista e exclusivamente para propósitos de egoísmo material".

"Pio XII falou como um pai, falou da humanidade. Einstein falou como indivíduo. Falou da 'raça humana', das 'espécies biológicas', como o diretor de um zoológico, preocupado pelo excesso de calor de que sofrem os ursos polares, ou a falta de água para as focas ou os patos exóticos."

"Isto não constitui uma crítica ao homem de ciência. Ele utilizou as idéias e a linguagem que lhe pareceram mais adequadas para provocar a reação de uma Humanidade considerada ao mesmo nível que outros animais, para excitar seu instinto de conservação."

O texto do apelo dos cientistas tinha sido este:

"Considerando o fato de que em qualquer guerra futura serão sem dúvida empregadas as armas atômicas, e considerando que essas armas ameaçam a continuidade da existência do homem na face da Terra, apelamos com a máxima veemência aos governos do mundo para que se capacitem desta verdade e a declarem de público: os seus objetivos de modo nenhum poderão ser colimados através de uma guerra mundial.

"Considerando o que se acabou de dizer, insistimos junto deles no sentido de que, conseqüentemente, procurem meios pacíficos de resolver todos os pontos controversos existentes entre eles.

"Como seres humanos, apelamos a seres humanos: lembrai-vos de vossa humanidade e esquecei o resto. Se vos for possível fazê-lo, aberto fica o caminho de um novo paraíso; se não, resta diante de vós a hedionda perspectiva da morte universal!"

O cotejo dos dois documentos é instrutivo.

Melhoram as notícias do Lamartine. Hoje, foi o Hugo quem as trouxe. Acha que ele "já está bom". Se quisesse, "poderia vir para casa já". Tanto eu, como Emília, somos de parecer, no entanto, que ele deve ficar, *pelo menos*, até o fim do mês.

Amanhã, apesar de ser o aniversário da Cléo, não a teremos conosco. Emília acha melhor que eles (os amigos de Lamartine) "sintam um pouco" a nossa contrariedade. Nesses assuntos, ela é quem tem o governo. O presente, ela já comprou. Fa-lo-ei acompanhar de uma dúzia de rosas, só. E um cartãozinho, que não custa.

Poderia acordar, hoje, com as fanfarras comemorativas do júbilo universal pela Queda da Bastilha. Esta foi, sempre, desde a infância, a significação que teve para mim o 14 de julho.

Hoje, porém, é, mais que isso, o aniversário da Cléo, essa criaturinha que o destino nos pôs no caminho para servir de companheira ao nosso Lamartine.

No momento, as sombras que envolvem a nossa vida não nos permitem ver claro a seu respeito, como a respeito de coisa nenhuma. Entretanto, ela está associada à grande esperança, de que participamos todos, de ver o nosso filho, muito em breve, reintegrado na plena posse de si mesmo. E, esse, é o melhor presente que lhe poderemos dar.

Venho para a minha varandola-gabinete às 8. Nela pretendo ficar, a partir de amanhã, sexta-feira, até segunda da semana que se seguir à do Congresso Eucarístico, isto é, até o dia 25, que é quando a cidade despertará dessas férias imprevistas.

Não direi que vá ficar toda essa semana em casa. Seria absurdo. Hei de fazer com que Emília "areje" um pouco. Hei de sair, também, sozinho. Mas é sempre uma perspectiva de descanso, ainda que relativo, que aproveitarei para arrumar diversas coisas em casa. A minha "varandola", em primeiro lugar. Vou trazer-lhe, hoje, o retrato que lhe faltava, o de Emília, como justa homenagem à *quadra de martírio* que está atravessando. Depois, prosseguirei na catalogação dos meus livros, com Abelardo e Anita. Calmamente. Sem atropelo. Sem sofreguidão.

Ainda como comemoração do 14 de julho, colo, na página fronteira, três carinhas bem francesas. Delas, conheço apenas a central — a Françoise Arnoul, que temos visto em tantos filmes, ela e a sua nudez, que é um contraste chocante com a castidade do seu riso e do seu olhar. Seria fácil saber o nome das outras duas. Mas, para quê? Valem pelo colorido de suas figuras. Pela nota alegre que põem nos dias tristes que estamos vivendo, sem o nosso filho e — o que é mais — sabendo-o doente, em sofrimentos, necessitado, mais do que nunca, do nosso carinho, da nossa assistência.

Mas, essas figuras lembrarão sempre que a vida continua, e o espera, mais que a nós. Ele as há de ter, em breve, e ainda por muitos anos. Nós é que acabamos.

Hoje, sairei à procura do dinheiro (que já tenho providenciado) para o pagamento da segunda quinzena de Lamartine no Sanatório. Ainda não sei quanto será. Trarei 3000,00, que são o essencial e o previsível. O que for mais, o Zizinho adiantará e eu o reembolsarei depois.

Compro, no Carlinhos Ribeiro, um caderno de cultura sobre *O Diário de Gide*, uma *Medicina Preventiva* do Afrânio Peixoto e *Novas Aquisições sobre Terapêutica das Doenças Mentais* do Austregésilo.

Em casa, tarde, às 8 da noite. Porque me atrasei esperando o retrato de Emília. Não ficou como eu queria; mas, ainda assim, ficou bom. Inaugurei-o na minha mesa.

Vou dormir às 11 e meia. Porque Emília me chama. Não tomo calmante. E me sinto bastante nervoso. Mas, se me vou deprimir agora todas as noites, será pior.

Boas, as notícias de Lamartine. Já desceu para a companhia dos "recuperados". Amanhã, Zizinho vai pagar a segunda quinzena adiantada do corrente mês.

Dormimos bem, os dois. Levanto-me às 8. Não agüento tomar banho, mesmo morno. O frio entrou a fundo. O sol de inverno não aquece. Estou espirrando sem cessar.

Leio no *Correio da Manhã* a aprovação na Câmara do nosso aumento. Ficamos com 24 114,00. Não sei de onde vêm esses 114,00. Também, pouca diferença fazem.

A *Imprensa Popular* publica manifesto de Prestes sobre a sucessão presidencial. Até que enfim os Comunistas se convenceram de que seria estúpido ter candidato próprio e que deverão empregar o contingente coeso e fiel de que dispõem para decidir da corrida entre os candidatos que já estão no páreo... Foi o que fez o Prestes. Por enquanto, ainda não individualiza: esboça, apenas. Mas, excluído o Juarez, afastado o Plínio Salgado, quem poderá sobrar? Kubitschek ou Adhemar. Este, porém, já traiu uma vez. Quem confiará mais nele? E chegará a ser candidato? Portanto, é Kubitschek. No duro!

No suplemento do *Correio* — *Singra* — sai o belo retrato que colo na página fronteira. De *Miss* Brasil. As últimas fotografias que têm publicado dela são de doer! Até parece sabotagem! No entanto, ela é linda. Linda, sobretudo, de expressão, de ternura, de meiguice! Nada da expressão sofisticada que tinha a Marta Rocha, que tanto poderia ser *Miss* Brasil, como *Miss* França ou *Miss* Venezuela. Esta Emília não-sei-de-quê é o que pode haver de mais brasileiro! Duvido, por isso mesmo, que possa figurar entre as "finalistas" nos Estados Unidos. Será logo eliminada, nos primeiros escrutínios. Mas dificilmente será sobrepujada aqui, por outra brasileira, quando voltar.

Passo a manhã na expectativa do que Emília resolverá. Ela falou em ir ao Sanatório. Propus-me a acompanhá-la. Mas já surgiu uma dúvida: a de que o Hugo viria, hoje, de Jacarepaguá. Assim sendo, esperaremos. Ela não conseguiu telefonar nem para o Philips nem para o Barreto. Estamos, pois, sem notícias de Lamartine.

É meio-dia. Nada foi resolvido. Depois do almoço, procederei à arrumação das minhas gavetas na secretária da varandola-gabinete. Tenho de aproveitar o feriado eucarístico para pôr um pouco de ordem na minha vida em casa.

Maravilhosa, esta visão panorâmica da praça do Congresso (arquivada, na página à esquerda), entregue ontem pela Prefeitura ao Cardeal Jaime Câmara para as cerimônias eucarísticas que terão início amanhã, domingo, 17. Deve ser, de fato, um espetáculo maravilhoso para quem tem fé.

Almoçamos à 1 hora, que é quando chegam os Azevedos, em atraso. Comemos bem. Ao fim do almoço, entretanto, nos apertam, em mim e em Emília, as saudades do Lamartine, e choramos os dois profusamente. Não sei até quando suportaremos a ausência do filho querido! Não basta sabê-lo "melhor", como nos dizem todos os dias. Precisávamos de uma informação mais segura.

Nem de propósito, Lúcia telefona para dizer que o Zizinho esteve com Lamartine e que *ele quer que eu amanhã vá vê-lo*, com Emília. Não deixarei de satisfazê-lo, ainda que isso me custe muitíssimo, pois já não tenho forças para me conter. E tenho medo de que uma fraqueza minha prejudique o seu tratamento!

Emília lembra que ele precisa de um suéter novo, pois o dele sumiu no *dia horroroso* e ele não pode continuar desprotegido com o frio que está fazendo.

À noite, depois do jantar, Emília fala pelo telefone com o Barreto. Muito boas, as notícias de Lamartine. Pouco depois, o Zizinho as confirma. Só uma coisa está incomodando o nosso filho agora: a dor num dente, de que caiu a obturação. Receio que seja conseqüência da medicação violenta a que se está submetendo.

Duvido muito de que tenhamos calmo o sono desta noite. A expectativa de rever o filho querido basta para afastar o meu. O de Emília será acossado pela ansiedade de que passem as horas que a separam da manhã. A nossa visita, aliás, vai ser à tarde, depois do almoço.

Saio pela manhã, depois do café, para comprar Quietex, que tomo logo (um comprimido apenas). É que estou muito nervoso com a perspectiva da visita a Lamartine, no Sanatório. Tenho de me controlar muito. Além disso, vamos ter, no almoço, a Cléo. Isso e o ambiente de festa que dá o primeiro dia eucarístico transtornam-me muito. Oxalá não me faltem, todavia, as forças e eu possa dar ao meu Lamartine uma impressão igual à que espero receber dele — calma e tranqüilizadora.

O almoço foi servido à 1 e meia. Porque esperamos pela Cléo, que demorou. Chegou, linda, que agora está se pintando no rosto e na boca. E já penteia os cabelos, realçando-lhes a beleza, até agora muito descuidada.

Mostrou-se ansiosa por ver o Lamartine. Pediu-me que perguntasse ao médico se não poderia visitá-lo, ainda que por minutos apenas. Prometo-lhe fazer a pergunta, logo que tiver oportunidade. E ela ficou de indagar a resposta, à noite.

Na mesa, ela ofereceu à Emília uma poltrona para o concerto do Municipal. Emília foi rude, na recusa peremptória que lhe opôs. Enfim, cada qual sabe como age...

Saímos, às 2 — eu e Emília, só. A Cléo ficou conversando com Anita e Abelardo. Sua carinha, entretanto, me fez pena. Parecia uma criança machucada no mais íntimo da sensibilidade!

Lamartine está, de fato, mais gordo e mais corado. Mas, a ambos, nos pareceu ainda excitado — insistiu, por diversas vezes, na queixa de que no Sanatório "não pode produzir" e fala em *visões* (os olhos lhe brilham, então, intensamente) que estaria tendo; arrependeu-se, aliás, dessa confidência, como se tivesse medo de comprometer-se.

Não me agrada pensar que Lamartine possa estar com medo do que quer que seja. Emília acha que estou imaginando coisas, mas notei isso perfeitamente. E me causou um indizível mal-estar.

Depois, ele mostrou o desejo de "ver, ao menos de longe, a Barca de Dionisos" (nome que dá, na simbologia de uso exclusivo dele — e que, imagino, deve fazer virar no seu túmulo a carcaça de Nietzsche — ao altar do Congresso Eucarístico). Por último, pediu-me que lhe levasse, amanhã cedo, um caderno de folhas azuis sem pauta e os álbuns de pintura com reproduções de Raoul Dufy, Van Gogh e do *Miserere* de Rouault — e indicou-me o lugar em que se acham na sua estante de livros: "na prateleira de baixo, à esquerda".

Se o Philips consentir que se leve toda a encomenda, lá estarei amanhã de manhã sem falta. Mais tarde, levarei a água de colônia de que ele gostou — a "Arpe" Galeria.

Jantamos às 7 e pouco — eu, Emília, os Azevedos, Mário e Lili. Depois, os Azevedos saem. Mas Anita se mostra muito nervosa, não sei se pelo que contamos do Lamartine ou se pelo clima francamente anormal que a irradiação das cerimônias eucarísticas está espalhando pela Cidade inteira. É impossível que isto não acabe numa nevrose mística coletiva!

Emília telefona à Cléo, que se mostra um pouco *desaforadinha*, dizendo-se disposta a "ver o Lamartine de qualquer modo". Telefono eu, depois, procurando atenuar as coisas. Mas a *disposição* da noivinha é braba! Consigo apenas uma trégua, prometendo-lhe telefonar depois que falasse ao médico. Quando o faço, ela já não estava em casa. Falar-lhe-ei amanhã.

O Philips — a quem a Emília conta as impressões um pouco tumultuárias da nossa visita de hoje — tranqüiliza-a. "Os choques devem ter exacerbado a religiosidade do doente. Não se assustem. É assim mesmo!"

Uma notícia assustadora: o "tratamento", que ele, Philips, não cobraria, terá de ser cobrado, porque agora não é mais dos médicos, é da Casa de Saúde. Assim, além das "diárias", tenho de pagar, à parte, quatro contos!

Que hei de fazer? Gemerei amanhã com os 7000,00, se não for mais. Depois, terei de pedir ao Zizinho que me adiante sobre os vencimentos que já estão aumentados... no papel. Ele terá de me abonar uns quinze contos, que pagarei (logo que receber o aumento) na base de 5000,00 por mês.

É despesa sagrada, não se discute. Se for útil a meu filho, não poderia ter melhor emprego.

A "jornada eucarística" entra pela noite. A fanfarra nas ruas tem qualquer coisa de carnavalesca. As vozes que cantam o "queremos Deus" são as mesmas que entoam os hinos a Momo.

Há, contudo, concertos sinfônicos majestosos no Municipal.

O Rogério vem nos visitar, correto sempre. Mas quase não nos fala do Lamartine. Continua com os seus *sestros*. Principalmente o de mirar a mão... Mas, será *sestro*, isso?

Emília se deita cedo. Eu faço por demorar um pouco. Leio. Escrevo. Arrasto, quanto posso, os minutos. Afinal, me deito. Olho o relógio: ainda não são 11.

O programa de hoje não pôde ser organizado como o de todos os dias. Teve sua margem grande de imprevistos.

Comecei por acordar antes das 5. Conseqüência de deitar-me antes das 11. Tomo banho. Apanho a garrafa do leite. Fervo-o. Vou comprar pão na rua. Tomo o meu café às 7 e meia.

251

O Abelardo, que ficara de me acordar, surpreende-se de me ver já de banho e de café tomados, e vestido.

É que me decido a ir *arranjar* o dinheiro do Sanatório, de qualquer modo. Já me acanha ter de bater às mesmas portas sempre. Mas, como nunca deixei de pagar meus compromissos todos, me resolvo, mais uma vez.

Consigo tudo a contento. Em regozijo, logo que o sei pelo telefone, decido-me a trazer duas plantas novas para Emília. Depois é que vou à cidade apanhar o dinheiro.

De volta a casa às 8 e 35.

Saio, com Emília, dez minutos depois. Vamos, de bonde e a pé, ao Sanatório. Atende-nos o Philips. Conversa muito. Dá uma verdadeira aula. Com a preocupação, evidente, de se mostrar senhor do assunto. Consegue, às vezes, ser claro. De outras, porém, "encaroça" muito. Só eu que acho. Emília, não.

Compareço à Tesouraria. Pago a segunda quinzena às freiras. A Principal me avisa que a despesa é maior porque a diária aumentou (o Lamartine agora está em quarto particular).

Estes, os dois recibos:

15 diárias a 200,00	3000,00
Taxa	300,00
Adiantamento	500,00
	3800,00

15 diárias a 280,00	4200,00
Diferença 2 diárias (a 80,00)	160,00
Extraordinários até 15/7/55	428,00
	4788,00

TOTAL DOS DOIS RECIBOS	8588,00

252

Trago hoje da cidade o livro *Psiquiatria Clínica e Forense* de Pacheco e Silva. É um livro simples, muito acessível, de noções precisas e claríssimas. Define bem a esquizofrenia (que parece ser o rótulo posto na perturbação mental por que está passando o Lamartine).

Os Azevedos hoje não sairão cedo. Banho-me, pois, descansadamente. Em vez do café, tomo chá. E aventuro-me a voltar ao Dexamil, que abandonara desde Petrópolis. Ele me fortalecerá o espírito para enfrentar as duras vicissitudes em que está sendo posto à prova.

A leitura dos jornais da manhã inquieta-me quanto ao aumento dos nossos vencimentos, que agora já representa — mais do que um anseio — uma necessidade imperiosa. A demora está dando lugar a mais uma safadeza, a dos procuradores das autarquias. São perto de mil e dispõem de um prestígio eleitoral incrível. Não vingando a equiparação que pretendem, atrapalharão a nossa sorte. A ameaça já está feita: "a última palavra será dada pelo Senado!". Isso, porque a Câmara os repudiou. Se o Senado fizer o mesmo nenhum de nós terá nada! Ou só terá uma insignificância!

Saio de casa às 9 e meia. Vou, a pé, até o Sanatório. Pago, lá, o terceiro recibo:

Tratamento de Insulina, Choques
Úmidos e Eletrochoques 4000,00

Com os anteriores, soma 12 588,00.

Não vejo o Lamartine no jardim. Não o visito também no quarto. Não tinha autorização do Philips para isso, e não quero que digam amanhã que estou perturbando o tratamento dele. Bem que pus olhos compridos para as janelas do quarto, no sobrado. Estavam fechadas. Devia estar dormindo, depois do choque.

Jantamos às 7. Boas, as notícias do Lamartine. Zizinho foi vê-lo. Encontrou-o já refeito do choque, tocando piano. Fez-lhe muita festa. Pediu muito os livros e os cadernos que me tinha encomendado.

À noite, Emília fala com Philips. Diz ele que o rapaz "está reagindo bem aos choques". É tudo o que nos pode dizer, por ora.

Tento ouvir, às 8 e meia, a abertura solene do Congresso Eucarístico. Não foi boa a irradiação. O legado papal — Cardeal Masela, que foi núncio apostólico no Brasil há muitos anos — falou em português. Delicado, sem dúvida. Mas um pouco confuso.

Um último registro, antes de me deitar: esta fotografia do altar-monumento do Congresso Eucarístico iluminado. O efeito da vela dá uma impressão perfeita de barco ao conjunto (a "Barca de Dionisos"...). Lamartine mostrou tanto desejo de ver esse efeito. Foi uma pena não poder satisfazê-lo!

Almoçamos, eu e Emília. Nosso pensamento continua posto em Lamartine, de quem são tão poucas as notícias.

Emília, pela manhã, foi levar ao Sanatório frutas, roupas e dois livros (álbuns com reproduções de Raoul Dufy e Fra Angelico; Van Gogh foi "barrado" pelo Philips, e a série *Miserere* de Rouault também). Levou ainda um bloco de papel de cartas (folhas azuis sem pauta, como ele pediu). Ao que parece, não poderemos visitá-lo, enquanto estiver sendo submetido aos choques elétricos. Não é aconselhável a nossa presença. Absurdo, entretanto, o dizer-se (como o disse ontem o Philips) que Lamartine "não mostra interesse por nós"! Se foi o Zizinho quem nos disse, há dias, que ele nos queria ver! Se a sua alegria, anteontem, quando nos viu, dizia coisa tão diversa!

É por isso que eu odeio os médicos! Metem na cabeça umas tantas noções esquemáticas a propósito de "doenças" e substituem a observação fiel, leal, honesta, dos doentes, pelos bonecos pré-fabricados que a sua imaginação decreta.

Não tenho antipatia pelo Philips, como afirma Emília. Só tenho razões para querê-lo, tão bom tem sido para todos nós. Mas não acho que seja o médico de que Lamartine necessitava neste momento: alguém de quem soubéssemos a autoridade, em quem respeitássemos o saber...

Depois do almoço, deito-me. E torno a dormir. É a única coisa que me apetece fazer hoje. E, se pudesse, sempre!

Terminado o jantar, passo o resto da noite em conversa com Emília. Aventamos, pela primeira vez, a possibilidade de modificarmos o ambiente para a volta do Lamartine a casa. A ida a Petrópolis parece-nos difícil. Ele vai precisar de tratamento, ainda. E, depois, terá de trabalhar. Assim, o ideal seria encontrarmos quem quisesse trocar conosco o apartamento por uma temporada de seis meses mais ou menos. Pensamos no Alfredo, em Santa Teresa. Mas Emília acha mais viável o Danton, no largo do Machado.

Por hoje, foi só a idéia. Depois, com mais vagar, acertaremos os detalhes, se vingar a preliminar da aceitação da troca.

Caminham, felizmente, bem as coisas pelo mundo. A Conferência dos Quatro, em Genebra, que tanto pessimismo despertou no "mundo ocidental", vai cumprindo, lenta mas seguramente, o seu destino. Foster Dulles já não abre a boca para dizer asneiras. Eisenhower já admite que é difícil fazer os russos recuarem de seus pontos de vista, como é difícil forçar-se a ele próprio a abandonar, da noite para o dia, os seus; entretanto, a cordialidade com que, de parte a parte, se discutem as divergências, já é um bom prenúncio de melhores dias.

Entre nós, o Congresso Eucarístico paralisa de todo a vida da Nação. Não se faz nada. Não se trabalha em parte alguma.

Se ainda se limitassem os "eucaristas" a rezar, tudo estaria bem. Seria uma semana de indiscutível elevação espiritual, de irrecusável desapego das questiúnculas mesquinhas que dividem os homens. Mas já começam a surgir os batoteiros da fé, os que sob a capa das "verdades eternas" procuram fazer o jogo das posições terrenas.

O pior é — ainda e sempre — o Carlos Lacerda. Querendo, de qualquer maneira, destacar-se (o que já o liquidou entre os Comunistas e o há de liquidar entre os Católicos), prega a estultícia da *consagração oficial* do Brasil ao Sagrado Coração. Manobra inocente, na aparência, mas, amanhã, seria mais uma cunha na rocha para a escalada... aos Céus!

Ao mesmo tempo que ele tenta esse golpe baixo de politicagem, na Argentina os Lacerdas de lá tentam, com a Marinha, revolucionar, de novo, o país. É o estelionato clerical que se alastra. Animados pelo que se está passando aqui, imaginam que é fácil atracar também no Prata a "Barca de Pedro". Ah! Patifes!

Veja-se o que ocorreu no Ceará. Os espíritas resolveram fazer também um congresso internacional e mobilizaram as camadas mais profundas da população. O Arcebispo de Fortaleza, Dom Lustosa, sentiu isso e não veio... para não deixar o Ceará entregue aos "inimigos"!

Os "eucaristas" ficaram assim sabendo que o Brasil não é esse rebanho de carneiros que as aparências fazem crer.

Notícia alguma do Lamartine até agora (10:30 da manhã). Emília, coitada, se acanha de telefonar. E os médicos, apesar de amigos, não se lembram de quanto necessitam os pais desse "contato" com um filho doente!

Como será diferente quando o tivermos em casa, por mais que tenhamos de modificar a nossa vida e os nossos hábitos! Mesmo que só tenhamos de viver para ele, será um consolo acompanhá-lo, dia a dia, hora a hora, para tudo o que a sua readaptação necessite. Já prometi a mim mesmo uma reforma fundamental — não das minhas idéias, o que seria impossível, mas da minha maneira de externá-las. Tanto eu, como o Abelardo, e a própria Anita, faremos tudo para que Lamartine não encontre mais qualquer pretexto de desinteligência ou desavença conosco.

Mas tudo isso vai ser feito com muita habilidade, com muita prudência, com muito tato!

À noite, não temos visitas. Emília fica lendo um pouco um livro que lhe trouxe, de poemas norte-americanos traduzidos para o português por vários poetas brasileiros (coordenados por Osvaldino Marques), sob o título de *Videntes e Sonâmbulos.*

Felizmente, as notícias de Lamartine chegam — e não poderiam ser melhores. O Hugo esteve com ele. Achou-o ótimo. Mais tarde, pelo telefone, o Barreto e o Philips confirmaram as melhoras.

Boas notícias do mundo, pelos jornais. A Conferência de Genebra vai chegando aos seus primeiros resultados de "coexistência". Eisenhower declarou que aviões russos podem sobrevoar todos os Estados Unidos, tirando as fotografias que quiserem, contanto que aviões norte-americanos possam fazer o mesmo na Rússia. Bulganin gostou do "gesto". E ambos continuam a rasgar sedas... Foster Dulles, calado, felizmente. Embora mande dizer nos telegramas que Eisenhower não faz nada sem ouvi-lo. O patife!

Ontem, trouxe para ler a íntegra da conferência do Tristão de Ataíde sobre "A Igreja no Reino Eucarístico de Cristo". Leio-a, hoje, com o espírito mais desprevenido possível. Teria gostado de gostar... Mas é repetição das mesmas infantilidades de sempre, apenas num estilo mais polido. É o mesmo jogo de palavras — mais do que de idéias — pretendendo que o mundo se oriente ainda pelos símbolos do Calvário, como se o san-

257

gue, a água e o pão resolvessem a vida, em toda a sua magnitude. São autênticos fazedores de loucos, de desajustados, de psicopatas — se são sinceros — ou de mistificadores, batoteiros, ilusionistas, se têm bossa e queda para estelionatários.

Hoje, aliás, me despeço da cidade agitada pelo tufão eucarístico. Quero ter mais contato com as atividades dos "fiéis". Aproximar-me-ei mais do Altar-Monumento em hora de intervalo e observarei depois, a distância, as celebrações que se realizarem.

Serão meras tentativas de participação — ou melhor, de "não-alheamento". Não tenho, todavia, a mínima esperança de qualquer resultado.

Surpresa, e grande, tive, hoje, com a assistente social + + +, do Juízo. Depois de perguntar pelo Lamartine, a quem queria visitar no Sanatório, comunicou-me que está "com um câncer no seio". Animo-a com os paliativos habituais (exagero, impressão, possibilidade de erro dos médicos, facilidade de cura pela localização etc). Ela agradece mas se diz, mais do que resignada, satisfeita! "Minha sorte está entregue a Deus. Se Ele achar que sou necessária, me salvará. Se entender que não Lhe faço falta, morrerei. De qualquer forma, Sua vontade me satisfará. Nunca me senti tão tranqüila e tão alegre como agora!"

Positivamente, esses casos todos me estão deixando abalado da cabeça.

Vou para a praça do Congresso Eucarístico. Aproximo-me o mais possível do Altar-Monumento. Mas a falta de qualquer distintivo na lapela me *marca* muito. Prefiro, pois, ficar de longe, contemplando o movimento, que é grande.

A comunhão dos homens está marcada para a meia-noite. Mas, desde cedo, o interesse pelos bons lugares é enorme. Os *farnéis* são freqüentes. E os vendedores de refrescos surgem de todos os lados. Por sua vez, os alto-falantes não desfalecem no seu empenho vivificador. Quando não são exortações, são hinos e coros lindíssimos.

Foi a custo que me despeguei do lugar em que estava, junto a uma cerca externa, entre homens maduros e moças provincianas encantadoras.

Tomo o bonde 13, em frente ao Passeio Público, depois das 7 e meia. Lugares sobrando, hoje. Leio os jornais da tarde sem dificuldade. A maior notícia é de que *Miss* Brasil figurou entre as quinze finalistas. Já é alguma coisa...

Noite calma, a nossa. Mais uma vez, atravesso-a sem necessidade de recorrer a barbitúricos. A libertação veio mais cedo do que pensava. Atribuo-a, porém, antes de tudo, às boas notícias que temos tido de Lamartine, centro de todas as nossas atenções.

O dia continua a amanhecer lindo. Frio e ensolarado. O delicioso sol de inverno, que ilumina mas não queima, que só de leve aquece... Amor dos velhos. Feito de ternura. Sem a bestialidade agressiva do verão.

Bom, o noticiário internacional. A Conferência de Genebra chegou ao fim, sem incidentes. Eisenhower mostrou-se inteligente, acreditando na sinceridade dos russos. Bulganin correspondeu à expectativa, mantendo o clima elevado dos entendimentos. Não teve nenhuma restrição à proposta de Eisenhower, de franquear os céus soviéticos aos aviadores-fotógrafos-e-cartógrafos norte-americanos. Apenas objetou que tudo isso estaria ultrapassado se se aprovasse a proposta russa de desarmamento pelo menos nuclear... Mr. Dulles deve ter amargurado a subalternidade da sua posição. Eden disfarçou do melhor modo que lhe foi possível o "segundo plano" em que ficou a Inglaterra. Do mesmo modo, a França, com Faure. Caiu, no entanto, a lenda da "intransigência" russa. Quando lhe falam com honestidade e com decência, a União Soviética sabe ter também decência e honestidade.

Almoçamos à 1 hora. A falta de notícias do Lamartine me exaspera. Já não é em nós que eu penso — é nele. Que dirá ele desse *aparente* desinteresse nosso pelo seu estado? Compreenderá que sejam os seus médicos que nos obriguem a isso? Se, ao menos, alguém lho dissesse!

Só porque admiti a hipótese de ser a próxima a última semana de toda essa agonia, alimentando a esperança de que o Lamartine venha para casa no fim do mês, quando terminarem as duas quinzenas contratadas e o tratamento de cinco choques elétricos (além dos "úmidos", dos "insulínicos"), Emília me fuzila com um temporal de impropérios, dispondo-se a fazer os "sacrifícios de que eu me quero poupar".

É uma injustiça isso! Está claro que eu não posso ter calma diante da perspectiva de uma renovação de pagamentos que estão acima das minhas disponibilidades. Mas, se for necessário, é evidente que eu arranjarei esse dinheiro, seja como e de onde for!

Outro despropósito que quase me levou a ter uma congestão na mesa foi o dizer Emília que ele sairá do Sanatório e terá aqui, em casa, *a vida que quiser*. Não, não e não! Ou ele se sujeitará às restrições que lhe impusermos, ou agora serei eu quem abandonará a casa. Não vou absolutamente permitir que ele caminhe para a recaída cometendo os mesmos erros que o levaram à catástrofe de que se está salvando. Disso, não há quem me demova!

Acho que já fui fraco permitindo que isso chegasse ao que chegou. Deixar que se aprofunde, agora, isso ninguém pode ter a ilusão de que se possa esperar de mim. Religião, para mim, sempre foi doença, sintoma de desequilíbrio mental. Entenda-se: religião raiando pelo *fanatismo*, religião à Léon Bloy *et caterva*. Uma religião *normal*, que se enquadre nas atividades normais da vida, seja. Mas desde que se afaste desse padrão em que vive o comum das pessoas normais para se extremar — isso já é caso de médico ou de polícia!

Às 3 e meia, Emília consegue telefonar para o Philips e ouve dele informações animadoras. Mas, nada adianta. Enquanto fala, ela se convence. Assim que deixa de falar, porém, tudo degringola de novo... Francamente, não sei o que fazer!

O Philips acha que amanhã poderemos visitá-lo. Emília aceita, logo. Eu ainda reluto. Não sei de que adiantará.

A tarde me reservaria ainda uma emoção inesperada: visitando-me, como o faz habitualmente aos sábados, à tarde, o Sócrates se apresenta profundamente abatido (como há muito não o via) e me pedindo para tomar nota de suas "últimas vontades", pois não deseja alterar seu testamento (em que institui a mulher, Rose, sua única herdeira). Procuro demovê-lo desse propósito com pilhérias. Mas ele me chama a sério, com energia incomum.

— Você, Espártaco, é, hoje, toda a minha família. Lúcia não me trata com o carinho que eu julgo que merecia. E o Danton não tem cabeça. De modo que você vai ter paciência e vai me ouvir por mais tempo do que costumo lhe tomar.

Começa contando como morreu sua mãe, a Hermínia, primeira mulher de Papai. Papai fora morar perto da casa de tio Félix, na rua do Bispo:

— Era uma casinha de sobrado, de um dos filhos de tio Afonso, o José. Nunca pude perdoar a tio Afonso o que fez com minha mãe. Sabendo-a muito doente (ela arruinara uma espinha no queixo e o tratamento era feito pelo primo Carlinhos por meio de cauterizações de ferro em brasa. Cada vez que o Carlinhos lhe fazia os curativos, seus berros enchiam a casa toda. Eu saía, com meus primos. Mas, mesmo no jardim, ouvíamos!), ainda assim, quando tio Afonso chegava em casa (de que cedera a Papai apenas uma parte), fazia tal barulho que Mamãe sempre acordava. Um dia, sem que tivéssemos sabido de nada, Papai chamou a empregada e lhe falou: "Diga ao Afonso que aconteceu o que ele tanto queria. Hermínia morreu!". Nunca me esqueci disso!

Depois, diz-me:

— Quero ser enterrado com a maior simplicidade. Não é por avareza. É por princípio. Será um caixão tosco, de pinho.

261

Flores, só quero as que couberem no caixão. Nada de coroas. Nenhum luxo. Nenhuma ostentação. Logo que eu falecer, a Rose irá para a casa dos primos, os K. Já está tudo combinado, os primos estão de acordo. Naturalmente, ela venderá as nossas casas antes de ir morar com a Raquel e o marido. Mas, como ela tem um irmão meio amalucado, que vive pensando em bons negócios, eu não quero que ela se deixe levar por esse irmão. Você, portanto, vai fazer o rascunho de uma carta em que digo que ela não fará negócio algum sem unir você e a Raquel (além do marido desta, naturalmente).

— Agora, eu tenho um pedido ainda: você sabe que eu me afeiçoei muito a uma meninazinha que morou conosco. Chama-se Ana Luísa Lopes. Eu prometi à mãe dela que haveria de ser o seu padrinho de casamento. É evidente que não chegarei até esse dia. Então, desejaria que, em minha memória, em minha intenção, Rose desse dez a vinte contos à menina quando do se casasse.

Prometi fazer tudo, emocionadíssimo, mas me controlando ao extremo. Quando ele saiu, fui levá-lo, com o Abelardo, até o elevador. E ainda lhe disse: "Tire essas bobagens da cabeça, que eu ainda posso *ir* antes de você!". Mas ele não se riu.

Já agora (6 e meia da tarde), telefonei à Lúcia, transmitindo-lhe tudo, palavra por palavra. Ninguém pode avaliar quanto isso me tortura, no estado de espírito em que já me encontro. Mas era necessário. Se o Danton vier jantar aqui, como me prometeu, hei de pô-lo também a par de tudo.

A cena com o Sócrates me abala muito. Para recuperar a normalidade, quebro a trégua do Quietex. Preciso garantir o sono, hoje, e a serenidade, amanhã, quando iremos visitar o Lamartine, logo depois do almoço.

Já vinte e três dias são passados sobre a ausência do Lamartine. Mas sua falta é tão grande, é tão aguda, como se tivesse sido ontem. Para mim, as distrações políticas e intelectuais ainda me atenuam muito a impressão. Mas, para Emília, a falta é enorme, é incalculável!

Hoje, já temos perspectivas mais claras. A informação dos médicos é boa. Não poderia ser melhor. Sabemos bem quanto tudo isso é precário. Mas sempre é preferível que, dentro do falível, haja esperança, e não desalento.

Já, à tarde, vamos visitá-lo, como o fizemos no domingo passado. Não confio, também, muito, nessa impressão direta, pessoal, pois somos leigos e a doença é traiçoeira. Mas há pequenas coisas que dizem muito ao coração dos pais. Delas dependerá o prognóstico que faremos de nós para nós.

Nossa ida será logo depois do almoço, pois queremos vê-lo bem, descansado, num dia sem choques, em que já lhe possamos falar, sem exagero, na sua próxima volta a Casa.

Já fui buscar, pela manhã, algumas coisas de que ele necessita: pasta de dentes, talco, desodorante, limas frescas... Emília completará a carga com morangos, perfume e outras miudezas mais maternas. Também Anita faz questão de lhe mandar um sabonete Phoebus, que ele aprecia muito. É pena que o Philips não esteja de plantão. Mas, com quem quer que esteja, nossa alegria já será muita.

Almoçamos à 1 hora. Antes das 2, saímos (eu e Emília). Chegamos ao Sanatório (tivemos que ir a pé, com o tráfego anarquizado pelo último dia da semana eucarística) meia hora depois, um pouco cansados, ambos. Mas Emília sempre aparentando menos.

Lamartine desce para nos receber no jardim. Apesar do paletó de lã, em pleno calor, e do cabelo crescidíssimo, achamo-lo de boa aparência. Nenhum abatimento, apesar dos choques. Inteiramente "saturado", porém. Segundo disse (várias vezes), tolerará até o fim da semana, dia 31, no máximo. Se tiver de ficar mais, *fugirá*. E não será aqui para casa.

Nós lhe dizemos que tudo nos faz crer que possa sair a 31. Pedimos-lhe, entretanto, que tenha calma, que continue resignado com o tratamento, pois *os choques terminarão*. Disso, podemos lhe dar certeza.

Reclama, muito, contra a "selvageria" de tal tratamento. Está com o corpo todo dolorido, notadamente as costas. Não acha posição para dormir. E revolta-o a perda sensível da memória, o que ele considera um atestado contra a sua inteligência, contra toda a sua personalidade.

A não ser isso, porém, sua normalidade é absoluta. Nenhum desvio! Nenhum descarrilamento! Conversa calma, raciocinada, perfeita. Pediu que não deixássemos mais passar tanto tempo sem vê-lo. Prometemos que iríamos *todos os dias.* Quando não fosse eu, iria Emília. E iriam também Anita, o Abelardo e a Cléo. Só não era possível deixar que ele voltasse aos excessos que o haviam levado ao descalabro a que o levaram.

Aqui ele me contou:

— Mas que descalabro foi esse? Não houve descalabro nenhum! Tudo o que eu fiz, mesmo na praia, sabia o que estava fazendo. Fiz porque *tinha de fazer.* Mas não se preocupem: não repetirei — uma vez bastou!

Passou, então, a mostrar que se lembrava de tudo:

— Na praia, houve até um detalhe que vocês não devem ter sabido e que foi gozadíssimo. No meio dos que se aproximaram de mim, quando estava nu, veio um guri de três para quatro anos trazendo na mão um calçãozinho (o dele) para que eu vestisse!...

Depois, contou como foi pegado pela Radiopatrulha. Não se jogou ao mar, como pensávamos; disse que ficou parado, em pé, no centro de um círculo agressivo de curiosos, enquanto o banhista voltava do Posto dizendo que já tinha chamado os policiais. À espera da Radiopatrulha, tentou, em vão, convencer o guarda-vidas de que devia deixá-lo ir-se; o interlocutor, rindo para ele e para os que se juntavam em volta, só fazia repetir: "Mas com que roupa?".

Contou que, quando chegaram os policiais e um deles lhe perguntou por que era que tinha resolvido ficar nu, ele (o Lamartine) mostrou-se admirado de "como era possível que não percebessem que já estavam na Eternidade", ao mesmo tempo que fazia um gesto amplo abrangendo o céu todo e o mar ("o mar estava muito tranqüilo, a manhã não era quente mas era luminosa").

Ele agora pretende que tenha sido "esperteza" sua, "encenação" forçada pela impossibilidade em que se achava de dar uma explicação razoável para a impropriedade do seu comportamento.

Pode ser. Mas, quando chegou em casa de Lúcia, onde o esperávamos na maior das aflições, entrou dizendo as mesmas coisas (que estava na Eternidade, que havia morrido, que era Cristo, capaz de fazer o impossível etc.). Emília, aliás, observou, com razão, que ele não teve uma só palavra para referir-se ao que se passou em casa de Lúcia. É de se admitir, portanto, que o que fez aí foi plenamente inconsciente.

Não sei se isso é bom ou mau. Só os médicos poderão dizê-lo. Como leigo, tenho a impressão de que ele *não teve delírio algum*: nós é que lhe atribuímos um procedimento delirante.

Disse-lhe, todavia, que *a vida em sociedade impunha restrições que tinham de ser respeitadas, custasse o que custasse.*

Ele pareceu concordar.

São 6 e meia da tarde. A noite já desce sobre a Cidade. O Papa acabou de falar, estendendo a sua bênção universal ao mundo.

Amanhã, iniciaremos a última semana de julho. Será, também, a última da ausência do Lamartine? Ainda não me sinto com forças para dizê-lo.

Tivemos, para o jantar, a companhia da Cléo. Isso nos alegrou muito porque ela continua a nos lembrar o Lamartine que foi e a nos sugerir o Lamartine *que será*.

Já a tinha animado muito quanto ao próximo domingo (que esperava ser o da volta do nosso querido), quando o Philips telefona. E nos corta, raso, as esperanças! O Lamartine não terminou sequer o *tratamento*. O último choque não será mais amanhã, mas só na quinta-feira; só na sexta, portanto, é que ele (Philips) poderá saber o verdadeiro prognóstico da doença. Se tudo estiver bem (como ele admite e acredita), começará, então, um outro tratamento complementar aos choques, mais psicoterápico do que terapêutico. Ora, para isso, o repouso é mais que necessário, é indispensável. O repouso e a assistência médica constante, com a vigilância rigorosa para evitar todas as transgressões e todos os excessos.

Por outras palavras: ele terá de ficar, no mínimo, mais uma quinzena!

Naturalmente, vai ter visitas. Nós iremos com mais freqüência. Anita e Abelardo, também. E a Cléo, sobretudo. Os amigos, depois. Muito depois.

Agora, vem o problema da despesa. Não havendo choques, não haverá os 4000,00 do "tratamento". Pelas *diárias*, só serão 4200,00. Com os extraordinários inevitáveis, 5000,00.

Vou providenciar junto ao Zizinho para ser reembolsado quando eu tiver o aumento (o que acredito que se dê, no máximo, em fins de setembro — só daqui a dois meses, portanto!).

A noite, mesmo sem calmante, foi bem-dormida. Não que tenham passado as preocupações, que continuam, e grandes. Mas porque tudo, mesmo no domínio moral, tende a se insensibilizar. A alma também cria os seus calos. E ai de nós se não fosse assim!

Minha grande preocupação, agora, é poder fazer face à permanência de Lamartine no Sanatório. Havia calculado tudo até o dia 30. Passando daí, já me perturba. Se eu tiver a certeza do aumento, nas bases proclamadas, não haverá dificuldade em conseguir do Zizinho que me adiante o necessário. Mas, sem essa certeza, não posso assumir mais compromisso nenhum.

Acordamos, às 8 horas. O tempo continua esplêndido. O frio chegou, razoabilíssimo. Com um sol muito fraco de inverno.

Não irei ao Sanatório, hoje. Emília o fará, por todos nós. Agora, ela precisa distrair-se distraindo-o. Só ela poderá fazer isso porque é calma. Eu só atrapalharei o seu repouso, pois, penso, como ele, que de nada adianta mais o Sanatório, desde que acabe o tratamento pelos choques. Para o repouso, preferiria a Casa, uma vez que nos comprometêssemos a mantê-la sem os elementos de perturbação. A Cléo e os amigos terão de aceitar essa situação. E estaríamos livres da sangria diária de 280,00, que debilita as finanças mais fortes, quanto mais as depauperadas como as nossas!

Colo, na página seguinte, o editorial de *Imprensa Popular* afastando o fantasma, tão explorado pelos reacionários, de que os Comunistas hostilizariam o Congresso Eucarístico. É um documento necessário, tanto mais que agora — encerrado o Congresso — todos viram que ele foi cumprido na íntegra.

Colo, ainda, noutras páginas, outros documentos decisivos da hora: o acordo de Bulganin (URSS) com Tito (Iugoslávia) e as bases gerais do entendimento a que se chegou em Genebra. Não era possível ir mais longe na atmosfera carregada dos nossos dias. Depois, sim; depois, tudo se consolidará.

Desde cedo na cidade, procuro garantir, dentro dos meus já quase exaustos recursos de crédito, mais uma quinzena de Sanatório (a atual se vence no dia 30, sábado). Supus que fosse a última — que o Lamartine pudesse estar em casa domingo, 31. Não foi possível, isso. O Philips quer que fique, pelo menos, mais quinze dias (até 14 de agosto). E já falou em "novo tratamento". Será nova série de choques?

Venho para casa, meio atordoado. Por cúmulo da infelicidade, a Cidade ainda está cheia de "peregrinos". Hoje, pareciam em maior número do que nunca! Tenho, por companheiro de bonde, um padre. Mineiro, moço de 34 anos, vigário de Barbacena. Amabilíssimo. Procurei sê-lo, também, com ele. Fazemos ótima camaradagem. Acabou pedindo o meu nome e o meu endereço. Dei este. Quanto ao nome, pelas dúvidas, troquei o Espártaco por... Eduardo.

À noite, Danton me telefona: ainda não conseguiu resolver a questão da licença de Lamartine no emprego (no Instituto de Documentação). Marcou para amanhã, sem falta.

O Philips fala com Emília (que hoje esteve de novo no Sanatório por mais de uma hora!). Consente em que se leve um rádio para o Lamartine e consente nas visitas (da família e dos amigos). Desorienta Emília, todavia, com o dizer que os choques serão *cada vez melhores* para Lamartine (há tempos dissera precisamente o oposto!).

Danton dá uma ótima notícia: conseguiu que o Lamartine fosse considerado "presente", no serviço, até o fim do mês; no dia 1º, entrará com um requerimento, pedindo um mês de licença (agosto) e justificando-se, por doente, de não entregar a tarefa mínima (150 verbetes mensais) a que é obrigado. Não poderiam ser mais generosos.

Lúcia me faz o que eu me recusei a lhe pedir: um empréstimo *sem juros* de 10000,00, para pagar à medida que for podendo (logo que se efetive o meu aumento já aprovado na Câmara e dependendo apenas do Senado, em discussão única, deverei ter mais 5000,00 mensais, que eu e Emília já havíamos destinado ao tratamento do Lamartine).

E Zizinho já se prontificou a dar a 1º de agosto um atestado de que o Lamartine se acha a seus cuidados médicos, impossibilitado de trabalhar durante um mês pelo menos, o que se juntará ao pedido de licença que ele vai dirigir ao Instituto de Documentação.

Ao deitar, sinto uma dor suspeita no abdômen. Receio que seja apendicite, embora do lado esquerdo, o que poderia ser "reflexo". O Abelardo quer que Zizinho examine, mas eu dispenso. Já chega de complicações na nossa vida. Posso esperar por época melhor...

Estou, desde ontem, sem caneta, obrigado a recorrer ao lápis, para não atrasar estes registros, a que já me escravizei para liberação dos recalques mentais de que tanto receio.

Almoço em paz. Tão em paz que me decido a ir com Emília ao Sanatório para "tentar" ver se consigo a procuração do Lamartine (para receber o salário de julho). Confesso que não esperava que saísse tudo certo. Primeiro, pela hora (as visitas são só de 2 às 5); depois, pelo estado do nosso filho (os choques poderiam tê-lo atordoado muito). Mas tudo, felizmente, correu bem.

O rapaz está magnífico, de corpo e alma. Nós é que nos afobamos com receio de que ele... se afobasse. Fez a procuração, limpinha, com uma letra de causar inveja! Depois, batemos papo. É evidente que ele não quer ficar mais tempo. Está "cheio". Depois, eu lhe prometera que só ficaria até o fim do mês. Agora, saber que ainda precisa demorar mais quinze dias é penoso! Nós o animamos com o rádio e a perspectiva de visitas. Mas não nos iludamos: vai ser difícil.

Falou-me, de passagem, de uma doente muito bonita, pela qual está um pouco apaixonado. Queria muito que eu visse a "pequena", mas não a vimos. Combinamos que Emília amanhã levaria a Cléo. Será um meio de "domesticá-lo". Ele, aliás, revela grande satisfação com a notícia.

Aparentemente, já não está pensando muito em religião. Não falou no assunto. Será que a nova "paixão" contribuiu para isso? Seria, então, o caso de aprovarmos essa desconcertante transferência de sentimentos (mesmo levando em conta o quanto pode magoar a Cléo)?

Falou-me também de "ir às corridas no outro domingo", o primeiro de agosto, que já é do *sweepstake*. Achei isso bom. Cheguei a admitir, com o Mário, que era uma "volta" a um hábito inocente, que nenhum mal lhe poderia fazer.

No plano da política nacional, os golpistas ainda não desanimaram de fazer correr mais sangue em agosto. Começarão no dia 5, com as comemorações do primeiro aniversário do "crime de Toneleros". Prosseguirão por todo o mês, principalmente no dia 24, o dia do suicídio de Getúlio. É inconcebível isso! A morte não os detém. Nem a morte! Querem *matar o cadáver*, impedindo que a memória do desventurado Presidente continue a empolgar os brasileiros. Já é preciso ser muito baixo para isso!
O Danton, no entanto, pelo telefone, faz coro com esses miseráveis. É o cúmulo!

Hoje, Emília deve ir com a Cléo ao Sanatório. Anseio por saber a reação que o Lamartine vai ter. Emília já me parece um pouco *enciumada* da participação da "noiva" na vida do filho. Considero-a, no entanto, essencial, devendo apenas ser *orientada*, nunca *proibida*.

Venho para casa às 5 e pouco, já um tanto aperreado. Quando chego, Emília me conta que o Lamartine recebeu muito bem a Cléo, guardando ótima linha. Entretanto, insistiu na bobagem dos "milagres", dando-lhe para revelar um filme "que não sabia como lhe havia chegado às mãos". Depois disso, pediu à Emília que o deixasse a sós com a Cléo, ao que Emília anuiu. Ao se despedir da mãe, quis que a Cléo voltasse amanhã mesmo! Não está certo isso. E a Cléo já se achou no direito de dizer que *irá sozinha*. E que vai combinar com o Albino etc. Nada disso me parece razoável.
Janto aborrecido. E entro pela noite, irritadíssimo. Ao que parece, o Philips também não gostou das "perspectivas".

Não me sinto com coragem para trabalhar à noite. Suspendo tudo às 9 e meia. Trabalharei amanhã, pela manhã. Se dormir bem a noite, o que ainda é duvidoso. Procurarei, no entanto, precaver-me com o Quietex. É o único meio de me não entregar ao descontrole dos nervos.

Nenhuma novidade substancial, nos jornais. Anuncia-se que tivemos uma onda de frio na madrugada de hoje. Ninguém sentiu... E nós dormimos junto do mar, de janela aberta!

Em política, nada. Os candidatos continuam em excursão. Ontem, o Plínio Salgado se disse "certo da vitória". Os juarezistas dizem o mesmo. Só o Juscelino não fala no resultado do pleito. Quem poderá duvidar da sua vitória? Restaria o Adhemar, já *liberado* pela Justiça Eleitoral. Mas é um simples caso de desvio de votação em São Paulo. Prejudica mais o Juarez. Não creio que chegue a afetar a solidez do Juscelino.

O Abelardo deve receber, hoje, o salário de julho do Lamartine. O dinheiro ficará de reserva para que ele tenha alguma folga quando voltar à vida.

O Sanatório está pago até amanhã, inclusive. Para a próxima semana, recorrerei ao empréstimo de Lúcia, que conto pagar já para o mês (se falhar o aumento imediato, terei as achegas da minha colaboração na *Gazeta Judiciária*, além das economias que eu me impuser). No dinheirinho dele não tocarei, por mais que me digam que faz parte da cura ele a saber custeada por seu próprio bolso.

Emília achou, hoje, o Lamartine "formidável". Ele reclamou minha presença, estranhando que o não visse há dois dias. Decido ir amanhã mesmo, o mais cedo possível.

271

Logo que os Azevedos se movimentam para o banheiro — e o fazem com bastante ruído — eu me desperto. Tomo banho. Faço a barba. Devoro um café suculento, com seis fatias finas de pão preto, bem untadas de manteiga Sinhá (salgada). E me atiro aos jornais.

Nenhuma novidade. Quem lê os vespertinos não precisa dos matutinos. Limitam-se a repisar, sem vibração, o que os outros antecipam, com escândalo.

Não tenho mais, agora, a menor dúvida quanto à vitória do Kubitschek. O ódio zoológico com que contra ele investem a *Tribuna* e *O Globo* é sintomático. Já está vitorioso. E duvido muito de que as famosas "classes armadas" pensem em lhe impedir a posse, quando eleito. Mesmo que represente a "volta de Vargas", será uma volta legal, legítima, por meio do voto e não das baionetas dos "golpistas". É uma inutilidade querer ameaçar o povo com histórias de papão...

Saio às 9, para ver meu filho no Sanatório. Ainda o encontro no quarto, mas já vestido, ouvindo rádio. Fala-me, todavia, insistentemente, em já estar "chateado". E pergunta-me se não é possível, amanhã, *dar um pulo* até em casa para almoçar conosco. Não vejo inconveniente. Entretanto, só os médicos poderão resolver.

Ele me leva até o jardim. Lá me apresenta a vários "companheiros" (fico sabendo que o Ricardinho, nosso "informante extra-oficial", não desce do *Castelo* há muitos dias). Todos se mostram seus amigos. Isso é um traço irrecusável.

Um — estrangeiro — se me afigura, todavia, muito inconveniente como companhia. Está agitadíssimo. De fisionomia transtornada. Diz que tinha seis anos quando o pai foi assassinado pelas costas. "Era um homem bom, incapaz de uma violência! Minha mãe sofreu muito. Eu fiquei reduzido ao que sou. Mas, não tenha dúvida — reagirei. Recuperando minhas forças e consolidado na minha fé, voltarei a viver!"

Não me parece que esse contato com elementos assim beneficie o Lamartine. Por isso, me inclino, cada vez mais, à idéia de retirá-lo, o mais depressa possível, do Sanatório. Saio da visita às 11 e pouco, quando o meu filho vai almoçar.

Dou, ainda, uma volta de bonde até a cidade, para espairecer. Chego ao Leme, para almoçar, à 1 hora. Vamos logo para a mesa.

Às 2, tornamos a sair — eu, Emília, Anita e o Abelardo, todos rumo ao Sanatório. Não gosto nada dessa segunda visita. Lamartine se apresenta *ultrachateado*. E nervosíssimo! É possível que o dia — muito frio e nebuloso — concorresse para isso. Mas não gosto. Preferiria não ter voltado lá. E saio às 3 e pouco, num estado de espírito deplorável. Emília e os Azevedos ficaram por lá.

Venho para o Leme. Mas não tenho ânimo de fazer nada. É o grande mal dessas moléstias — o animar demais! Ainda bem que, quando Emília e os Azevedo voltam, já informam que o "querido ausente" melhorou fantasticamente do meio para o fim da visita. Era eu que o estava aborrecendo, por certo...

Logo depois, Emília telefona para o Philips e pergunta se Lamartine poderia vir amanhã almoçar em casa e passar conosco a tarde: a resposta foi afirmativa. E Emília, na mesma ocasião, telefona para o Sanatório e pede ao Barreto para avisá-lo de que a sua vontade será feita: irei buscá-lo às 10 e meia e ele ficará aqui até as 6!

Jantamos às 7 e pouco. Sem visitas. Só os de casa. E sem telefonemas, o que foi um grande bem. À noite, apesar do frio (a temperatura caiu incrivelmente — espera-se, para esta madrugada, que desça ainda a catorze graus!), logo depois do jantar, saio com Abelardo e Anita. Vou, primeiro, alistar o Lamartine como eleitor do Juarez — o posto é aqui mesmo no Leme, na praça Demétrio Ribeiro. Depois, vou levar Anita ao posto do Kubitschek (que é na rua Gustavo Sampaio, quase na esquina de Aureliano Leal). Ganho esta flâmula dos J. J. (Juscelino-Jango), que colo na página ao lado. E outra, grande, que não dá para colar... E retratos, boletins, material de propaganda.

Em casa, de volta, às 9 e meia. Achamos Emília sozinha — coitada! — lendo os seus intermináveis livros de psiquiatria.

Às 8 e meia, Lamartine telefona, pedindo que eu o vá buscar. Vou em pouco mais de meia hora. Chego ao Sanatório às 9:10.

Ele está no jardim, de fisionomia iluminada, radiante. Faço-o vestir o suéter que a mãe manda. Converso com o médico de dia (Dr. Osíris), que se mostra sabedor da ordem do Philips. Falo, ainda, com o doente diplomata, que tem sempre coisas amáveis para me dizer sobre o "talento musical" de Lamartine. Brinca comigo o louro estrangeiro (Peter), que teve o pai assassinado quando ele tinha seis anos, e que chama o Lamartine, no jardim, assobiando *Pedro e o Lobo* de Prokofiev; e cumprimento, com a cabeça só, a bela musa do meu poeta — que hoje se mostra realmente encantadora (tem uma curiosa peculiaridade: o sorriso é de extremo recato, em contraste com a exuberância do olhar e dos movimentos). Saímos, abraçados, eu e o filho.

Na rua, ele se expande em verdadeiro ritual de comemoração à liberdade. Depois, *localiza-se* e me pede para irmos a pé. Fazemos o percurso todo, andando. Nenhuma descaída. Apenas as mesmas queixas de sempre. O mesmo empenho inflexível em *sair de vez* do Sanatório.

Faz muita festa a todos — à mãe, à irmã, ao Abelardo, à Augusta e à Casa, a começar pelo seu quarto, em que se demora, quase em êxtase. Almoçamos ao meio-dia, depois que ele telefona para a Cléo, para o Albino, para Zizinho e Lúcia.

A Cléo não pode vir porque já estava comprometida para almoçar com a irmã. Vem o Albino, que entra emocionadíssimo, beijando-me e à Emília. Ele não pode avaliar quanto esse gesto o fez subir no meu conceito!

O almoço correu animado. Rogério veio representando os Lousada, mas não almoçou, também por se haver comprome-

274

tido a fazê-lo com a irmã. À tarde, veio ainda o Zizinho, sem Lúcia e sem Martinha.

Passa já das 3. E a Cléo ainda não veio. É uma imprudência, pois a oportunidade era única para ser aproveitada por ambos. Enfim... cada qual sabe o que faz. Depois, se a "musa" do Sanatório progredir, ela não se poderá queixar.

Precisava muito da tarde de hoje para despachar os meus processos do Juízo. Mas a alegria de ter o Lamartine compensou tudo!

A Cléo chega, afinal, às 3 e meia.

Lamartine se regala num banho de banheira, que fiz questão de pôr *bem quente* e que Emília perfuma com sais aromáticos. A crer no que ele diz, os banhos de chuveiro do Sanatório (frios e rápidos) são apenas para constar. É o primeiro banho *de verdade*, portanto, que ele toma no mês de julho, de tão trágicas recordações para todos nós, os da sua família.

Agora, acabado o banho, ele se vai vestir e vai sair com a Cléo. Ouvi dizer que vão jantar juntos uma "*pizza* napolitana". Justo, comemoração "em liberdade". Mas lamentável para quem está com os intestinos avariados. Seria bem melhor que jantassem em casa e depois fôssemos todos levá-lo de volta até o Sanatório.

Jantamos — eu, Emília, os Azevedo, Mário e Lili. Depois do jantar, chega Lamartine com a Cléo e o Albino. Ajuizadamente, às 8 e pouco. Comeram aqui perto, na Churrascaria Gaúcha, da avenida Princesa Isabel. Ele estava com a cara bonita dos bons dias. Penteado. Cheiroso. E, tanto quanto possível, satisfeito.

Vamos levá-lo — eu, Mário, Cléo e o Albino. De bonde e a pé. Como o primeiro demorasse, passamos um pouco da hora. Chegamos ao Sanatório às 9:10. Muito amável, contudo, o porteiro. Abriu-nos logo o portão de entrada. Depois, subi, só, com ele, enquanto os outros ficavam esperando na rua.

Ele se resignou ao regímen de internato. Não se conforma com o tratamento, com os choques, com o Philips. Queixa-se, também, das companhias, contra-indicadas realmente. Mas a *licença* obtida hoje contribuirá, por certo, para aumentar a sua tolerância.

Nossa volta, sem ele, foi triste. Levamos Cléo até a casa dela, na Marquês de Olinda. Só o Albino entrou. Eu e o Mário ficamos no portão. Depois, viemos de bonde, até cá. Mário apanhou Lili, que ficara com Emília. E nós sentimos aumentado o vazio que a presença passageira do filho querido causou.

Fui informado, com segurança, de que o projeto do Senado, longe de nos desfavorecer, beneficia muito, pois, além de manter o aumento de 5000,00, nos dá "atrasados". Assim, acredito que possa contar sem receio com essa margem até setembro ou outubro, no mais tardar. Com ela é que pagarei à Lúcia e aos outros que me emprestaram o dinheiro necessário ao pagamento da permanência de Lamartine no Sanatório. Isso já é ponto assentado com Emília (passaremos cinco ou seis meses sem nos beneficiar com o aumento).

Sem notícias de Lamartine por todo o dia de ontem, tivemo-las, hoje, afinal, às 11 horas. E excelentes. O doente passara muito bem a noite e me pedia que lhe levasse um filme "Kodak-120" para tirar alguns retratos, pois que máquina havia.

Almocei às carreiras, satisfeito, exuberante. À 1 hora, saí. Cheguei ao Sanatório em dez minutos. Levei, além do filme, uma dúzia de laranjas-lima lindas, saborosas, compradas na feira em frente de casa.

O patusco não estava no quarto. Já estava a passear pelo jardim. Naturalmente, atrás de algum rabo de saia — da "musa" com certeza. Efetivamente, dez minutos depois, avisado da minha presença, subia ao quarto como uma flecha.

Hoje, achei-o excelente de aspecto e de ânimo. Conversamos como dois velhos camaradas. Afiancei-lhe que ele estava nos "últimos dias da prisão". Pouco depois, o Barreto confirmou.

Não paguei ao Sanatório, porque, ao que me parece, vou pagar *vencido* dentro de poucos dias.

Hoje, no Juízo, tive que propor a condenação de uma pobre pretinha ladra, que pedia, ela própria, para ser internada.

Impressionante, a beleza da lesada, uma mulata clara, de 22 anos, de olhos, riso e seios lindos. Chamava-se Olívia. Fiz o possível para disfarçar a impressão que ela me produziu. Mas mulher é bicho difícil de se enganar a respeito do interesse que desperte no homem. Ao encerrar a audiência, a pretexto de procurar uma luva de que se esquecera, voltou à sala e disse-me: "Vi que lhe interessei... Não negue. Pois não faça cerimônia: sou desimpedida. Quando quiser, estou na rua + + +, número + + +. É só telefonar, que o espero!".

Não registro isto por gabolice. É um sinal dos tempos. Hoje, só não tem mulher quem não quer. Não sei se é miséria, se é patifaria — só sei que o homem "sem princípios" não perde tempo para se contentar.

Hoje, uma nota extravagante no serviço: o Juiz apareceu acompanhado da + + +, a quem eu não via desde que se separou do marido. Está fantasticamente linda! Com toaletes européias, com *make-up* americano, com perfumes orientais! Uma "perversidade" verdadeira!

Fez-me (sempre do braço do Meritíssimo) um cumprimento que... francamente!

Quando o Mário os viu juntos, esperando o elevador, ela com a mão nas suas, abriu a boca apalermado:

— Que *fenômeno* é esse?!

Saio diretamente para o Sanatório, às 10. Encontro o meu filho fisicamente bem. Está mais gordo. E corado. A sua cor não era boa; hoje, achei-a ótima. Fez-me muita festa. Passeamos no jardim. Novos problemas o estão agoniando, entretanto. Agora, são sentimentais.

Ele é como o pai — não sabe *badiner avec l'Amour*. Conosco, tudo o que fala ao coração se torna logo sério. O "namoro" com a Inês (a beldade do Pavilhão dos Tranqüilos) o está preocupando, pois se lhe afigura logo "uma paixão". Debalde procuro convencê-lo de que foi um passatempo, perfeitamente justificável para encher os seus dias solitários. Protesta. Falo-lhe da Cléo. Digo-lhe que é a mulher que lhe serve, do seu nível, das suas idéias e, afinal, da sua escolha. Ele se mostra confuso, daí por diante, de poucas palavras. Tanto mais que se acerca de nós o Peter (o louro que assobia *Pedro e o Lobo*). Pegou alguma coisa da nossa conversa e vem com brincadeiras:

— Você precisa desistir disso, rapaz! Há tantas enfermeiras bonitinhas e sadias aqui. Olhe para elas! Não pense mais nessa moça, que você pode esperar dela? Você já é meio maluco. Ela é maluca e meia. O filho de vocês será maluco ao quadrado!

Lamartine se ri. Mas não contesta. E conta-me que, ontem, a Cléo o viu com a menina. E não ficou nada contente...

Venho para casa cedo, antes das 6. Mas tenho de passar pela praça General Osório para comprar pães pretos, o que me toma muito tempo. Chego a casa às 7 e meia. Contava jantar com Emília fora, pois, sem os Azevedos, descansaríamos a cozinheira. Mas Emília preferiu ficar em casa, pelo frio.

Entristece-me muito a notícia da morte de Carmen Miranda, ocorrida, hoje de manhã, nos Estados Unidos. Já a achamos muito combalida na sua última aparição em público no Rio. Mas quem podia pensar em mal tão grave?

278

Também a + + +, Assistente Social do Juízo, já se internou no Hospital dos Servidores do Estado. Tratamos de levar-lhe em casa as certidões pedidas — foi tudo o que pude fazer por ela, que se mostrou tão comovida e interessada com a doença do Lamartine. Confirmou-se o diagnóstico de câncer. Mas, sendo seio, se afigura operável, embora seja de temer a "metás-tase" (a reprodução em outro ponto do organismo, mais dia menos dia).

Os médicos consentiram que Lamartine ficasse conosco, desde hoje à tarde até depois de amanhã, segunda-feira, pela manhã. É preciso que meu filho se distraia do ambiente pe-sado do Sanatório, passando dois dias sem preocupações. Esse, o nosso maior dever. Assentamos levá-lo, hoje, às corridas de cavalos, para que ele satisfaça o desejo de jogar (o que não faz há muito tempo). Amanhã, irá ao teatro com Anita.

Recorto dos jornais a peça principal do dia: o discurso feito pelo Canrobert na sessão conjunta da Aeronáutica, do Exército e da Marinha para comemorar o "crime de Toneleros". Mesmo considerado "um discurso pessoal", sendo o Canrobert um chefe militar dos mais prestigiados — presidente do Club Mili-tar e um dos candidatos militares mais insistentemente aponta-dos à sucessão do Café Filho, antes da indicação do Juarez — a sua projeção e repercussão têm de ser grandes. E o discurso é de uma insolência sem par! É a tese clara, manifesta, inequí-voca, da *tutela militar* da Nação.

Tanto vale dizer: a plataforma do Golpe, em toda a sua nudez.

Exige uma réplica imediata — e, por certo, a terá.

Almoço ao meio-dia, depois de simples leitura dos jornais, que o meu estado de espírito não permite atenção mais apura-da em coisa alguma. Ao meio-dia e trinta, Lamartine telefona.

Corro a buscá-lo. Encontro o pândego conversando num grupo de que não faz parte a Inês (sua proclamada paixão).

Aliás, assim que transpus o portão, reconheci a moça, à sombra de uma das árvores, em conversa (quase sussurros) com um sujeito muito alto, de óculos e barba — seu pai? algum médico da família? (não usa o jaleco dos médicos da Casa). Ela, o pouco que fala, é com os olhos postos ao longe. Além de, realmente, muito bonita (olhos negros, cintilantes), tem um certo ar enigmático que deve ser de muito efeito sobre o pobre do meu filho.

Em casa, à 1 hora. Almoço festivo (contra a nossa vontade). Apareceram a Cléo, o Albino e o Irineu. Emília faz o milagre de multiplicar a comida.

Nem é preciso dizer que o Lamartine desistiu de ir conosco ao Jóquei, contente de poder se expandir uma tarde inteira na companhia dos seus eleitos. Ainda, pela noite adentro, a "função" continua. Música. Filosofia. Poesia. Tudo!

Às 10 horas, intervimos, exigindo interrupção até amanhã. Felizmente, somos atendidos. Mas o homenzinho se irrita com o que chama a nossa "solicitude exagerada". Talvez tenha razão. Trataremos, no futuro, de nos corrigir.

Os Azevedos chegaram pouco depois de nos deitarmos. Fizeram barulho — Anita, batendo as portas como louca, e o Abelardo, com o pigarro espetacular da garganta. Minha filha zangou-se porque eu pedi silêncio em proteção ao sono do nosso *hóspede*. Que a Vida não lhe dê nunca esses cuidados, realmente ridículos, mas que só Deus sabe quanto encerram de doloroso e de trágico e de desumano!

Dormimos um pouco sobressaltados, com os ouvidos postos no quarto vizinho — mas dormimos. Até 8 horas. Só a essa hora tivemos a visita de Lamartine. Já de banho tomado. De cara boa. E de ânimo esplêndido.

Danton anuncia que virá consultar a minha coleção da revista *Le Mois*. Já anunciou tantas vezes, sem vir, que não admira se falhar mais uma.

É unânime o coro de censura ao sargentão Canrobert. Todos lhe põem a calva à mostra: ele não falou como chefe militar, mas como candidato frustrado da irrisória "união nacional". O *Correio da Manhã* pede, mesmo, punição para as suas insolências. E por certo que a merece!

Passo o dia bem. Todo empolgado na feitura da crônica para a *Gazeta Judiciária*, o que me garantirá mais 500,00 no orçamento. Poderia elevá-los a 1000,00, se fizesse também o artigo contra os crediários. Mas não encontro alento para isso.

Lamartine não nos preocupou. Almoçou conosco, despreocupado e despreocupante. Com apetite e com muita vivacidade. Deu-nos a impressão perfeita dos bons dias antigos.

Só no negócio da Inês, a garota do Sanatório, é que se mostra obstinado e inquietante. Tem, é certo, a sua lógica. Diz que a Cléo é o padrão moral e intelectual ideal da noiva que ele sempre quis. Não desfaz, também, no seu físico. Admite-a bonita, como todos reconhecem. Nem concorda em que às vezes descura do seu trato, o que é evidente. Mas *a outra* "fez-lhe nascer um sentimento... diferente". E essa diferença parece decisiva. Em vão lhe formulamos a objeção de ser ela uma psicopata.

— Não é! É tão psicopata como eu! Nós dois não temos nada! São cismas, só, dos médicos! Puro caso de ficção, mais um para ilustrar a galeria do "Alienista" de Machado de Assis...

Às 4 horas, ele sai com o Albino. É, realmente, o seu grande amigo. Vão os dois para o teatro da Gávea, o Tablado, de Maria Clara Machado. Ver *A História de Sara e de Tobias*. O matrimônio perfeito da Bíblia. Sempre a Bíblia!

Jantam fora. Mas ainda aparecem para comer alguma coisa aqui em casa, onde eu, Emília, Mário e Lili tomamos a nossa sopa de ervilhas com bons pães e manteiga e temos para sobremesa uma torta feita por Emília (ainda tem cabeça para isso a minha pobre parceira de agonias!).

À noite, jogamos víspora. Até 10 horas, só. Às 10 e meia, todos se retiram — Mário, Lili e Albino. E os de casa vamos para os nossos quartos procurar dormir.

Noite excelente, para todos. Lamartine dorme até 8 e meia, regaladamente. Toma o café conosco. Conversa, como nos bons tempos. Nenhuma diferença!

Passo a manhã cuidando dos meus processos, mas não consigo despachar senão alguns.

Lamartine se ocupa em passar à máquina alguns dos seus versos "malucos". O Albino promete-lhe a publicação do "Irmãos, celebremos". Onde, não sei. Ele gosta imensamente disso.

Assegura-nos que voltará resignado ao Sanatório, para a "última semana". Assim lhe prometemos, realmente.

Chego ao Juízo, cedo; antes de 1 hora. Trabalho como um mouro. Tanto, que nem consigo despedir-me de Lamartine. Digo-lhe, apenas, que "tenho um presente para ele". Foi uma biografia completa de Nietzsche (através da sua correspondência, desde a infância — obra de um Georges Walz, editada em 1932, em Paris) que eu comprei, em volume encadernado (de 565 páginas) por 80,00. Compro, também, outro livro para o meu filho — *O Itinerário Místico de São João da Cruz*, do seu professor de filosofia, de que tanto fala, o Padre Penido (M. Teixeira-Leite Penido). Só lhos darei, se me convencer das suas boas disposições quando deixar o Sanatório.

À tarde, depois do Juízo, "faço política". Procuro aproximar-me dos elementos getulistas — hoje "juscelinistas" e "janguistas" — para me afirmar, mesmo sem esperança de vantagens imediatas na carreira, pois não quero forçar situações. E a situação geral ainda é confusa, muito mais do que se pensa!

O discurso do Canrobert está agitando muito: o Carlos Lacerda vai realizar, esta noite, uma reunião do Clube da Lanterna no Teatro João Caetano. Não poderei deixar de ir para "assuntar" apenas. O artigo dele, hoje, na *Tribuna* ("O discurso do Chefe do Estado-Maior") me consolida a disposição: é um desafio a todas as minhas energias adormecidas.

Janto na cidade e, antes de seguir para o João Caetano, telefono para saber notícias de casa. Por Emília sei que o Lamartine não suportou o cinema a que foram juntos (*A Importância de Ser Ernesto*, baseado em Oscar Wilde, filme fatigantíssimo, cheio de diálogos). Foi, mais tarde, às 4, para o Sanatório. Aborrecido, mas calmo. O Philips confirmou que dará amanhã o último choque (achamos melhor que Lamartine não ficasse sabendo; para que torturá-lo com essa expectativa?).

Chego ao Teatro, mas não entro logo. Vejo, na porta, a + + +, que avança para mim, risonha, satisfeita da minha presença. E noto que alguns rapazes indagam dela quem sou. Uso, com todos, de franqueza. Não me solidarizo com o "comício". "Estou aqui como simples curioso." Foi água na fervura... Nesta altura dos acontecimentos, ser "simples curioso" é ser contra. Entrei por uma das portas laterais. O teatro — pelo menos na platéia — estava bem cheio. Mas só me pareceram estudantes. Mais colegiais, mesmo, do que universitários. E os comentários eram, todos, anticomunistas. Dizia-se que a adesão de Prestes acabara de desmascarar o "juscelinismo". Era a volta, pura e simples, do "getulismo". Como se isso ainda fosse surpresa...

Com a chegada do Raimundo Padilha, não me agüento mais. Deixo o teatro. Na praça, ainda esperavam o Carlos Lacerda, cujo discurso — dizia-se — seria irradiado.

Não perdi tempo: voei para casa, num lotação que me deixou no Leme às 9 horas. De pijama e chinelos, saboreio o espetáculo. O discurso do Lacerda foi, apenas, a ampliação do seu artigo.

(Não creio que venha o "golpe". Já passou da hora... Gostaria de saber o que se passou na Câmara, onde falou o Capanema, como "líder da minoria". A Rádio Continental entrevistou também o Flores da Cunha. Muito razoável, ao contrário do que é sempre.)

Fico ouvindo, com Emília, na cama, até as 11 horas. O "corvo" está querendo que seja *já* a intervenção dos militares "para evitar as eleições". Diz isso com todo o cinismo!

(Não parece, entretanto, que seja esse o pensamento da UDN, nem do próprio Juarez. A *Tribuna* deu que o Eduardo Gomes declarara que "o Canrobert falara por todos". O rádio disse que o Prado Kelly desmentira isso...)

Vamos dormir às 11 e meia.

Dormimos razoavelmente na primeira parte da noite. Apesar da excitação em que me deixaram os acontecimentos políticos de ontem, que foram e continuam a ser verdadeiramente inacreditáveis.

Acordo às 5 da manhã e me levanto logo. Desde as 6 e meia, me *atarracho* na varandola-gabinete para despachar todos os meus processos do Juízo, o que termino por volta de meio-dia.

Sócrates está mal, outra vez. Agora, ameaçado de congestão cerebral!

E as notícias que recebemos de Lamartine, dadas pelo Philips, não são boas: ele teria reagido, a murros, contra o eletrochoque que, bem ou mal, acabaram por aplicar-lhe. O Philips diz que não compreende a reação do nosso filho e pergunta se, na véspera, houve algum aborrecimento em casa. Engraçado! A culpa tem que ser nossa! E por que não dele, Philips, ao insistir nesses choques que, não só ao Lamartine, mas a mim também, parecem injustificáveis? O rapaz está bem, está (estava) calmo, não falou de religião em momento nenhum da sua permanência conosco. E a sua teima em relação à Inês não me parece que seja "patológica" — afinal, um pouco foi essa inclinação pela moça que o ajudou a superar as longas horas vazias do *cativeiro*. (Se o procedimento é correto ou não em relação à Cléo, isso já é outra questão.) Emília ficou preocupada e, quando lhe disse que talvez fosse hora de nós intervirmos como pais e responsáveis, não me cortou com a clássica objeção de que eu "sobreponho as minhas conveniências financeiras à salvação do nosso filho". Isso parece indicar que, para ela também, o Lamartine, já agora, estaria melhor em casa do que no Sanatório.

A última coisa que me disse o Philips foi que Lamartine está querendo que eu vá procurá-lo, porque quer conversar comigo. Mas o médico me pede que só o faça amanhã, tendo em vista o choque aplicado esta manhã e as condições irregulares em que foi feita a aplicação.

Amanhã estarei lá, de manhã bem cedo.

Não durmo bem. O dia agitado, que tive, muito concorreu para isso. Não posso mais ficar sujeito às dificuldades de condução, chegando em casa quase às 9 horas da noite. Isso é um absurdo. E, como o Lamartine, não demora muito, estará de volta a Casa — e estou convencido de que a regularidade da nossa vida vai influir muito na dele — proscrevo, em definitivo, qualquer possibilidade de chegar depois das 7 e meia. Mas a grande razão da perda do meu sono foi, de fato, a insegurança em que estamos (eu e Emília) quanto ao restabelecimento *real* do nosso filho. Foi esta a principal razão de eu não ter podido dormir de ontem para hoje.

Levanto-me às 5. E venho logo para a minha varandolagabinete. Ainda bem que o dia está quente. Nada daquele friozinho da "onda", já de todo superada. Pode-se, pois, estar aqui como estou — com o mesmo pijama leve com que dormi.

Para poder julgar objetivamente do estado mental de Lamartine, acho que deveríamos partir do entendimento de que uma boa parcela do seu modo de agir em relação a nós, e mesmo em relação ao Philips, não tem por que ser atribuída a doença, a um desequilíbrio — o rapaz foi sempre intransigente quando se trata de renunciar a uma opinião ou a um ponto de vista que lhe pareçam corretos (e digo isto pensando exatamente nos "murros" de ontem). Ora, se ele sempre foi assim — mesmo quando nossa aproximação era bem maior do que hoje — a lógica exigiria que concluíssemos que ele *sempre* foi doente... E aí, já estaríamos, de fato, entrando no clima de "O Alienista" de Machado de Assis (não foi à toa que lhe ocorreu fazer o paralelo, outro dia, quando passou o fim de semana em casa).

Lá pelas 10 horas devo estar chegando ao Sanatório, e, se houver oportunidade, irei colocar tudo isso em pratos limpos com o Philips.

Passo a contar, com a coerência que me for possível extrair de fatos em si mesmos bastante contraditórios, o que foi o encontro de hoje pela manhã com meu filho.

Espero, sinceramente, não ter de renovar esse tipo de experiência que me está matando. Não poderia ser melhor a acolhida que me fez, não poderia ser mais aberto, mais delicado, mais piedoso com este velho Pai, do que o foi na manhã de hoje. O que digo que me está matando é esta sucessão demasiado rápida de contrastes extremos: a gente cai numa tristeza profunda para, ao dia seguinte, extravasar alegria por todos os poros, sem saber que menos de vinte e quatro horas depois a tragédia estará armada novamente... Isso fica muito bem para romance de Dostoiévski, mas, na vida de todo dia, estraçalha com uma criatura!

Lamartine me fez entrega dos dois primeiros capítulos de uma história que está escrevendo nas horas vagas (aquelas que não pode passar com a Inês). Isso foi quando eu já me dispunha a ir embora e ele subiu até ao quarto, voltando com um embrulho que continha os capítulos e mais este bilhete:

Tenho aproveitado os dias serenos no Pavilhão dos Tranqüilos para escrever um romance. É a história inventada dos meus amores com Inês depois que sairmos do Sanatório.

Nas muitas vezes em que me declarei a ela, no jardim, a maldita cortava-me sempre o entusiasmo dizendo que eu estava "querendo inventar um romance que não existe". Pois bem: agora, pelo menos, o romance existe — e está saindo muito divertido. Aproveitei várias situações que já havia usado em uma peça de teatro, escrita quando voltei da Viagem de Instrução (não me lembro se você chegou a conhecer a peça; acabei jogando ela fora). Vou fazendo e dando a Inês para ler. Prometeu-me que, se partir daqui primeiro que eu, virá toda semana buscar os capítulos novos. Se me soltarem antes dela, sou eu quem fica com o compromisso de aparecer no Sanatório semanalmente. Vamos ver.

Ela mais ou menos gostou dos dois capítulos que já acabei. Fez críticas e eu fiz as devidas correções (as críticas são, sobretudo, gramaticais). De qualquer forma, o pretexto da história inventada é bom para eu me aproximar um pouco mais dela. Disse-me que admirava a minha capacidade de inventar tanta coisa, mas que é noiva (no que só acreditarei quando vir o noivo — a não ser, bem entendido, que o noivo seja o psicanalista).

Imagino que ele me esteja querendo dar uma prova da sua recuperação. Terá escolhido fazê-lo no terreno literário, porque o gosto pela literatura ainda é a grande afinidade que possuímos, talvez mesmo a única que sobrou da destruição paulatina de tudo o que nos unia desde a sua infância.

O estilo do que escreveu até agora parece-me leve e bem-humorado. Há observações ao mesmo tempo pitorescas e muito a propósito (como, por exemplo, as que faz em torno da "linguagem dos vestidos"); e não deixa de ser uma demonstração de bom senso ele deslocar o cenário de sua paixão para fora do Sanatório.

Não colo desde já aqui no Diário porque prefiro esperar para reunir tudo quando estiver terminado. Pode ser uma tolice minha, mas me dá a impressão de que, colando logo esses dois primeiros capítulos, eu estaria, de certa maneira, revelando pouca confiança em que ele escreva o romance até o fim.

É o caso de dizer, que, se a *evidência estilística* pudesse ser aceita como um critério de recuperação, ela certamente, neste caso, deporia a favor do nosso filho. Emília concorda comigo. E acha notável ele haver tido a idéia de lançar mão desse recurso — a evidência estilística — para provar que está, outra vez, de posse do completo domínio de si mesmo.

Por outro lado, as impressões que me ficaram do encontro propriamente dito (a história, ele só me entregou depois, com a recomendação de que eu deixasse para lê-la em casa, no isolamento da varandola) foram mais no sentido de reforçar as dúvidas que eu já tinha e de, inclusive, acrescentar dúvidas novas motivadas por fatos novos, fatos esses que qualifico — sem qualquer exagero — de estarrecedores.

Segui para o Sanatório na expectativa (justificada pelo que apregoara Philips ao telefone) de encontrar meu filho taciturno, metido no quarto, determinado a levar adiante alguma greve de fome ou de abulia que desse continuidade aos murros desferidos na véspera. Qual não foi a minha surpresa ao deparar com ele no jardim, rodeado de um número considerável de outros doentes (a Inês, inclusive, com uma vitrola portátil), no que tudo parecia indicar se tratasse de uma manifestação de solidariedade ou de desagravo à sua pessoa, pelos incidentes de ontem!

A conversa era das mais animadas e dela participava, ainda, uma outra figura, para mim totalmente desconhecida, a quem o Lamartine logo fez questão de me apresentar: um colega seu do Instituto de Documentação, Jefferson de Tal, que no momento faz pesquisas bibliográficas em São Paulo *e que viajou para o Rio expressamente a fim de visitá-lo no Sanatório, atendendo a um pedido seu, formulado por carta!* Esse amigo é pessoa de quem nunca ouvíramos falar em casa, e, segundo consegui apurar no curso das indagações que discretamente lhe fui fazendo (declarou-me, entre outras coisas, ser formado em ciências exatas), não tem quaisquer relações com o Albino, nem com a Cléo, nem com o pessoal da "república". Essa agora! Um dado inteiramente novo no esquema da crise de meu filho, uma amizade que todos desconhecíamos — e, não bastasse a circunstância de ter-lhe pedido, por carta, para vir vê-lo, o Lamartine faz-me sabedor de outras demonstrações de apreço pelo rapaz: ele figura, como personagem (com o apelido de "Galocha"), no romance que meu ilustre filho está escrevendo sobre os seus amores imaginários com a Inês; Lamartine lhe escreveu, *não apenas uma*, mas *diversas* cartas, desde que entrou no Sanatório (parece que, numa delas, lhe afirmava que, se voltássemos a interná-lo, ou se as pressões dos médicos se fizessem intoleráveis, ele iria se refugiar em São Paulo!); finalmente — jóia suprema de extravagância — quando Lamartine foi ao Norte, na viagem de instrução pela Marinha de Guerra, trouxe para esse Jefferson-Galocha *um uniforme completo de marinheiro*, indumentária que o seu amigo havia louvado sempre como um símbolo de liberdade (pela maior liberdade de movimentos que permite, imagino eu) e simplicidade! Agora, na roda dos doentes, Lamartine contava o caso, provocando a hilaridade geral, e dizia, em tom de brincadeira, que o rapaz se revelara um covarde e um homem sem palavra, por não haver até hoje saído à rua com a fatiota simbólica, como tinha jurado solenemente fazer. Lembrei-me, na mesma hora, de como o meu fi-lho chegou em casa, ao fim daquela viagem, sem nada do dinheiro que levara, e não pude deixar de pensar que a roupa marinheira deve ter contribuído bastante para o "desfalque".

O desconhecido Jefferson terá algo que ver com os desatinos destes últimos tempos do Lamartine? É um tímido e um introvertido — e esses, eu sei, por longa experiência (Dostoiévski, Nietzsche e quejandos), são os que exercem as influências mais marcantes e mais duradouras no espírito do meu garoto. Lamartine manifesta por ele um carinho todo especial, a ponto de me parecer haver notado que os doentes começavam a hostilizá-lo um pouco, por... ciúmes! O Peter (*Pedro e o Lobo*) por exemplo, que lá estava, volta e meia levantava-se da sua cadeira e imitava um certo jeito melancólico que o rapaz tem, melancólico e desengonçado, o que desencadeava no Jornalista uns acessos de riso agressivo ostensivamente para encabulá-lo. Inês era a única que conversava com ele — sempre, é bem verdade, com aqueles seus modos reticentes e enigmáticos — fazendo-lhe perguntas sobre um álbum de reproduções de pintura que ele trouxe para o Lamartine, de presente — edição principesca, como as que o próprio Lamartine andou distribuindo aos amigos durante a crise (e o "Galocha" não aparenta ser pessoa de recursos para esbanjar assim: veste-se modestamente, a gravata que tinha estava até meio esfarrapada do uso). A bela Inês (que hoje vi, por vez primeira, com os cabelos soltos — cabelos castanho-claros que o meu filho chama de "louro-escuros" — realçados por um vestido branco fantasticamente adornado, na saia, com carreiras de botõezinhos amarelos-cor-do-sol, miríades deles), lá pelas tantas, passou ao Jefferson uma coleção de discos para que ele escolhesse o que deviam ouvir. O escolhido foi um samba (mencionou-se Noel Rosa) que fala do "apito de uma fábrica de tecidos", musiquinha que o rapaz passou a ouvir com um sorriso beatífico, dando lugar a novas troças do Peter — desta vez, sem repercussão no comportamento do Jornalista, absorvido inteiramente em anotar a letra num pedaço de papel.

Lamartine aproveitou o número musical para me chamar à parte. Trazia-me o álbum de pintura para que eu lhe passasse os olhos; e, enquanto isso, explicava-me por que havia pedido que eu viesse procurá-lo hoje. Abordou, muito por alto, o episódio da véspera, os murros no Philips (segundo ele, nem acertaram o alvo), para concluir dizendo que não estava disposto a repetir as permanências curtas em casa — da próxima vez que deixar o Sanatório para a casa, será em caráter definitivo. Que lhe podia eu dizer? Olhei em torno, reiteradas vezes, a ver se dava com o Philips ali por perto, para ter com ele a conversa que desejava ter, mas o ilustre não apareceu. Aceitei o *ultimatum* do meu filho, e só ousei discordar dele quando nos acusou, a mim e à Emília, de lhe termos feito uma falsa promessa — a de que não lhe aplicariam novos choques. Não é verdade que lhe tivéssemos prometido isso: prometemos-lhe, isto sim, que os seus dias no Sanatório estavam contados, mas nada lhe falamos de eletrochoques (inclusive, optamos, no fim da semana, por não lhe revelar o que sabíamos — que estava previsto este último eletrochoque — para poupar-lhe o sofrimento por antecipação).

O Maneirismo nas Artes e na Literatura — o texto do álbum é em francês; vou percorrendo ao acaso os títulos de um ou outro capítulo, e é mais material que se junta para alimentar as minhas crescentes apreensões: "Melancolia saturniana", "O mundo em suspenso", "Naturezas problemáticas", "As deformações", "O extremo da fantasia", "Entre a morte e o fogo", "Monstros", "Os planos do mistério", "Maneira e Mania", "Ocultismo", "O horrível", "O bizarro", "Perversão", "Sadismo", "Triunfo do homossexualismo"...

— Maneirismo, para quem estudou no meu tempo, era apenas a afetação e imitação de estilo (digo ao Lamartine, para dizer qualquer coisa).

— Agora descobriu-se que é muito mais — responde-me ele, tomando-me o livro para aliviar-me do peso. Em seguida pediu-me que o esperasse ir até o quarto buscar uma coisa que tinha para me dar. O Jefferson fez-lhe um sinal e acompanhou-o.

Notei uma folha manuscrita que caía do álbum quando Lamartine seguiu como uma flecha para o seu quarto, e abaixei-me para apanhá-la.

Um poema. Aliás, dois (com o título de "dois poemas para a saia branca com botõezinhos amarelos"). A marca registrada do poeta está bem patente na letra miúda de imprensa (um milagre de resistência, essa letra, que passa, incólume, por todos os cataclismos e misticismos) a compor os versos, entre os quais reconheço, de súbito, aqueles que Lamartine me trouxe à varandola, uma noite em que eu havia decidido acabar com este Diário:

> *"...clara luz que se acende*
> *sem adeus nem carinho...".*

Agora, estão servindo ao endeusamento da Inês ("...teus ombros altos, os cabelos longos..."); dois meses atrás abriam caminho, solitários desbravadores, ao apocalipse que em pouco tempo se abateu sobre nossas vidas.

Olhei para a roda dos doentes, fixando a atenção, por breves momentos, na Musa do poeta. Tinha ela o ar distante (era evidente que não me havia visto apanhar o papel) e uma como que refulgência (só mesmo falando assim) que, por esses breves momentos, me deixou mais próximo do universo sentimental de meu filho, mais capaz de sintonizar com ele, em estado de aceitar, até, os "maneirismos" de que se serve para expressá-lo:

> *branco dourado*
> *pólen que me faz, em volta,*
> *não ver mais que outras tantas*
> *ásperas ressonâncias de teu brilho*
> *frio e ensolarado*

Coisa de fração de segundo, abracei com o pensamento e o coração o maravilhoso esforço que fazia o poeta para estar, inteiro e sem sombras, ali onde estavam as suas mais queridas aspirações!

Só que comecei a rir — um riso malvado, seria? Ou era o pressentimento de que meu pobre Lamartine... Essa moça belíssima, esse sonho refulgente, não vão enlouquecer meu filho para sempre?

São pensamentos que registro porque efetivamente passaram pela minha cabeça, não mais que uma fração de segundo — e sumiram no mesmo instante em que Inês, ao me ver de olhos postos nela, e rindo, sorriu também para mim (esse sorriso triste, contrafeito, que, de algum modo, deve estar ligado aos distúrbios do seu espírito).

Estou quase — eu também — escrevendo um romance, mas não é minha culpa se os acontecimentos desta manhã foram romanescos; sou o primeiro a não ver com bons olhos a onda de mistérios e aberrantes fantasias que, de há tempos, vem mudando um pouco o tom sereno e ponderado que em outras épocas fazia a maior glória deste Diário; há de se levar em conta a heróica resistência que tenho oposto aos ataques que partem de todos os lados, e que culminaram nessa crise espetacular do Lamartine. Ninguém é de ferro. E, se a objetividade sistemática é de se desejar, como um paradigma, também o estar longe de alcançá-la não deve envergonhar ninguém.

Não preciso dizer mais nada: quando meu filho voltou do quarto, sem o Jefferson que tinha ido com ele, e me entregou a produção literária para eu ler em casa, achei de ficar rondando o grupinho por mais alguns minutos — e isso porque não sei que obsessão me veio, de imaginar que o incrível Jefferson-Galocha estaria todo esse tempo se preparando no quarto e esperando só que eu fosse embora para fazer a sua aparição no jardim, vestido de marinheiro!

Não sei quanto tempo eu ainda teria ficado lá, se não houvesse visto o Philips entrar na Tesouraria; quando cheguei, porém, à Tesouraria, não era o Philips, era um outro que nunca me cumprimenta e que está sempre a limpar os óculos, e que, dessa vez, ao recolocá-los na cara, pôs-se a olhar-me como se tivesse à sua frente um...*

....

....

(*) Aqui, Dr. Espártaco havia escrito "como se tivesse à sua frente um dos doidos", depois riscou "um dos doidos" e escreveu "um doido", depois riscou "um doido" e deixou assim mesmo, faltando. (C. & C. S.)

A partir de hoje, passo a guardar este Diário no meu arquivo, sob chave: não é conveniente que Lamartine o leia e fique a par dos detalhes da sua "crise".

Faço, eu mesmo, o meu almoço (omelete com carne e arroz; melado, para sobremesa). Emília não sei o que come. Só sei que se dispõe a comer pouco, muito pouco. Aterra-a a minha gordura!

Não ligo o rádio para ouvir o que quer que seja com relação a Carmen Miranda. A morte dela me emocionou muito. As fotografias publicadas são impressionantes! Eu sabia que os norte-americanos costumam embelezar os defuntos. Mas, pintar os olhos e os lábios como quando era viva — foi um pouco demais!

Chego ao Sanatório às 2 horas. Com Emília. Não conseguimos saber onde está o Lamartine. Ninguém nos informa. Mas, de repente, ouço o nosso muito conhecido "tema de Calvero" (do filme de Chaplin, *Limelight*) vindo do piano na saleta de visitas, que fica ao lado do refeitório. Corro para lá e vejo Lamartine com a Inês.

Curioso! De tanto ouvir falar nela, sinto-me seu íntimo. E, num impulso, aperto-lhe a mão, que ela nem ousa retirar... Depois, Lamartine me diz que ela se assustou enormemente quando me viu "enchendo a janela". Quase gritou!

Ainda nos demoramos no Sanatório até 3 horas. Lamartine distribui as gorjetas nos envelopes que lhe levo. E se despede de todos os "companheiros" — de Inês, inclusive. Hoje, que a vi de perto, me certifiquei: ela tem os queixais postiços (um *bridge* do lado esquerdo). A isso se deve, provavelmente, o seu sorriso sempre contrafeito.

Quando chegamos a casa, às 4, encontramos Anita e a Cléo. Não esperávamos por esta, que foi de uma delicadeza excessiva vindo espontaneamente esperar o Lamartine. A surpresa perturbou-o. E o seu acolhimento foi glacial. Nós, também, nos constrangemos. Ela deve ter sentido isso porque se apressou em dizer que "viera por pouco tempo".

294

Depois disso, os dois se trancaram no quarto dele. Conversaram com animação, como nos "bons tempos". Mas a conversa não tardou a cair.

Quando deixei a varandola-gabinete, os dois já haviam saído. A Anita, que a acompanhou até a porta, ela ainda disse, emocionada, que "nada mais existia entre eles". Entretanto — acrescentou — continuariam amigos. Soubemos, mais tarde, que Lamartine a levou até em casa, que ela ainda tocou piano para ele e que lhe emprestou diversos livros.

"Amigos"... Não acredito que isso seja possível entre dois antigos namorados. Nenhum deles tem temperamento para suportar uma tal situação. Eu já não alimento mais qualquer esperança de que — depois de tantas interrupções — o sentimento deles resista e se mantenha. Mas, como ele atravessa uma fase difícil, de responsabilidade diminuída, é possível que ela compreenda tudo algum dia e voltem à normalidade.

Jantamos, sem os Azevedos, com ele e o Albino, às 6:40.

À noite, Lamartine retoma as tertúlias filosofais com o Albino. Enquanto eu vou dar uma volta, a pé, com Emília. Depois de telefonarmos para o Philips e para o Barreto agradecendo-lhes muito por tudo quanto fizeram nestes quarenta e cinco dias penosíssimos. Quando voltamos do nosso passeio a pé, encontramos ainda o Albino e mais o Zizinho, Lúcia e Martinha. Ficamos de conversa até 10 horas — que foi a hora que o Philips marcou para o Lamartine ir dormir.

E aqui encerro este caderno, o 67º com que já conta o meu Diário. O 68º está comprado, iniciá-lo-ei amanhã. Foram três meses inteiros, e, neles, quanta dor, quanta tortura, quanto sofrimento com a internação de Lamartine!

Hoje, felizmente, já consegui pagar a primeira prestação do empréstimo que me fez o Zizinho. Aliviou-me muito. Foi como se eu tirasse, de mim mesmo, uma parte daquela própria dor, daquela própria tortura, daquele próprio incomparável sofrimento.

295

ARMADILHA PARA O LEITOR

Hélio Pellegrino

Li o romance no original e o achei originalíssimo, revelando um escritor maduro, na plena posse, pessoal e intransferível, do seu instrumento de expressão. A linguagem é perfeita. Tem a precisa dimensão dos personagens e guarda, desta forma, uma tensão reveladora que a torna sempre eficaz, sem os descaimentos e recheios, de composição e articulação, quase inevitáveis nos longos discursos ficcionais. E, mais que tudo: do ponto de vista de sua estrutura, o romance apresenta o rigor e a elegância formal de uma partida de xadrez, jogada por um mestre. Nada, em *Armadilha para Lamartine*, está construído por acaso — ou descaso. As duas partes do livro, variando de estilo e de processo, compõem, na verdade, uma unidade estrutural, em que cada elemento do sistema se articula ao outro de maneira complementar e reciprocamente estruturante.

As "Duas Mensagens do Pavilhão dos Tranqüilos", com as quais se abre o romance e, depois, o "Diário da Varandola-Gabinete" podem surgir, a uma visão menos atenta e, portanto, incapaz de atentar para a lógica interna do livro, como dois textos seccionados, intrinsecamente diversos, cuja costura se faça através dos mesmos episódios e anedotas, narrados de maneira diferente, nas duas partes do romance. Se assim fosse, a unidade estrutural da obra estaria enfraquecida, e suas articulações se constituiriam a partir de uma rede de relações extrínsecas, cujos pontos de amarramento estariam representados por versões diversas de acontecimentos idênticos, na primeira como na segunda parte do livro. Dentro desse ângulo de visão, haveria no texto de Carlos Sussekind duas narrativas paralelas, feitas pelos dois personagens principais — pai e filho —, sendo que os elos entre os enunciados se resumiriam à trama de fios tecidos entre as duas paralelas, a partir dos mesmos eventos, observados, vivenciados e descritos de vértices — ou pontos de vista — divergentes, peculiares ao pai e ao filho. A armação estrutural do romance residiria no fato de uma crise emocional e existencial de Lamartine, o filho, com sua conseqüente internação num sanatório para doentes mentais, está por ele condensadamente descrita, através de alguns episódios, na primeira seção do livro, ao mesmo tempo que inscrita, de maneira numerosa e dolorosa, no "Diário da Varandola-Gabinete", da autoria do Dr. Espártaco M., o pai.

Em verdade, as coisas no livro não possuem essa cândida transparência linear, ou punctual, que um primeiro lance de vista poderia atribuir-lhe. A lógica interna do romance, isto é, aquilo que se oculta por detrás — ou por dentro — de sua forma imediatamente apreensível, é muito mais rica, elaborada, labiríntica, ambígua. *Armadilha para Lamartine* é, também, uma armadilha — ou quebra-cabeça — oferecido à argúcia do leitor, e este oferecimento vem revestido de uma tão alta gentileza que o desafio nele implícito jamais se explicita, agressivo ou premente, em nenhuma parte do texto. O romance de Carlos Sussekind não nos propõe o enigma da Esfinge, com sua exigência terrível: decifra-me ou devoro-te. Mas, com ser discreto, nem por isto, o livro deixa de ser inquietante, ou melhor: extremamente inquietante. A vertigem que lhe atravessa os ossos chega até nós como uma embriaguez sutil, que nos envolve sem derrubar-nos. O caráter labiríntico de *Armadilha para Lamartine* não é óbvio, muito pelo contrário. O dédalo é propositalmente disfarçado, as fusões — e confusões — de identidade entre os personagens se constroem a partir de uma tão lenta arquitetura que o módulo desorientador, que lhe é intrínseco, só emerge para quem consiga suportar a tonteira leve que provoca, e o esforço inevitável de reflexão que dessa tonteira decorre.

Afinal, de que labirinto — ou armadilha — se trata? Qual é a estrutura estonteante que se oculta no miolo de um discurso de ficção pelo qual se entra com a fácil — embora falsa — segurança de quem trafega num espaço perfeitamente diurno, claro e ensolarado, munido de placas de sinalização cuja funcionalidade e eficácia não podem, aparentemente, ser postas em dúvida?

Um primeiro — e seguro — indicador, capaz de iniciar-nos, corretamente, na lógica interna do romance, reside na maneira pela qual o autor, já como demiurgo de sua matéria ficcional, delibera ordená-la e apresentá-la, numa seca linguagem de relatório. Diz o romancista, na página de abertura do seu texto: "Acham-se aqui reunidos, sob o título geral de 'Armadilha para Lamartine': a) O 'Diário da Varandola-Gabinete'. O Diário de Dr. Espártaco M., fragmentos referentes ao período de outubro de 1954 — agosto de 1955. Começa com o abandono da casa por seu filho Lamartine e termina com o retorno do 'pródigo', depois de uma permanência de dois meses no Sanatório Três Cruzes do Rio de Janeiro. b) As 'Duas Mensagens do Pavilhão dos Tranqüilos'. Escritas por Lamartine M., no Sanatório, fazendo-se passar por um outro doente (Ricardinho)".

Esse trecho inaugural é, na aparência, destituído de qualquer espécie de mistério. Sua fachada burocrática esconde, entretanto, uma jogada habilíssima do romancista, de cujo conhecimento resulta, a meu ver, a possibilidade de decifração da estrutura do romance. Há que notar, desde logo, a inversão temporal praticada pelo autor, na enunciação das partes que compõem sua narrativa. Em termos diacrônicos, isto é, segundo o fluxo temporal a que obedece o discurso de *Armadilha para Lamartine*, as "Duas Mensagens do Pavilhão dos Tranqüilos" precedem o "Diário da Varandola-Gabinete". O autor, no entanto, subverte a diacronia, obedecendo, evidentemente, não a gratuitos pendores lítero-subversivos, mas a fortes razões, ponderáveis e ponderadas. Acontece que o romancista, fiel à ordem sistêmica segundo a qual se organiza a matéria do seu romance, escolhe para enunciá-lo o ponto de vista sincrônico, que é, por excelência, o ângulo capaz de descerrar uma estrutura.

Se quisermos examinar, sincronicamente, o enunciado de *Armadilha para Lamartine*, chegaremos à surpreendente conclusão de que as "Duas Mensagens do Pavilhão dos Tranqüilos", escritas por Lamartine M., fazendo-se passar por um outro doente (Ricardinho), correspondem à verdade não escrita e, portanto, informulada, do "Diário da Varandola-Gabinete", de Espártaco M. Há, no "Diário", um silêncio, uma ocultação, uma meia-palavra que jamais chega à palavra plena, radicalmente reveladora da subjetividade de quem a assume. É desse silêncio e desse vazio, inscritos no centro mesmo do discurso do Dr. Espártaco M., que brota a crise de Lamartine e a descrição que dela faz. Assim sendo, a narrativa que compõe as "Duas Mensagens do Pavilhão dos Tranqüilos" corresponde ao nervo secreto, inconsciente e informulado, do "Diário da Varandola-Gabinete". Ou, melhor dito: a razão da loucura de Lamartine é a loucura da razão de Espártaco M. Este, na diurna e obsessiva rigidez do seu discurso, não dá lugar à própria loucura. Pelo contrário, procura exorcizá-la, recalcá-la, bani-la da consciência. Sua palavra, embora talentosa e pitoresca — palavra de escritor —, carece de um último poder abarcante que faria dela o instrumento capaz de construir uma plena e espessa condição de sujeito, que integrasse verdade e imaginário, fantasma e desejo, consciência e inconsciente.

O "Diário da Varandola-Gabinete" se organiza a partir de uma hipertrofia da atividade racional, convencional e consciente, com vista à ocultação da "outra cena", do lugar ex-cêntrico em relação às posições, posturas e imposturas conscientes do Ego. Acontece, porém, que o ser humano só sabe a verdade de seu desejo — e, portanto, a verdade da energia existencial que o move —, na medida em que se ponha em contato com sua própria ex-centricidade, para conhecê-la e assumila. Espártaco M. é um ser excessivamente *centrado* em si mesmo, certo de suas verdades e dono de suas certezas. Afasta-se, assim, de sua verdade profunda, abre no tecido do seu discurso — e de sua vida — um rombo de ausência, da qual a crise de Lamartine representa um sintoma dramático. Daí poder afirmar-se que essa crise, enquanto sintoma de uma doença que Espártaco M. não pôde assumir em si próprio — e a estrutura do "Diário" o demonstra, com fartura —, constitui a via de acesso pela qual se chega ao conhecimento daquilo e que, só como ausência, está presente no "Diário da Varandola-Gabinete". A primeira parte do romance — o relato de Lamartine — ilumina e dá o rosto a uma ausência, que é o miolo de sua segunda parte, o "Diário". Daí poder-se entender, como necessária e cheia de sentido, a inversão diacrônica feita pelo romancista, na apresentação de sua matéria ficcional. É que, do ponto de vista sincrônico, as "Duas Mensagens do Pavilhão dos Tranqüilos" têm a função estrutural de presentificar a verdade profunda do "Diário", inscrita nele como ausência e como silêncio. Em termos de sincronia, isto é, a partir de sua lógica interna, não aparente a uma primeira visada, o romance se abre com aquilo que, não sendo textualmente a letra do "Diário", representa a última verdade que lhe falta, capaz de justificá-lo e explicá-lo.

É esta, a meu ver, a chave estrutural de *Armadilha para Lamartine*. Ao conseguir formulá-la, de maneira genérica e abstrata, percebo, entretanto, que este posfácio ameaça exorbitar, em termos de extensão, os limites de decência assinalados aos posfácios. Há, no texto do romance, farto material probatório disso que considero ser sua chave estrutural. O que não existe, desgraçadamente, é espaço cabível para expô-lo, com minúcia e vagar, de modo a transformar uma formulação abstrata num corpo palpável — cabeça, tronco e membros.

Avancemos, entretanto, algumas indicações. Nas "Duas Mensagens do Pavilhão dos Tranqüilos" transparece, com extrema clareza, a crise de identidade em que se debate Lamartine. Ele não consegue instituir-se, plenamente, enquanto sujeito, dono de uma palavra diferenciadora e delimitadora, capaz de fundá-lo como ser-no-mundo, senhor autêntico de sua autêntica existência. Ao redigir as "Duas Mensagens", com um delicioso e malicioso sarcasmo antipsiquiátrico, na linha do melhor Laing, Lamartine quer fazer-se passar por Ricardinho, seu companheiro de pavilhão. Ao mesmo tempo, junto aos colegas de internamento, finge receber, por telepatia, a palavra do Dr. Espártaco M., tal como é enunciada no "Diário da Varandola-Gabinete". Lamartine, para criticar a instituição onde está internado, tem que transformar-se em porta-voz — ou suporte — da palavra do pai, transcrevendo-a, literalmente, e atribuindo-lhe responsabilidade paterna. Sua colaboração no *O Ataque*, jornalzinho dos pacientes do Sanatório Três Cruzes, se chama "Diário da Varandola-Gabinete" e é assinada com o nome de Espártaco M. Ao produzir, no número 10 de *O Ataque*, uma história em quadrinhos em seu próprio e exclusivo nome, resvala para o campo do imaginário, investe-se de poderes fálico-onipotentes na luta contra o Dr. Klossowski e, por fim, identificado com Jesus Cristo, ascende aos céus abraçado à amada que roubara do psicanalista derrotado.

É importante assinalar de que maneira Lamartine, para circunscrever-se, limitar-se e diferenciar-se, ganhando dessa forma um perfil definido, precisa abrir mão da pessoa que é, dissolvendo-se na figura do pai. Esta é a contradição existencial em que se debate e que acaba por dilacerá-lo. Para tentar sua aventura pessoal assumindo uma palavra única, original, Lamartine precisa descolar-se — ou emergir — da forma reasseguradora mas sufocante que a palavra do pai, para ele, representa. Isso implica que, para si mesmo, Lamartine se veja obrigado a esvair-se numa hemorragia existencial que lhe rouba fôrma e forma, precipitando-o no espaço e no tempo ilimitados e indefinidos do imaginário e — eventualmente — da crise psicótica. Lamartine defende-se dessa crise através de uma identificação maciça com o pai e com o "Diário da Varandola-Gabinete". Ao mesmo tempo, revela com sua defesa a função defensiva que o "Diário" possui para o próprio Dr. Espártaco M. que, através dele, oculta, dissimula e recalca a vertente psicótica de sua personalidade.

O discurso do "Diário" de Espártaco M. tem, por sua vez, uma estrutura profundamente ambígua. Ele não é, apenas, ocultação, disfarce, silêncio. Através da obsessiva e minuciosa infatigabilidade do seu texto, procura o Dr. Espártaco M. resgatar-se de um cotidiano fosco, convencional, acadêmico, que por um lado o seduz, pelo confortável e digestivo imobilismo de que é feito. Por outro lado, entretanto, o personagem busca instituir-se, como sujeito, através da palavra. Ele se confessa incapaz de deixar de escrever. O "Diário" é sua paixão absorvente, exigente, insone. Nele ficam espelhados os momentos — e os movimentos — triviais da vida, as opiniões político-religiosas do seu autor, sua rebeldia, a vontade de renovação e transformação social. Mas tudo isso jamais transcende o plano do publicável, do que está dentro dos limites do convencionalmente aceito e aceitável. Espártaco M. faz um "Diário" no qual dialoga consigo mesmo, construindo, na realidade, um monólogo especular. Dessa maneira dispensa-se de um confronto intersubjetivo, alteritário, capaz — este sim — de instituí-lo em sua íntegra e inteira condição de sujeito.

É essa fuga à condição de sujeito, em virtude da solidão existencial e do desamparo ontológico que lhe são inerentes, que rarefaz a originalidade e o poder personalizador da palavra do Dr. Espártaco M. Pela palavra verdadeira é que o sujeito humano se institui, nomeando, por mediação dela, o mundo e os outros e, nessa medida, conhecendo-se a si próprio. A palavra do Pai, forte, reta e correta, funda a Lei a partir de cuja *contrainte* se constrói a liberdade do Filho. Por sua presença persuasiva, pela força de sua mão, pela verdade estruturante do seu verbo, a figura paterna promove a maiêutica da subjetividade do filho, arrancando-o do pântano da sujeição e da dependência dual à mãe, bem como do imaginário de que se tece, inconscientemente, essa dependência.

Espártaco M. conseguiu dar a Lamartine, com extremoso e comovente carinho, sua mão esquerda. Não lhe foi possível estender-lhe ambas as mãos, a esquerda e a direita, a mão do livre afeto e a mão da Lei e do Verbo, fundadores da liberdade. Sua impossibilidade define, ao mesmo tempo, a prisão defensiva em que confinou e os limites opressivos e depressivos nos quais terminou por emparedar-se o filho que amava. As vicissitudes de tal interação, estruturadas de maneira rigorosa e primorosa por Carlos Sussekind, constituem o fulcro deste extraordinário romance que é *Armadilha para Lamartine*.

Rio, 1/2/76

ESTA OBRA FOI COMPOSTA PELA HELVÉ-
TICA EDITORIAL EM GARAMOND E IM-
PRESSA PELA PROL EDITORA GRÁFICA
EM OFF-SET SOBRE PAPEL PÓLEN SOFT
DA COMPANHIA SUZANO PARA A EDITO-
RA SCHWARCZ EM FEVEREIRO DE 1998.